长生

CHANG SHENG

吴楚◎著

河北出版传媒集团
花山文艺出版社

自序　生命的维度

生命是有维度的。

一如我们所熟知的三维空间，长度、宽度与高度，构成了我们日常生活的三个维度。这三者息息相关，某个维度的改变必将带动其他维度的变化。多数人总期盼延伸生命的长度，却忽略了宽度与高度。我们上下求索，不倦追寻，用尽一切办法寻找多活几十年、几年、几个月乃至几周的办法。青霉素便是这条漫长道路上最宏伟的里程碑。

我们已走了很远，但梦无止境，随着生物分子技术的发展，衰老的本质被渐渐发现，人类开始奢望数百年的寿命，甚至永生。

如果科学真的做到了这一点，我们会迎来最光明、最幸福、最伟大的时代吗？

我的回答是——不会！

单纯地拓展生命的长度只会给文明带来灾难，就如同用外力把一条蚯蚓无限拉长一样。它会断裂、死亡，也许能重生，也许不能。但即便重生，也是有条件的，而且不是无限度的。

你一定不信，会举出无数英年早逝的例子来嗟叹人生的短暂，吟咏出“人生如梦”“早生华发”之类的诗文来嘲弄我的无知。你会问我，如果人真能活五百年、一千年，你不乐意吗？

我会用这本书来回答你的问题。

楔子　时间简史

刺骨的寒风穿透男人身上单薄的风衣，冰冷刺激着身上的每一寸皮肤组织。在度过了三十个不见天日的昼夜后，这份寒意让他身体的每一个细胞都感到异常的清醒和兴奋，就连空气中弥漫的雾霾，都似乎多了一缕酒精的香醇，在气管和肺泡里反复发酵、升温，将每一次呼吸都升华成生命中难得的享受。

古德静静地站在山腰的岔道边，享受着这份短暂的愉悦和宁静。正如所有平凡或伟大的人类一样，他畏惧死亡、害怕疼痛，但当自己所捍卫的东西代表了人类的尊严和希望时，一切恐惧都将变得微不足道。

纯黑的加长林肯伴着发动机的低吼停在了路边。厚重的车门在磁力的推动下缓缓升起，古德又一次看到了那个熟悉的佝偻的身影：纳什博士安静地坐在特制的后座上，这位世界上最负盛名的宇宙学家静静地看着车门外的古德，费尽全力，用僵硬的面部肌肉挤出一个扭曲的笑容。

纳什是三届诺贝尔奖获得者，他在万有引力方面的研究成果让人类距离完善的大统一物理学仅剩一步之遥，这样的成就让他足以排到物理学“总统山”的前十。然而这并非纳什名声大噪的唯一原因。另一个重要的原因是，时年七十一岁的纳什博士，还是一名渐冻人症患者。

渐冻人症，也就是“宇宙之王”霍金所患的恶疾。

“您来得比我想象中还早了一点儿，博士！”古德平静地看着这位自己童年时的偶像，努力从脑中驱走一切关于这个男人的崇拜和幻想。

“你真的决定，成为被钉在十字架上的‘上帝’？”纳什努力地用两根手指对古德“说”道——即使借助特制设备的帮助，他也花了整整两分钟才说完这几个词。

“如果我们能换个话题，相信今天的相处一定会轻松许多。”在得到任何肯定或否定的回答之前，古德已经以一个极其随意的姿势坐到了纳什身边，并重重地关上了重达四十磅的防弹车门。

“你想说什么？”纳什问。

古德笑了笑，忽然开口说：“如果我没记错，当你的全新引力场理论建立后，霍金博士，那位和您患有同样恶疾的‘宇宙之王’，对他的《时间简史》进行了大刀阔斧的修改。在最新的一版《时间简史》里，您的名字甚至出现在了第二作者的位置上！”

“没错！”纳什有些错愕，“为什么忽然问这个？”

“我前天又看了一遍《时间简史》，不如我们聊聊这个话题！”

纳什只花了半秒钟时间就做出了回应，他用力眨了一次自己的右眼，表示同意。

“我第一次读《时间简史》，用了整整十个晚上，这本对您来说最浅显、通俗的科普读物，在我这个普通的理科生眼里，却犹如天书一样艰深晦涩。说实话，那一次我只读懂了不到50%的内容。在那之后的七年里，我一共读了十一遍您的著作，毫不夸张地说，每次阅读都是一次大脑与心灵的洗礼，我看到人类灵魂与物质宇宙的终极碰撞，感受到渺小的智慧在浩瀚时空中的艰苦摸索，我依然无法完全看懂，但这丝毫不影响我对您与霍金先生的敬重、崇拜。”

古德顿了一下，眼中炽热的温度慢慢变得冰冷，心中也一样，他接着说：“但从那天之后，一切都不一样了。我不得不怀疑您，不仅仅是对您的品质，同时也对您的理论。两天前我又读了一遍这本书，一种和你们完全不同甚至完全相反的理解出现在我的脑海里，让我无比渴望再一次坐到您的面前，对您说出下面的这一切。”

纳什疑虑地看着面前的男人，努力回忆对方和宇宙物理学一切可能存在的交集。但古德似乎并不愿意给他这个机会，在不到三秒钟的停顿后，古德直接用英文开始了自己的“演讲”：

“在宏观宇宙中，时间从未存在过！一切关于时间的概念都源于人类对‘变化’过程的感受与描述而已！最基本的物理量并不该包括时间，速度才是！除非你认为铯—133的辐射周期比光速更能代表宇宙的本质！

“时间不过是一个极为普通的二级单位，距离/速度，只有距离和速度才是宇宙的基本单位。我们总是说，人可以活七十年或者八十年，这种想法不但肤浅而且主观。在上帝的眼里，这段生命的长度并非八十年，而是八十光年才对！在一段长达八十光年的宇宙胶片上，映着某个人类由生至死的影像，仅此而已！

“更为深邃的本源是速度，相对论告诉我们，速度能改变时间，而非相反。正如我刚才所说，速度的基本单位是光速，任何运动速度都能用光速乘以系数来表示。至于距离，我完全不认同‘米’这个毫无宏观意义并且渺小得可笑的单位。在我的猜想里，距离的基本单位有两种：一、宇宙半径或直径；二、大爆炸的奇点到物体（地球）所在位置的距离。我实在无法理解，和宇宙半径与光速相比，时间的基本单位——‘秒’，有何德何能位列七个基本物理量之一。

“时间的本质是宇宙膨胀或坍塌的演化过程。时间存在轮回，当奇点爆炸、宇宙膨胀时，时间沿着我们习惯的‘正流’方向前进。等到宇宙寂灭、坍塌、重归奇点的时候，时间逆流，生命从死到生，因果律变成‘果因律’。也有可能宇宙已经在坍塌了，只不过身处其中的我们都把‘果因律’当成了因果律而已。

“至于时间与速度的关系，我觉得这和更高的空间维度相关，我们都坐在一列名为‘光锥’、秒速为30万公里的列车上。由于高维度空间的存在，我们在三维空间中的运动，事实上都是在朝着和车头相反的方向奔跑，而时间则是窗外急速后退的景物，当我们奔跑的速度接近列车的速度时，窗外的景色慢慢停滞不动，如果我们奔跑的速度能超过列车的速度，我们便可以跑回列车的上一站，那便是穿越了！”

纳什静静地听完了古德的激情演说，脸上挤出一个扭曲但真挚的微笑。

“人类历史上最伟大的遗传学博士，能做出如此精彩的物理学猜想，如果我未曾患上这该死的恶疾，此时一定在为您真诚地鼓掌！”在赞叹之后，“宇宙之王”开始了反击，“你们中国人说，来而不往非礼也，我也想占用你十分钟的时间，和你聊聊你的专业，想必你不会介意！”

这一次，疑虑的表情出现在了古德的脸上，“你说，我听！”

“如果这世上真的存在上帝，在他的眼里，或许速度比时间更能代表宏观宇宙的本质。但无论时间是什么，是本源也好，是衍生的二级单位也好，在人类的科学词典里……”当说到“人类”一词时，纳什刻意加重了自己的语气，“在人类的科学词典里，时间永远是超越距离、质量的至高存在！

“时间这个概念，不管是不是虚妄的幻象，都是被镌刻在包括人类在内的所有地球生物DNA深处最重要的铭文，是上帝赐予人类最重要的礼物！

“有了生命，就有时间！

“在宇宙尺度下，人类的运动速度无比缓慢，寿命极其短暂。在宇宙眼中，所谓时间，不过是星体的爆炸与坍塌、原子的衰变与碰撞、能量的传递与寂灭而已。但生命不同，生命沿着时间生长、成熟、衰老、死亡，人类必定会关注四季更迭、关心日出日落，并使用准确的时间标尺来定位自己的运动。

“我们都是飞速代谢的羰基生命，所以我们穷尽全力去寻找时间的真谛。而你，正在破坏这种传承了几千万年的规则！

“上帝不戴手表，但我们终究只是人类！”

目录 / Contents

chapter 01 / 曙光时代 /

1 上　帝 //002

2 逃　亡 //009

3 灾难的福音 //013

4 史上最贵的快递 //020

5 失联的“上帝” //027

6 暗潮汹涌 //032

7 无理要求 //035

8 财富、智慧、创意、权力 //041

9 “上帝”之死 //051

chapter 02 / 救赎时代 /

10 回　家 //062

11 终极密码（1） //068

12 终极密码（2） //073

13 分　歧 //079

14 潜　伏 //085

15 线　索 //089

16 “滤　镜”（1） //097

17 “滤　镜”（2） //103

18 子非鱼 //106

19 最高指示 //114

20 技术的原罪 //118

21 乔恩的发现 //124

22 不能说的秘密 //128

23 为了青春 //134

24 女人的直觉 //139

chapter 03 / 欺诈时代 /

25 绝望猜想 //148
26 长生之罪 //155
27 史上最伟大的骗局 //164
28 第二重真相 //172
29 “清　洗” //181
30 接　管 //188

chapter 04 / 黑暗时代 /

31 崩　塌 //198
32 春　晚 //207
33 长生之战 //211
34 陨　星 //216
35 位面之子 //221
36 新　年 //226

37 抉 择 //231
38 平 等 //236
39 审判之日 //241
40 墨菲定律 //245
41 船 //252
42 南 极 //258
43 马斯洛需求 //263
44 食 物 //267

结局和开端 //272
后 记 //275

chapter 01

曙光时代

1 上　帝

2033 年 9 月 14 日，人类希望日。

“上次像这样拥抱妻子，应该是半年前的事了吧。”与怀中的妻女一同吹灭蛋糕上火光摇曳的六根蜡烛，秦汉心中忽然涌出一丝愧疚：说实话，要不是双胞胎女儿的恶疾，即便是今天——她们的六岁生日，自己也未必会像这样请假陪她们一整天吧。

秦汉有一个貌合神离的妻子，单调枯燥的生活毫无悬念地击垮了轰轰烈烈的爱情，若不是孩子这根剪不断的纽带，夫妻俩早已分道扬镳了。

“爸爸，为什么幼儿园老师总不让我和妹妹跟大家一起做游戏呢？”秦雨擦了擦嘴角的奶油，明亮干净的大眼睛望向眼前的父母。

“那是因为你们是班上最小的女孩子，爸爸特地嘱咐过老师，要好好保护你们。”

“可 Lucas 明明比我们还小一个月，他每天都和大家一块儿玩！”

“Lucas 是男孩子……好了，最迟明年，爸爸带你们去海边看海。”秦汉弯腰吻了吻正在撒娇的秦雨，转身走进了客厅。

秦雨和秦雪患有一种罕见的先天血管疾病——XV 动脉硬化症。超过九成的患者，都会在青春期结束前因血管硬化而痛苦地死去。迄今为止，活得最长的患者是一位比利时王室女性，在花费了超过一亿美元的医疗费后，这位名叫玛丽亚的女子于 2021 年 4 月——她的二十二岁生日那天去世。患者的平均发病年龄仅十五岁，之后根据治疗条件的不同，在病床上呻吟、挣扎，苟延几个月或是几年的生命，直至死亡的降临。没有奇迹，起码历史上从未有过。每次女儿过生日，秦汉都会在心中刻上一个新的数字，今年，秦汉刻下的数字是9。

15-6=9。

秦雨和秦雪，到底谁会先离开我们呢？想到这里，秦汉的心又一次绞痛起来。明年女儿就要上小学了，也到了必须告诉她们真相的时候了。女儿们很懂事，也很坚强。只是那时候，她们还会像今晚这样无忧无虑地微笑吗？

秦汉痛苦地摇了摇头，然后打开了客厅里的苹果电视。二十四个小时前，各大权威网站都在最醒目的位置刊登了一条言简意赅的消息：北京时间9月14日中午12点，所有的电视台都将同步直播一条来自洛圣都的重要消息。

在人类历史上，这样的情况此前只出现过一次：2025年3月，“许愿”号探测器从木卫二带回了一块富含外星微生物的岩石。这是一个令人矛盾与纠结的伟大发现：一方面，地球不再是宇宙王冠上独一无二的生命宝石，这极大地挫伤了人类内心深处的骄傲与自矜；与此同时，也赶跑了人们在仰望星空时的孤独——因为同样的原因。当时，一共有十一亿人收看了那场前所未有的直播，今天是第二次，预测的收看人数是二十四亿！

随着时针和分针同时挪到正中的位置，屏幕慢慢亮了起来。当秦汉看清画面正中的男人时，原本紧攥的茶杯从手中无声地滑落，淡咖色的液体泼洒在一尘不染的地毯上。但这一切都被电视机前的秦汉彻底忽略了，在66寸的液晶屏幕上，出现了一个无比熟悉的身影——古德。

屏幕上的古德依然穿着上个月和秦汉一起喝咖啡时的国产西装，头发蓬乱，满脸胡楂儿，看上去好像是一个潦倒的画家或是流浪汉。“电视出毛病了吗？”秦汉仔细地检查屏幕两侧的接口，以确认没有U盘一类的东西留在上面，但很快他便住手了。镜头拉了下来，这个不修边幅的男人正站在面积超过四千平方米的报告厅的聚光灯中央，台下坐着数十位21世纪最顶尖的医学家、遗传学家、物理学家、哲学家。这些人太出名了，出名到就连秦汉这个文科生都能叫出一大半的名字。这一刻，这些人类最杰出的精英，眼中却无一例外地充满着膜拜和敬仰，就如同最虔诚的圣徒仰望心中的神祇。

要知道，就在一分钟前，古德在秦汉心中还不过是一位默默无闻的遗传学副教授。但一分钟后，这位和秦汉从小玩到大的密友，开始用拙劣的普通话手舞足蹈地向全世界宣读人类历史上最重要的一条消息。

“尊敬的女士们、先生们，在此我很荣幸地向全世界人民宣布一个伟大的发现。长生，是人类数千年来从未放弃的追求与梦想。在最近的两千年里，数百万计的医学、药学、遗传学专家通过不懈的努力，将人类的平均寿命从公元元年的二十周岁，提高到今天的八十周岁。我们先后战胜了天花、肺结核、艾滋病。六年前，我的父亲古沧行和他的CAR-T PRO疗法，让我们一度看到了战胜癌症的希望。”

当发言进行到这里的时候，现场响起了一片微弱的唏嘘声，古德扶了扶鼻尖上略微滑落的眼镜，直接跳过了这个话题。

“1944年，科学家埃弗里发现了DNA，在这之后的八十九年里，人类从未停止过对生命遗传密码的探索和追寻，我们尝试过无数种改变、重组甚至编撰密码的方式，来实现人类对健康与永生的渴望。在这个过程里，我们犯过无数次错误，遇到过无数阻碍，我们举步维艰。但这一次，我们跨出了坚实的一大步！”

现场鸦雀无声，所有人都屏气凝神地等待最关键的下文。

“科学早已证实，衰老是一个极其复杂的退化过程，原因包括细胞的不完美分裂、端粒酶无法补充的消耗及各种代谢废物的累积。科学家们想尽一切办法来延缓这个过程，但收效甚微。”古德清了清嗓子，略显佝偻的腰一下子挺直了，“但今天，一切都不一样了！六年前的一次偶然经历，让我在一种转基因葡萄中发现了一种神奇的物质：‘上帝分子。’这种在自然界中以极微量存在的高分子化合物，可以在细胞分裂过程中对端粒酶起到至关重要的保护作用，从而将 DNA 的损失与错误概率降到一个较低的水准。简而言之，它能减缓衰老、延长生命！”

这一刻，坐在报告厅后排的记者全部站了起来，脸上写满了惊诧与期待。坐在前面的科学泰斗们则不为所动，早在十二个小时前，他们已通过极为机密的渠道知道了这次发言的大概内容，但很快，古德口中的数字让所有人瞬间失去了镇定与从容。

“3.14，请各位记住这个必将被载入史册的数字。双盲试验证实：服用下足够剂量上帝分子制剂的白鼠，衰老速度延缓至正常水准的三分之一，平均寿命则达到了正常水准的 3.14 倍。3.14，就和我们背诵了一千六百年的圆周率一样，这是多么美妙的巧合。所以，我将它命名为‘π 药剂’。”

现场的每一个人都站了起来，电视机前的也是。天花板上传来刺耳的碎裂声，这声响多半来自楼上二十九岁的年轻房客，这个沉湎于酒精与性爱的摇滚青年刚被确诊为急性肾衰竭，生命只剩下不到半年。“上帝分子”能造福 90% 的人类，但肯定不包括他。秦汉脑中一片空白，此时，妻子牵着两个女儿走了过来，秦雪的嘴角还粘着来不及擦去的米粒。

“电视上说什么了？”妻子何雪问，她是听到窗外的巨大嘈杂声才过来的。

秦汉并不言语，默然指了指电视。说实话，刚听到 3.14 这个数字时，他在短短的几秒内经历了震撼——木然——狂喜的心理起伏，但随着狂热缓缓冷却，巨大的感叹号弯成了问号。

他注意到一个细节，在电视画面的角落里，两位全副武装的保安面色紧张，嘴唇微微颤动，正朝着对讲机说些什么。接下来，在一个只持续了不到一秒便被切走的观众镜头里，两位当代最伟大的物理学家的嘴巴张成了“O”形。

古德向台下示意，一只装有六只不同生物的复合铁笼被两名助手抬上演讲台，一同走到台上的，是FDA名誉主席——让·雷金博士。博士脚步虚浮，却步履极快，让人不禁想起中国街头那些奔向公交车的晨练老人。

“经过FDA、世界卫生组织的共同监督认证，服用了足量π药剂的实验生物，衰老速度延缓至正常速度的32%左右，生命周期普遍延长三倍以上！”说完这句话之后，这位年过六旬的遗传学权威用力喘了一口气，勉强调整了一下紊乱急促的呼吸，他接着说，“在我手上的笼子里，果蝇‘彭祖’‘云青’‘慧昭’都已经活了130天，此前最长纪录为51天，白鼠240914A、240914B、240914D，寿命均已超过五年，此前最长纪录为970天。”

让·雷金的发言因现场雷鸣般的欢呼而不得不打断了两分钟，在这段时间里，古德理了理胸口的西装领带，说出了一段让全世界陷入狂乱和狂躁的话语。

“‘上帝分子’在不同门纲的动物身上起到了极为接近的效果，这让我们有理由相信，人类很可能也不例外！我们将立刻开展临床试验，同时尽量缩短Ⅰ至Ⅲ期的试验时间，以最快的速度推出第一批成品药剂并投入市场。我相信，这个过程不会超过五年！”

现场沸腾了，在一片混乱中，某位记者挤过人浪，冲到台前，用难以置信的巨大嗓音吼出至关重要的问题：“古德先生，请问π药剂的定价会是多少？”

伴随着最后一个音节从这位记者口中蹦出，嘈杂的现场一下子变得鸦雀无声。闪光灯下，古德笑了笑，说：“我始终认为，用金钱衡量生命的价值，是对生命最恶毒的侮辱。我在此向人类保证，每个人每年所需服用的π药剂，价格绝不会超过两百美元！”

电视演说持续了整整四十分钟，从第五分钟开始，秦汉已经能清楚地听到窗外传来的骚乱，桌上的两部手机此起彼伏地响起，关于古德和 π 药剂的无数消息与猜想，正通过一切或权威或浅薄的媒体疯狂传播扩散，并在地球的每个角落引发一阵阵此起彼伏的声浪。当古德宣布 π 药剂的价格时，窗外的欢呼与咆哮声甚至盖过了早已调至最大的电视音量。

“轰隆！”隔壁传来巨大的异响，紧接着是中年女性的疯狂痴笑，以及玻璃的碎裂声。“一定是张姐。”秦汉对何雪说，这位挑剔的大龄女性直到前年才结婚，今年她四十二岁了，每天半夜，床板的咯吱声与男女的呻吟声混杂在一起，让左邻右舍都难以入眠。秦汉明白，这不只是因为“四十如虎”的自然规律，女人还必须和时间赛跑，赶在最后一颗卵子排出体外前让其中的一个升级为受精卵。“现在，她又可以多买十年的卫生巾了，这是多么幸福的事情啊！”秦汉略带恶意地猜度。

“你成了人类的‘上帝’，是吗？”秦汉拿起手机，给古德发了一条信息，让他诧异的是，只过了不到五分钟，他就收到了回信：“你没有看错，我确实做到了！”

“怎么会这么突然？”秦汉追问，但这一次没了回音。

“一定有什么地方搞错了！”四十岁的秦汉一边喃喃自语，一边努力让纷乱的思绪平静下来。在记忆中，古德不过是一个白天泡在实验室、晚上泡在酒吧，头脑聪明但无甚成就，学术严谨却作风轻佻的遗传学副教授。三个星期前，秦汉还和这位“上帝”坐在一张桌上喝咖啡，但最让他无法置信的并非如此。

任何理智的领袖，都不该允许这个爆炸性的消息以如此突兀的形式传播到世界的每一个角落。这才刚刚结束动物试验而已，按照标准流程，接下来还有长达三到五年的临床试验。即便是临床结果完美，人类愿意等待这漫长的几年吗？

等五年，少活十五年！

这是一个让人毛骨悚然的联想，由于 π 药剂立竿见影的延缓衰老的作用，这五年的等待，足以让二十岁的年轻女性错失十五年肆意绽放的青春，让而立之年的成功男士少十五年大展宏图的年月，让年逾花甲的垂老之人遗落十五年无可挽回的光阴。更加可怕的问题接踵而至：除非 π 药剂能一次性生产出足够七十亿人服用的分量，那么，谁优先？假设第一批临床试验名额有一百个，那么，先选谁？

“我们的女儿有希望了！”一旁的妻子并没有想到这些，她眼中闪烁着希望的光芒，并将这丝光芒投向身边的男人，“我刚才问过医生了，只要能尽快服下这种药剂，她们就可以多活二十年！”

“但愿如此！”与沉浸在浩瀚幸福中的妻子相比，秦汉有些心不在焉。他推开窗户，望向楼下广场上骚动的人群：几位白发苍苍的老者仰天长啸、捶胸顿足，最好的时代即将到来，但他们却只能苟延残喘了，最多是喘得久一些而已。就在他们旁边，数十位年轻男女跪倒在地，对着天空的方向顶礼膜拜，感激上天的恩赐。在广场的水池边，两个刚学会走路的懵懂儿童正学着年轻的父母一道雀跃欢呼，就像是知道这个世界到底发生了什么一样。秦汉又将目光投向了更远的地方，那边的人群好像点燃了什么，隐约有火光在夜空中闪烁，仿佛恶魔初睁的睡眼。

“世界要乱套了！古德不可能想不到这些的，他为什么要这么做？他怎么做到的？”

2 逃　亡

此刻的古德并没有精力来考虑这些问题，因为他还有更重要的事情要做。

一万公里之外的世界焦点，两名保镖缓缓推开报告厅的大门，站在门外的是来自126家媒体的270名记者，刺目的闪光灯让古德几乎无法睁开双眼，不同语言、不同嗓门儿的提问不停地在耳边震荡。

“π 药剂临床试验何时开始？会放在哪个国家？”

“为什么会毫无预兆地发布如此震撼的消息，您认为这会给世界带来混乱吗？”

“按照您公布的消息，π 药剂只能延缓衰老而不能恢复青春。这意味着一个这几年出生的婴儿，可能因为‘上帝分子’活上两百多年，而对六七十岁的老者来说，则只能多活二三十年甚至更少，您认为这会给现有的社会秩序以及人类的心理带来怎样的冲击？”

“无数人把你称作‘上帝’，你认为你是‘上帝’吗？”

“你认为你在科学史上的地位是否超越了牛顿爵士？”

古德没有回答任何一个问题，他低着头，躲在十二名保镖围成的人墙里，艰难而迅速地挤出了报告厅，接着马不停蹄地登上门外的一架直升机。螺旋桨的轰鸣声很快湮没了地面的嘈杂，直升机的时速攀升到每小时440公里，洛圣都灯火通明的市区渐渐变成一个若隐若现的光圈，最终隐没在一片黑暗中。

“北纬33度42分，西经118度37分，地面有一个6×6米的 π 形光标，降落之前打开探照灯，看看周围有无灯光与可疑情况，有任何异常，放弃降落，转向第二备降点。”古德半躺下来，右手点燃一根雪茄，缓缓地吐出了一口烟圈，对正在操纵飞机的方伟说。

方伟是他七个月前新招的助手，古德花二十万美元雇用了这位退役飞行员，然后让他带薪休假了整整半年。今天，方伟第一次明白了雇主的身份，这给他内心带来的惶恐要多过激动，让他连说话都不再利索。

“那，那是什么地方？”

“不是什么地方，一处久无人烟的废弃农场罢了，对了，降落点准备了两辆车，保时捷 911 和加长林肯，你选一辆！”

方伟深吸了一口气，握住操纵杆的右手剧烈颤抖起来，腕关节不受控制地反复翻转，发出令人不适的“咔嗒”声——这是极度紧张、大脑无法控制神经与肌肉的表现。他实在无法理解：身边这位本该在镁光灯下享受世人顶礼膜拜的新晋“上帝”，为何要做出如此反常的举动？要知道，古德现在做的这一切，似乎更像是一场逃亡。对，就是逃亡，没有比这个词更贴切的了！

他很想问为什么，但终究没有开口。忽然，躺在驾驶台上的手机振动了一下，是方伟的。他侧过头，用眼角的余光瞄到了一条银行发来的信息，上面的数字让他眼睛一花，方伟努力甩头以确认自己没有看错：自己的某张银行卡上多了一笔钱，八位数，不包括小数点。在弄明白到底发生了什么之前，第二条短信到了。

“刚才的是定金！把古德带到斯台普斯球馆北门外停车场，酬劳是定金的二十倍！”

方伟有些眩晕，屏幕上一长串的数字就像是一条扭动的毒蛇，将他刚冷静下来的大脑钻了个稀巴烂。他转过头，偷偷瞄了瞄身后的古德，这个正闭目养神的男人眼皮紧闭、嘴唇微张，不太均匀的鼻息显示出他内心的忐忑。邋遢的外表很难让人相信，这竟会是人类历史上最伟大的存在，甚至在能够预见的未来都难以被超越。

方伟的内心越发躁动不安起来，他一面在心中盘算，那个八位数乘以二十究竟意味着怎样的生活，一面将目光投向了面前的仪表盘。正当他准备拉动转向杆时，一个刚听到不久的词汇毫无征兆地蹦入了他的脑海："上帝。"没错，就是这个词。接下来还有第二个名字："犹大。"最后，那幅名垂千古的油画《最后的晚餐》如胶片般定格在他的脑中。羞赧与贪婪开始交战，在决出最终的胜负之前，古德说话了。

"你想好选哪辆车了吗？"

方伟不敢转头，"还是您先选吧！"

"我开林肯，你开保时捷。时速保持在 110 公里左右，开往费城方向，尽可能不要走高速，如果有人抓到你，没什么不能说的，保重！如果还能再见面，你将是我的第一批临床试验人选之一。"

方伟顿时觉得喉咙被什么塞住了，就连呼吸都变得困难起来，他用力咽了一下自己坚硬的喉结，咬着上唇说："把你的手机给我！"

"怎么？我早把电池卸了，防止被他们定位！"

"我来引开他们，这样你就有更多的时间了。"

"这很危险！"

"给我！"方伟的瞳孔放射出坚定的光芒，在这一瞬间，他将心中的怯懦、恐惧、犹豫全都抛到了脑后。一种难以名状的自豪感涌上心头，让他觉得自己前所未有的伟大，"为了人类！"

"为了人类"这四个字如沉重的铁锤凿在古德的心底，之后变成一把锋锐的刨刀，狠狠地剐去了全部的柔软。古德不再言语，从上衣口袋里掏出手机递到方伟手上。十五分钟后，直升机顺利地降落在备降点旁的荒草地上。

"保重！"古德跨进林肯车，隔着车窗对方伟招手。

“谢谢你，让我也有了名留青史的机会呢！”方伟踩下油门，保时捷带着震天的轰鸣声呼啸而出，如扑火的飞蛾朝着约定的方向飞驰，在以120公里的时速向东疾驰了九十分钟后，四辆没有牌照的黑色悍马逼停了天蓝色的保时捷，当看到车上跳下的两个人有着与自己相同的肤色时，方伟不知为何松了口气。

“怎么是你，古德呢？”两名身穿军装的男人用标准的普通话吼道。

与此同时，FBI总部。

“两个小时前刚刚发布了震惊世界的消息的古德博士和他的临时助手方伟，在报告厅后广场登上一架直升机后便失去联系，目前两人下落不明。”

“废物！FBI怎么会养着你们这些废物！你们跟丢了‘上帝’，‘上帝’！”

“古德乘坐的直升机是休斯敦大学最新研发的核动力实验机，时速最高480公里，同时具备反卫星侦察系统，我们根本不可能跟上它。据最新消息，五分钟前这架飞机在洛圣都郊区被发现，根据现场痕迹推断，两个人应在七十分钟前下了飞机。”

当一连串F开头的词汇从FBI最高长官的口中骂出时，两名中国特工已经带着方伟穿越了戒备森严的M国边境。十一个小时后，方伟看到了机翼下方浩瀚无边的太平洋；二十三个小时后，一轮初升的红日缓缓从舷窗外的迷雾中升起，将下面长城的轮廓勾勒得愈加分明。

既然有了古德的首肯，方伟自然没有任何心理包袱，一走进北京郊外的秘密讯问室，他便将自己知道的一切毫无保留地说了出来。

“毫无价值！”在监控前观看了审讯全程的首长如此说道，短暂的思考后，他拨通了白宫办公室的号码。

“我想知道，古德现在在哪儿？”首长省去了全部的外交辞令，直接问道。

“FBI正在想尽一切办法找他，现在这个关口，我觉得我们应该商量一下，怎样让世界安静下来！”

3 灾难的福音

“人类第一次在对抗衰老的战争中取得了史无前例的胜利，崭新的长生纪元即将到来！”这个全球直播的伟大福音给世界带来前所未有的震动与冲击，有很多是事先未曾想到的。

古德失踪了，自从电视直播后，“上帝”便彻底消失在所有人的视野里。这使得原本应该存在的官方“后续报道”一下子消失得无影无踪，随着敏锐者嗅到一丝不寻常的气息，随着一些诸如“古德已被M国秘密羁押”“上帝分子恐卖出天价”的不负责任的谣言在网上扩散，情况开始朝着秦汉担忧的方向发展。

9月15日上午8点（北京时间），全球直播后二十个小时。

秦汉驾驶着新买的SUV，小心翼翼地从拥挤的人流里穿梭而过。此刻，A市的中心广场上聚集了数百名年龄、身份各异的市民。这些人高举着古德的巨幅头像、写有标语的各色旗帜以及其他能表达心中对长生的渴望与诉求的物件站在街头。呐喊的声浪淹没了此起彼伏的警笛，将参与者心中的冷静几乎燃烧殆尽。

“长生，长生！”在整齐的口号声里，一个充满磁性的男中音透过高音喇叭传了出来，“我们需要‘上帝分子’，我们需要π药剂！”人群跟着狂呼，如同随着头羊走上迁徙之路的非洲羚羊。

秦汉皱了皱眉，将喇叭摁得震天响，在他的左手边，一辆奔驰车的车主也摇下了窗户，司机对秦汉说：“这些人都疯了吗？”

秦汉笑了笑，说：“我们国家的情况已经算最好的了！”

“噢？”奔驰司机有些错愕。

秦汉摇摇头，对奔驰司机说：“看看BBC吧！”

司机“噢”了一声，然后将车窗摇上了，秦汉看了看水泄不通的路口，摇了摇头，干脆将汽车熄火，停在路边，在车载全息屏幕上观看起BBC的现场直播来。这是一名欧洲记者在E国街头发回的报道，画面的中间位置站着一位纤弱窈窕的年轻少女，她如瀑的金发整齐地散落在脑后，精致白皙的面庞上镶嵌着两只无比清澈的眼睛。少女身穿浅玫瑰色的短裙，挤在一群振臂高呼的游行群众里，如同泥沙里的一粒珍珠般醒目耀眼。此刻，她纤细的右手正努力举过头顶，柔弱的胸腔中撞击出清脆的呼号。

“No wait for time! For life! For youth!”（“我们不要等待！为了时光！为了生命！为了青春！”）

充满煽动性的话语引发了一群游行者长久的欢呼，以及一些不安的骚动。在某个狂热分子的带头下，有人将手上的水杯、杂物，以及路边的石块丢向路边笔直站立的巡警，就好像是这些身穿警服的年轻人阻碍了他们走上长生之路一样。这些面无表情的执法者始终保持着难得的克制与冷静，仅用厚重的警盾与单薄的肉体抵御人浪与杂物的冲击，但平衡终究被打破了。一个出自某位被煽动者之手、散发着乙醇芳香的玻璃瓶在人群中炸裂，几团蓝色的火苗飞溅得到处都是。火焰吞噬了人性中仅存的理智，数十名被火舌灼伤的游行者发出绝望的尖叫，如地震逃难般四散奔逃，只留下一地斑驳的污渍与血迹，以及一具不再有任何生命气息的纤弱躯体。

在火焰燃起的十秒钟后，那个如鲜花般灿烂美丽的女孩，在无比混乱的人浪里打了个趔趄，她倒伏在地，清脆的呼救声很快被鼎沸的骂声湮没，并在几秒钟后变得弱不可闻。一双双肮脏的鞋子狠狠地踏上这具洋溢着青春气息的柔软躯体，就和踩在一堆泥、一块砖、一片瓦砾、一方碎布上并无两样。在经历了无数次野蛮摧残后，富有弹性的美丽肉体变成了一个破布织成的洋娃娃。鲜血从紫黑的唇边缓缓溢出，在冰冷的水泥地面上盛开出一朵妖艳的原罪之花。

四周的巡警立刻围了上来，他们跪在血污里，为这具开始变冷的躯体做着心肺按压与人工呼吸——然而这一切都毫无意义了。这段画面被航拍摄像机完整地抓拍下来，刺激着每一位观众脆弱的神经。

这是最好的时代，也是最坏的时代。

秦汉关上屏幕，下了车，走向不远处的报社办公大楼。

他是《A城晚报》国际新闻版主编，这是一份拥有40万份发行量的报纸。可以预见的是，今天报纸超过90%的篇幅，都将被古德和他的“上帝分子”无比强势地占据。秦汉刚进大门，便看见了正站在门口等候的社长。让秦汉有些惊异的是，社长等的竟是自己。

“听说你是古德的朋友？”

秦汉恍然大悟，“没错，多年好友！”

平日不苟言笑的社长如孩子一般蹦了起来，脸上的笑容比以往任何时候都要灿烂。他用一种近乎谄媚的语气向下属请求道：“所有和直播相关的新闻与社论我都安排人撰稿了，完全不用你费心。我希望你能写一些只有你知道的故事，例如古德有过多少女人，他有什么不为人知，最好是见不得光的癖好。我们需要独家！你就是独家！只要不过分离谱，适度的夸张与虚构都没问题！”

秦汉无奈地笑了笑，没有提出任何反对意见。以他对古德的了解，这个不拘小节的男人从不在意这些虚名，即便一篇关于他的八卦新闻堂而皇之地出现在《A城晚报》的头版，古德八成都会一笑而过。当然，老友如今的身份完全不一样了，秦汉并不确定今天的“上帝”是否依然和过去的古德一样豁达，他拿起手机，给那个人发了一条消息。

“一人得道，鸡犬升天。社长让我写写你曾经的八卦，不介意吧？”

依然没有回答。“或许是因为时差吧。”秦汉试图说服自己。他打开了面前的电脑，一个冰冷的数字从某个权威网站上跳了出来：21306。这意味着电视直播后的二十个小时里，全球已有超过两万人在混乱的游行示威中失去了宝贵的生命。秦汉忽然很想知道，古德是否会看到自己刚刚目睹的那一幕，如果答案是肯定的话，那么这个没心没肺的男人是否还能保持往日的乐观与洒脱。

秦汉手指翻飞，一个个熟悉的网页跳了出来：无数不同版本、不负责任的“真相”正通过互联网如潮水般漫延至世界的每个角落。诸如“五大常任理事国的第一领袖将成为药剂的首批受益者”“四亿美元即可购得一个临床试验名额”“中国将成为 π 药剂的首发国家”……这些毫无依据却又言之凿凿的说法在网络上如病毒般飞速传播扩散。充斥着阴谋论的恶意猜测进一步释放出人类心底的惶恐与愤怒。

秦汉打开电视，某位不畏死亡的南美记者正在街头直播一场弹火纷飞的示威游行，夜空中的焰火照亮了一张张扭曲的面庞。

“For equality! For life!”示威者呼喊着整齐的口号。

秦汉又给古德发了一条信息：“你知道现在地球上正发生的一切吗？”

没有回音。

“你打破了世界的秩序！”

对方始终没有回应。秦汉放下手机，在心中对自己说，即便没有看到，他也早该想到了才对。秦汉倒了一杯咖啡，努力驱赶走脑海中的一切杂念，但庆幸感还是钻了进来，得益于严厉的武器禁令与安保手段，这些天，中国可以算是全世界最太平、最安全的大国了。

他关掉电视，开始投入物我两忘的创作状态中来，稿件标题是“上帝的女神”，在初稿里，大约有 10% 的艺术虚构成分。

如果没有那次图书馆里的美丽邂逅，今天的古德，或许是一个混迹文坛的三流诗人、一个异想天开的业余导演，又或者是一个流浪街头的民间艺人。反正不会和遗传学扯上任何关系就是了。

古德的父亲是古沧行，这位享誉世界的肿瘤专家一度让人类看到了战胜癌症的希望，但从小生活在父亲熏陶……

写到此处时，秦汉略微犹豫了一下，然后删去了刚刚打下的“熏陶”二字。

从小生活在父亲阴影下的古德是个叛逆的朋克青年，他几乎没有遗传父亲身上的任何特点——除了抽烟和酗酒。在我们高三那年，他约上我和另一位叛逆少年，一同去A市医学院图书馆上“自习”。

我们口中的自习，大约和泡妞是同一个意思。

在图书馆二楼，我们看到了一位姑娘，她清澈的眼睛一看便让人生出呵护的欲望，曼妙的身姿更让我们无法自拔。“当姑娘俯身浅笑的时候，我甚至渴望化身为她身前斑驳的木质课桌，用我坚实的身躯承担起她饱满的胸膛。”——17岁的古德说的，他是不是很像个诗人。

遇上这样迷人而性感的姑娘，不上去搭讪简直是暴殄天物的罪孽。古德抢在我之前走了过去，用熟练的技巧跟对方搭讪。

“嗨，美女，我有一件礼物想送给你！”

“猎物”饶有兴趣地抬起了头，看着眼前这个勉强算得上英俊却稚气未脱的半大孩子，“什么礼物？”

古德带着坏笑指向了姑娘面前的教材：《基因在染色体上》。

“一条祖传的Y染色体，怎么样？”

让我大跌眼镜的是，这个看似文静腼腆的姑娘并没有露出任何气急败坏的样子，她朱唇微翘，饶有兴趣地开起了古德的玩笑。

“请问你的Y染色体是O1a1-p203、O1a-M119还是O2-M268？你不会连送我的礼物是什么型号都不知道吧？”

看着古德愣在那里的窘态，我肚子都笑疼了。他讪讪地走了回来，再没有说一句话。让我没想到的是，这个执拗的家伙回家之后，竟然真去翻阅了他父亲的遗传学藏书。更不可思议的是，他竟然沉迷了进去……

刺耳的手机铃声打断了回忆，将秦汉从二十年前的思绪里拉回现实，电话里传来社长气急败坏的声音，就像一个被抢走最心爱的玩具的孩童。

“什么都不要写了，任何有关古德和上帝分子的非官方消息或评论都暂停发表！”

“可全天下都在关心这事，难道我们啥都不写？”

“正因为大家都关心，所以现在谣言四起，那些网站、小报为了点击量，什么标题都敢起！什么谎话都敢编！什么《上帝之殇，古德恐遭FBI秘密囚禁》《古德生命中的四个女人》《上帝分子的前世今生》，简直是唯恐天下不乱！”

社长很快给秦汉发来一篇三千多字的通稿：

中国科学家“点亮”人类长生希望

2033年9月14日，中国科学家古德用神奇的“上帝分子”技术震惊了全世界，点亮了人类追寻了数千年的长生希望。得益于这项前无古人的伟大技术，人类活到二三百岁将不再是梦想。

动物试验证明，“上帝分子”在细胞分裂过程中，能对DNA与端粒酶起到极为关键的保护作用，从而极大地延缓生物衰老的速度。只要生物摄入足够剂量的“上帝分子”，衰老速度将延缓至正常速度的三分之一左右。

（此处省略三千字）

中国政府在此庄严承诺，将第一时间公布“长生科技”的进展消息。同时，尽可能缩短临床试验时间。政府承诺：全国人民、全世界人民不分高低贵贱、种族和肤色，都能以绝对平等的身份，共同享受到“上帝分子”给人类带来的长生之福。同时，呼吁全国人民保持冷静，不盲目参加游行示威活动，防止被分裂分子、邪教分子利用。

“心怀博爱，兼济天下。”在中华民族传统美德的熏陶下，古德博士以崇高的无私精神，第一时间与全世界共享他的发现，这一举动体现了中国科学家不分国界，为全人类奉献的高尚情操，尽显大国风度。更难能可贵的是，古德博士作为该项技术的唯一所有者，视金钱如粪土，强调生命无价、生命平等。伟大的胸怀成就了新时代的伟人，他给全世界的人民带来前所未有的福音。

这是最好的时代，在此呼吁所有国人，以古德为荣，以中国为荣。

这一刻，中国是世界的脊梁！

秦汉逐字逐句地读完了这篇振聋发聩的通稿，与以往不同的是，这位愤世嫉俗的主编没有丝毫的抱怨与不满。那具倒伏在地的少女躯体时刻提醒着他，在这个特殊时刻，稳定是压倒一切的。“这才是现今最正确、最需要的声音呢！”秦汉一边喃喃低语，一边拿起鼠标，将自己写了一大半的文章拖进了回收站。

“你到底是‘上帝’，还是‘撒旦’？”秦汉很想当面问问古德。然而连他自己都没有想到的是，他竟然很快便得到了这个机会。

4 史上最贵的快递

地球一如既往地公转自转，当时间无力平息骚乱时，政府介入了。各个大国以前所未有的决断姿态，对无数愚昧或别有用心的造谣者、煽动者、蛊惑者采取了强制措施，从而让陷入混乱的社会秩序重归正轨。

和社会治安一同趋于稳定的是铺天盖地的舆论，网站上各种充斥着阴谋论的猜测在短短三天时间内一扫而空，取而代之的是联合国秘书长斯蒂夫铿锵有力的发言。

“人类曾无数次挺过天灾的考验，战胜瘟疫的魔爪，并在任何困境乃至绝境中保持了坚强、忍耐、团结一致的伟大品质。如今，面对触手可及的长生之梦，我们更加需要这样的可贵品质，来迎接即将到来的美好时代！”

在发言的最后，斯蒂夫用最简明扼要的语言描述了古德的现状：这位人类长生之父，被所有的有神论与无神论者尊为“上帝”的遗传学家，此刻正位于北美洲的一处地下研究所，指导 π 药剂的量产及临床试验工作。当然，出于安全需要，这段资料并没有配上任何视频或照片。

“这才是他们应该做的事情！”秦汉放下手机，在这几天里，他曾不止一次联系古德，但每一条消息都如石沉大海一般。不过这也在情理之中，目前古德可算得上是地球上最具保护价值的珍稀生物了。忽然，桌上的手机响了起来，打断了秦汉的胡思乱想。

“七盘山 11 栋别墅，有您的快递，请问您什么时候方便签收？”

秦汉放下手机，有些疑虑地看了看日历，9 月 21 日，离这份快递“应该到来”的日子还有整整三个月。想到这里，他的心跳忽然快了起来。

三年前，秦汉结识了只有二十一岁的美院学生燕思雨，一个月后，这个年轻迷人的女孩成了秦汉的情人。为了和年轻的女神日夜厮守，他不顾朋友的劝阻，拿出自己全部的私房钱，买下了七盘山的这栋山景别墅。然而造化弄人，正当出轨的丈夫准备向妻子摊牌时，他接到了女儿的确诊通知书。

在经历了辗转反侧的七十二小时后，秦汉提出了分手。思雨拒绝了秦汉的全部补偿，包括一辆现代跑车和二十万元现金。那个清晨，这个精灵般的女孩在情人不舍的目光中，独自拖着一个半人高的行李箱，消失在山路的尽头。七天后，秦汉在别墅门口收到了一个硕大的木箱，里面装着一尊和真人同样大小的石膏像。

石膏雕成的思雨浅浅地笑着，眼神里透着一丝狡黠和顽皮，在石像的右手上，握着一朵洁白的玫瑰，那是她第一次和秦汉约会时的模样。秦汉静静地看着面前沉默的雕像，在空无一人的别墅里坐了七个小时。

去年的同一天，秦汉收到了第二尊石膏像。今年是第三年，但离记忆中那个日子还差整整三个月，想到这里，思念者的心脏忽然被无形之手攥紧了。他用 120 公里的时速飙到七盘山的别墅门口，然后看到了一个无比熟悉的天蓝色木箱——就跟别墅里摆放着的那两个一模一样。

秦汉努力地抱起木箱，想扛着它走进客厅，却发现自己完全做不到。这回的箱子比前两次重了几倍，感觉有两百斤左右。秦汉心生疑虑，不得不求助于年轻的快递员，两个人费尽力气，才将箱子搬进客厅。等快递员走后，秦汉迫不及待地用凿子凿开了木箱的正面。

当看到木箱中的物件时，秦汉的心脏一下子漏跳了两拍，里面并没有什么石膏像，而是一个足足有两米高的大冰箱，看上面的标签，还是某个世界一线品牌的高档货。

“会不会是快递送错了？”这个念头刚刚蹦出就被奇怪的声响打断了，面前的冰箱忽然摇晃了两下，紧接着，门被从里面推开了，一个胡子拉碴、头发凌乱的男人从冰箱里走了出来，然后用力给了秦汉一个拥抱。

“我去洗手间，你站在原地，不要告诉任何人！”

这是古德成为“上帝”之后，见到秦汉说的第一句话。

三十分钟后，古德已经换上了一套崭新的卫衣，容光焕发地坐到秦汉面前，他手舞足蹈地向老友夸耀自己这几天的壮举，“全世界都在找我，每个机场的每个登机口都贴满了我的49寸照片，话说回来，那照片可比我本人帅多了！”古德一边说话，一边拿起桌上的水果往口中塞去，“不过谁敢相信，我这么伟大的人竟然会把自己装在冰箱里，用飞机的货舱给寄了回来。为了躲过红外线扫描，我不得不用冰箱的金属外壳来隔绝自己的体温。兄弟，你一定没有体验过，整整三十四个小时不吃、不睡甚至连腰都不能弯一下的感觉，这绝对是我这辈子最难忘的体验，哈哈哈哈！”

望着语无伦次的古德，秦汉花了整整十分钟才厘清了思绪：自己的老朋友、人类的“上帝”，用一种最简单却又最聪明的方式，躲过了全世界的追踪，来到了这个地方。但重逢的喜悦很快便被难以名状的疑问冲了个精光。

他在躲避什么？他想要干什么？这两个问号如同椅子上的两把锥子，让秦汉坐立难安。他立刻想到了电视上刚刚播放的新闻。

“电视上说，此刻你应该在北美洲指导药物的量产与临床试验。这是怎么回事？”

听到这个消息后，古德明显有些错愕，然而高达146的智商让他很快明白了其中的关键，他笑着说：“这是危机公关，官方只能这么说，为了世界和平，是的，世界和平！”

不得不说，这是一个极为合理的猜测：一个承载了人类终极希望的、流淌着炎黄子孙血液的“上帝”在M国国土上人间蒸发，这消息或许比在M国上空引爆一颗核弹还要震撼，足以让称霸世界数十年的M国成为全人类的公敌！

秦汉很快便认同了这个猜测，他问：“这么说你知道这些天发生的事情了？”

“当然知道，外面找不到我，并不意味着我看不到外面！”古德神色一黯，“我真的没有想到，人们会这么冲动！”

“既然如此，为什么要这样做？以你的头脑，一定早就想到后果了呀！还有，FDA怎么会允许你这么做的？”多年的感情让秦汉并不如方伟般矜持，他连珠炮般问出了这两个盘桓已久的问题。古德原本黯淡的神色变得更加沮丧，紧锁的眉头间隐约现出一丝灰暗，失神的双眼甚至抹上了一层恐惧的色彩，他用力地抓住秦汉的右手，一字一顿地说：

“我这么做是有原因的，有人不希望我活在这个世界上，他们想毁灭我以及有关π药剂的一切！”

“什么？”秦汉失声叫了出来，古德严肃的语气让他不得不接受这个匪夷所思的事实，“毁灭”这个词彻底将他震了个七荤八素。有人要抹杀古德和他的研究成果，这听上去似乎比一个基督徒想要杀死耶稣还离谱一些。“他不想活了吗？”这句话便是再合适不过的诠释。

“是真的，这些人的力量太强大，如果真要对我下手，我怀疑即便是联合国或者中国政府都保护不了我！”

“什么人？是制药公司吗？”在短暂的呆滞后，秦汉几近空白的大脑想到了一个无比幼稚的可能，幼稚到很快便被他自己推翻了，且不说这些公司的力量绝对无法与强大的政府对抗，更重要的是，倘若人真能活到三百岁，笑的最灿烂的就是他们了。

“不是制药公司，对方是一个极庞大、极富有、极可怕的组织。很多时候，我甚至想用‘伟大’来形容他们。”古德眼中的恐惧越发明显了，还夹杂了些许类似原始人类面对月食、日食时的无力与渺小感，“为了不让他们得逞，我只能通过电视直播，向全世界宣布这一切，至于如何取得FDA的同意，我玩了一个小小的数字游戏，在直播开始之前，他们一直以为，π药剂的魔力最多只是让人类延寿二三十年而已。”

事情越发匪夷所思起来，秦汉实在无法想象什么样的个人或组织能让古德说出“伟大”这两个字。他穷尽自己的想象来探寻迷雾中隐藏的真相，但古德很快便将他从这个无意义的举动中拉了出来，古德说：“如果你有兴趣，我可以给你讲讲我发现‘上帝分子’的神奇过程，这虽然不算什么了不得的秘密，但也不是平常人能够知道的呢！”在成功地转移了话题后，古德打开了话匣子。

“六年前，我在实验室里养了四只果蝇，那是四只奇妙的基因突变体，举个例子吧，最漂亮的一只，全身都是纯净的金色，眼睛则是迷人的宝石蓝。果蝇满月的时候，我还特意喂了一顿它们最爱吃的葡萄。万万没想到的是，在接下来的几个月，我目睹了这世界上最神奇的事情，四只果蝇竟然全部活过了四个月，你知道吗？在这之前，果蝇寿命的最高纪录是77天！

“刚开始的时候，我以为这是果蝇自身的基因突变造成的，但接下来的对比实验证明了，真相并非如此。经过上百个不眠不休的夜晚，我终于找到了奇迹的来源：实验室里试种的一种转基因葡萄，那是我每天喂果蝇吃的主食。

“这是多么伟大的巧合与恩赐！要知道，包括我在内的许多实验室生物，都尝过这种美味可口的葡萄，但那点可怜的摄入量最多能让我多活两个小时而已。只有在果蝇这种每天能吃掉自身体重三分之一的水果的节肢动物身上，美丽神秘的‘上帝分子’才会揭开圣洁的面纱，让我看到她无比耀眼的光芒。

“我一边在实验室的院子里搭满葡萄架，一边努力寻找提纯这种神秘物质的方法。我成功了，但我很快就发现，用这种方法得到的‘上帝分子’，甚至不足以支撑两只白鼠的实验用量。如果我真想让自己活到两百岁生日，起码要在郊区租一个五十亩的果园才行。

“神奇的转折点出现在第二年的暑假，在两名医药化工专家的指导下，我摆脱了葡萄乃至任何植物的桎梏，成功地用有机化学的方法合成了这种神奇的化合物。翻了六千倍的产量不仅足够支撑起动物实验，更让我真正看到了量产 π 药剂的曙光！这是多么伟大而激动人心的时刻！”

说到这里，古德话锋一转，慷慨激昂的脸上现出几分愤懑与恼怒的神色。

“我找到中科院、FDA、世界卫生组织，还有其他几家医学权威机构。希望他们能和我一同见证这个历史上最伟大的时刻。但是你知道吗？当我无比认真地说出‘上帝分子’的功效时，那些全世界顶尖的医学专家看我的眼神就跟看马戏团里的小丑一样！

“是的，我不过是一个毫无建树的大学副教授，有生之年从未摸到过《NEJM》《柳叶刀》的门槛，但我并不是民间科学家，更不是跳梁小丑！我写在纸上的每一个数字，都源自严谨科学的双盲试验！在遭遇了无数的讥笑、嘲讽后，我买了一张去洛圣都的机票，找到了当年留学时的遗传学导师村上博士，将两只服用了 π 药剂的幼年果蝇交到他手里，‘老师，请务必养好它们，然后你会见证历史上最伟大的奇迹。’我对我的导师这样说。

“三个月后的某个下午，我接到了村上的电话。第二天凌晨四点，他带着两位诺贝尔医学奖获得者敲响了我实验室的大门。当我看到那两张以前只在电视与书本上见过的欧洲面孔时，我就知道，我成功了！

“他们邀请我去 M 国进行动物及人体实验，但我拒绝了！这是一项足以让任何人为之疯狂的技术，一切专利保护条款在如此庞大的诱惑面前都显得无比可笑。天知道那些制药界巨鳄会不会干掉我，将这项技术据为己有。

“在我的坚持下，他们答应我在自己的实验室里进行动物实验。当然，实验过程需要接受FDA、世界卫生组织严格的秘密监督。他们给我空运来八只白鼠幼崽，一半是实验组，另一半则是对照组，在这两家权威机构的共同见证下，四只实验组的白鼠全部活过了四岁生日，要知道，此前这种白鼠的寿命纪录是970天！更令人震惊的是它们的体检数据：这四只活了四年的白鼠，衰老程度仅相当于正常状况下一岁半时的程度！说实话，看到这个数据的时候，我自己都被吓到了！

“之后的事情，你在电视上应该都看到了！”

秦汉静静地听完古德的讲述，直觉告诉他，这位无比熟悉的老友一定刻意隐瞒了许多重要的东西。数不清的疑问在脑海中盘桓、疯长，但他终究没有问出来。长达五分钟的沉默后，秦汉的眼中放射出炽热的光芒，他一字一顿地对古德说：“我需要你的药物，越快越好！”

听到这个要求，古德一时间有些发愣，在印象里，面前这个乐观豁达的男人绝非惜命如金之人，并不该以如此迫切、严肃的神态，向自己提出这般直白的要求。“这都有点儿不像你了呢！”古德笑着说。

秦汉尴尬地挠了挠头发，在电视直播前，他一度相信，自己属于那种更注重生命宽度而非长度的人，如果说多数人对长生的渴求犹如鱼儿对水一样，那自己则更像一条在淤泥中也能挣扎上一阵的泥鳅。但事实证明这是错的，以前把生死寿限看得淡然，那是因为想了也不会有用。对自己根本不可能拥有的东西，多数人都会伪装出豁达的模样，直到他们摸到了希望。

“如果国家需要，你愿意捐出一百万吗？”

“我愿意。”

“你愿意捐一栋房子吗？”

“我愿意。”

“你愿意捐一头牛吗？”

“不愿意。”

“怎么会这样？你都愿意捐一百万和房子了。”

“因为我真有一头牛！”

这一天，希望真的来了，豁达者消失了，取而代之的是唯恐不及、锱铢必较者。每个人都在心中告诉自己，我才是地球上最需要药剂的人。十八九岁的青年高举“青春无价”的标语奔走、呐喊，三四十岁的精英人士用手中的财富与权势影响社会舆论，同时，离死亡越近便越畏惧它，这种无以复加的恐惧将数以亿计的老人赶上街头，用静坐的方式表达出内心的渴求。

秦汉也不能免俗，但比多数人稍微高尚无私一些的是，他首先想到的是女儿，而非自己。

“不是为了我，而是为了我的女儿！”秦汉将无比诚挚的目光投向多年的好友，“秦雨和秦雪患上了一种罕见的血管疾病，医生说了，除非出现奇迹，她们最多只能再活八九年！而你，就是奇迹！你能让她们再活二三十年，二三十年之后，这种疾病很可能已被医学攻克！”

这个消息无疑震撼到了眼前的男人，“上帝”的脑海里瞬间浮现出两个可爱的身影，他毫不犹豫地点了点头。

“我需要下面这些设备和材料，一定要保密！要是走漏了一丁点儿消息的话，你就永远都看不到我了。”

5 失联的“上帝”

除了秦汉之外，没人知道古德身在何方，全世界的知情人士都在寻找这位失联的“上帝”，以及他可能留下的长生技术——想必后者比前者重要许多。

A 市医科大，遗传学实验室。

望着身边四个白发苍苍的身影，杨鸣忽然感到一阵没来由的烦躁。自从他的研究生导师——古德副教授失踪之后，他已经整整二十天无法踏出实验室半步了。

古德失踪的消息，被各国政府以最严密的级别彻底封锁了。事实上，这里的“各国”只包括五个国家，拥有最强大的政治与经济力量的那五个。在强势的舆论管控下，“上帝分子”的热潮正缓缓冷却，多数人逐渐接受了联合国秘书长宣称的四到五年的等待时间。一度席卷世界的游行与示威也失去了曾经的热度——因为大家都被蒙在鼓里了。

这是一些国家协商后做出的艰难抉择。在这个动荡时期，贸然发布“上帝”失踪的消息只会让世界再次陷入混乱与失控，很可能比上一次更糟。既然如此，除去那些必须知情的大国首脑与遗传学、医学泰斗外，让七十亿平民暂时活在美妙的梦境里无疑是最稳妥的选择。平静的水面下孕育着可怕的危机，信息不对等造成的巨大鸿沟犹如悬在人类头顶的达摩克利斯之剑，寒冷锋利的剑刃随时可能将地球文明拦腰切断。

这是人类进入信息时代以来，第一次出现“数十人知道某个关乎人类切身命运的最高机密，而另外几十亿人对此一无所知”的情况。知情权犹如“二战”后高耸的柏林墙，将人类生生隔绝为“知情者”与“不知情者”两个截然不同的种群，没有人能想象出，一旦墙壁崩塌，将给地球带来怎样可怕的灾难：人民将彻底失去对政府的信任，欺骗与愚弄必定取代曙光与希望，成为史书中用于描述这个时代的特有标签。

为了杜绝这种可能，知情者身上都被装上了监听装置。为了让自己和亲友免遭囚禁之祸，凤毛麟角的“知情者”如畏惧瘟疫一般畏惧身边的每个人——尤其是至亲好友。唯一的幸运是，站在围城内的人很少，全世界加在一起还不足百名，而杨鸣，则是其中最年轻的一个。

二十六岁的杨鸣，在过去的七年里一直是古德的学生。这个满头黄发、充满活力的年轻人，从外表看上去，更像是一个乐团的吉他手，而不是一位遗传学硕士。

如今，在他身边不到五米的地方，正站着四位精神矍铄的老人，这四位世界遗传学界的泰斗已经在这里滞留了整整一个礼拜。自从古德失踪后，位于A市医学院的遗传学研究室就成了“知情者”的目光焦点所在，数十位世界顶尖的遗传学家蜂拥而至，试图在这里找出古德留下的蛛丝马迹，发掘出有关长生的秘密。但十六名荷枪实弹的武警面无表情地把多数人挡在了外面，除了持有最高通行证的这四位。

“我真的不知道，古德从来都只让我做一些最简单的工作，例如给小白鼠洗澡、给兔子切胡萝卜这些，我简直就是实验室里的‘保姆’！”在经历了无数次并不愉快的问询后，杨鸣终于爆发了，“要是真知道有这么神奇的药物，我早就拿来自己吃了，又或者拿到黑市上去拍卖了，懂了吗？老家伙！”

面对杨鸣的突然发作，一旁的女翻译明显有些措手不及，她早就知道，面前的这位“遗传学硕士”很可能连构成DNA分子的四种碱基都无法背出。事实上，要不是他那做市委书记的老爸，杨鸣根本就不会出现在这座校园里，更不要说出现在这个承载着全人类梦想的实验室了。

但她还是难以想象，面对有着如此高的声誉和地位的四位学术泰斗，杨鸣会吼出这样的话语。但是这还没完，杨鸣更加歇斯底里起来，嚷出的声浪几乎要震痛她的耳膜。

“为什么？为什么？我给他打了三年下手，就连每天的夜宵都是我帮他做的，他为什么不告诉我这一切！为什么不让我做他的试验对象，这个家伙！”杨鸣狠狠地抓着因嗜酒纵欲而失去光泽的头发，一大串污言秽语从口中冒了出来。

“He said he only stayed here for three months, he suggested us to read professor Gu’s note!”（“他说他只在这里待了三个月，他建议我们还是去翻古德教授的笔记资料！”）短暂的迟疑后，女翻译决定撒谎。这是她三年翻译生涯中第一次撒谎，很可能也是最后一次。幸运的是，几位老者并未注意到她脸上的尴尬与不安，转身继续投入到了工作中。然而，在付出了二十天的无用功之后，最后一位科学家，以坚毅和耐心著称的保罗·阿伦也选择了放弃，他发现，古德留下的每一本笔记与资料，都刻意撕去了最重要的部分。

“少了这些玩意儿，就像是爱因斯坦在描述狭义相对论时，漏写了 E=mc2 一样！”2021 年的诺贝尔医学奖获得者保罗·阿伦丢下这么一句话，登上了返回欧洲的飞机。

与此同时，地球的另一端，在 M 国科学院的带领下，十一位最顶尖的医学专家发起了一项名为“拯救”的研究项目，尝试从古德留下的六只服用过 π 药剂的实验活体身上，逆推出 π 药剂的分子结构——但他们很快便发现，这是一项不可能完成的任务。在白白浪费了四十亿美元经费，并解剖了六只实验体中的四只后，“拯救”项目依旧毫无进展。10 月 14 日清晨，距离电视直播整整一个月，“拯救”项目总负责人本森博士从 NY 市中心的一栋四十层大楼楼顶一跃而下。

“古德这个家伙，他到底想干什么？”本森在自由落体时喃喃自语，失重反倒让他的大脑变得清醒起来，一种极为危险的猜测在脑中浮现，“他不会是想成为世界的幕后掌控者吧？”但即将拥吻死神的他已经不再有机会说出这一切了。

当本森的鲜血在皇后大道流淌、干涸时，古德正在 A 市郊外的别墅里摇晃一个价值九十元的婴儿奶瓶——这是秦汉一周前买来的。古德原本需要一批试管，但为了不引起怀疑，他决定用奶瓶来代替。很多人都知道秦汉和古德的关系，在这个特殊时期，一对双胞胎女儿的父亲购买几个奶瓶，无疑要比一个报社主编买一批试管正常许多。

事实上，在这间由厨房改造成的“实验室”里，类似粗陋的替代品占了三分之二还多。当然，诸如可倾式反应锅、高温温度计等工具是无法替代的，为了不引起怀疑，这些东西都通过隐秘的网络渠道购得。

至于最重要的合成原料，古德早在电视直播前就留下了后手：到这里的第二天，他用秦汉搞到的匿名手机号，将一串长达二十三位的数字密码发到了某个号码上。半小时后，一辆无牌照的哈雷摩托车带着刺耳的刹车声停在别墅门口，将一个笔记本大小的包裹扔在门口的草坪上。车手离开后，古德麻利地打开了包裹，十七个不同颜色的密封袋出现在眼前，他仔细回忆了一遍每种颜色所对应的分子类型，然后开始了数十个小时的忙碌。

在遭遇了死亡威胁后，古德便亲手销毁了世上仅存的所有成品药剂。就连这些合成原料也经过了烦琐的加密：十七种原料中的六种是完全用不到的，每种原料的用量，也与袋子里原料的分量完全扯不上关系。古德曾经算过，通过这十七种原料能合成的化合物，大约有十的十一次方之多。

只有上帝知道，如何获得正确的那种。

古德心知肚明，如此自私的“捆绑”举动，等同于对全人类的不负责任。世人一旦知悉，极可能给他安上反人类的罪名。为此他也犹豫忐忑过，直到路易十五某位情妇的名言打消了他的全部顾虑——“我死之后，哪管洪水滔天！”

6 暗潮汹涌

滔天的洪水终究没有立刻降临，但暗潮与漩涡正在阳光照射不到的地方野蛮生长。“上帝”失踪了，自从古德走出洛圣都报告厅大门的那一刻，就像从世界上蒸发了一样。所有的知情者同时将不善的目光投向了北美洲的世界霸主，想要一个合理的说法。

“FBI 已经整整一个月没放假了，我们在机场、车站、高速路口布下了层层封锁，前后排除了四千多个怀疑对象，但连一丁点儿有价值的线索都没有发现！”在联合国会议上，六十二岁的 M 国外长将手放在《圣经》上起誓（他是个虔诚的基督徒），“以上帝的名义起誓，我国绝对没有拉拢、藏匿、威胁以及任何私下接触古德的行为，之前确实有议员提出过类似的建议，但在国会否决前古德就失踪了！”

“我相信您代表贵国政府做出的保证，但我们也有理由怀疑贵国的财团、民间组织或者上市公司，尤其是那几家世界级的制药公司。毫不夸张地说，π 药剂能给他们带来数万亿美元的利润，这足以让任何人疯狂！”中方代表义正词严地说。如果古德真被其他国家秘密控制的话，这将是一次史无前例的洗劫。

原本紧张的气氛变得有些剑拔弩张。几位顶级政治家开始投鼠忌器，八十多年前的那场世界大战还历历在目，“小男孩”与“胖子”，这两颗世界史上最璀璨的死亡烟花带来了“二战”的终结，但在八十多年后的今天，这两枚粗糙的原子弹就连当作开战的礼炮都略显寒碜，全面战争一旦打响，天知道地球会变成什么样子！

而那位始作俑者是无从知道这一切的，因为还有更重要的事情在等着他！

反应式、催化触媒、分子性状，无数信息如电影胶片般在脑海里快放、闪回，指挥着遗传学家的双手在十一种原料间上下翻飞。窗外的天色渐渐暗了下来，古德停止了忙碌，疲惫的大脑与双手都到了休息的时候。他燃起一支雪茄，踱到客厅的茶几前面。茶几上零乱地堆着几张最新的报纸，每一张报纸的头条，都被“π 药剂”“上帝分子”等字样占据：《上帝的恩赐——“上帝分子”发现之路》《π 药剂计划四年后上市，M 国政府追加投入七十亿美元》《π 药剂首批临床试验实录》。

古德有些惊奇地发现，这些和“π 药剂”有关的报道，绝大多数都经过了相当有水准的专业指导，即使是有一定科学素养的专家学者都很难看出其中的破绽。唯一的例外是《南方新闻》：这是一份发行量不到两万的街头小报，报纸的头条是《π 药剂——人类历史上最大的骗局？》。这篇七千多字的文章，逐条逐句地分析了古德那天演讲的内容，最后得出一个结论：所谓“π 药剂”，不过是一场彻头彻尾的骗局，个别掌权者希望通过发布这样的消息，引发人类骚动，改变世界格局。

“想象力丰富，逻辑推理严谨。可惜经费不足，专业破绽太多！”古德一边自言自语，一边重新走回厨房的操作台，开始了新一轮的忙碌。在这里不会有任何人打扰到他，包括秦汉——在备齐了实验材料后，他便对老友提出了非请勿入的要求。

三个星期后的一个下午。

古德对着初升的朝阳，微眯着双眼，看着手上的婴儿奶瓶，奶瓶里流淌着五十毫升乳白色的混浊液体。因为制作工艺的差异，这些乳液的外观和之前的实验室产品完全不同，但古德百分百相信，在这瓶毫不起眼儿的液体里，正活跃着数以亿计的“上帝分子”。

他自言自语道：“如果今天把一份 π 药剂放到黑市上，它到底能拍多少钱？五亿？五十亿？又或者五百亿？那些可爱的同行们，他们一定在我的实验室急疯了吧。我真想告诉他们，在离开前我把那里彻底清理了一遍，任何有价值的东西都没有留下！”

古德自认为对金钱并没有浓厚的兴趣，若非如此，他绝不可能在数十亿人收看的电视直播中，对 π 药剂的价格做出那样的承诺。同样被视如粪土的还有名声，在成为家喻户晓的“上帝”前，他甚至从未向任何一家媒体透露过只言片语。每当想到这一点，这位遗传学副教授都会点上一根雪茄，为自己的伟大和无私陶醉上一阵子——直到三天前，秦汉一针见血地指出了他的愚蠢和自恋。

“就算你的 π 药剂只卖一百美元，你也能轻易成为世界首富！更何况，你还是这个星球上最出名、最受崇拜的男人！”三天前的傍晚，在酒精的作用下，秦汉用略带嘲讽的语气对古德说，“对你来说，金钱、虚名完全不值一提，那是因为你早已拥有了这一切！如果你真有那么伟大，就该把有关‘上帝分子’的核心秘密告诉世界上的每一个人！”

古德无法反驳秦汉的观点，他突然发现，成为神祇的那种感觉，是任何财富、名利都无法比拟的，甚至比毒品还要美妙一百、一千倍。这是一种俯视众生、居高临下的奇妙滋味，自己随口说出的一句话，无意中做出的某个举动，都可能给整个人类社会带来无比巨大的改变和冲击！从一个默默无闻的学者摇身变为所谓的人类的“上帝”，这样的蜕变让古德不免有些醺醺然起来，直到他想到了“滤镜”。

7 无理要求

古德是在直播的半个月前接触到“滤镜”的，当晚他正在实验室里忙碌着，准备接受FDA每周的例行检查。自从五年前FDA空运来那八只实验白鼠幼崽开始，这样的检查便会在每个周末准时到来。尽职尽责的监督员会仔细地对每只实验白鼠进行细胞与体液采样，从而准确监测它们的衰老速度。从第二年夏天开始，每位走进来的监督员都开始用朝圣般的目光望向古德，其中有一位不知姓名的东欧男人，甚至用下跪的方式来预约一个将来参与临床试验的名额。

突然的敲门声打破了屋内的宁静，古德看了看墙上的挂钟，然后疑惑地推开门。当他望见门外轮椅上那个单薄且佝偻的身影时，一时间几乎不敢相信自己的眼睛。

七十一岁的理论物理学家——纳什博士正坐在特制的金属轮椅上，用僵硬的手势“说”了一句“跟我来”。

“怎么会是他？”这是古德心中闪过的第一个念头，“一定是‘上帝分子’的秘密被泄露了出去！”他接着想。即便如此，眼前访客的到来还是让他百思不得其解，毫不夸张地说，就算联合国秘书长的到来都不会让他如此惊讶。毕竟，“上帝分子”与物理学之间是完全扯不上关系的。更何况纳什都七十一岁了，就算成了第一批试验者，最多也就是在轮椅上多苟延残喘十七八年而已。

尽管揣着如此之多的疑问，但对这位儿时的偶像，古德依然保持了崇高的敬意和绝对的信任。他战战兢兢地推起轮椅，循着纳什的手势七拐八绕，先是踏入了校门对面的一栋办公楼，随后走进一间灯火通明的会客厅。当推开大门时，一阵难以抵御的寒意瞬间侵袭了他的身体，将他那份因初遇偶像而涌现的激动与兴奋彻底驱散。

七个男人整齐地端坐在纯黑色的沙发上，每个人脸上都戴着一个特殊而精巧的半球形面具。面具上的图案是张绘制精美的世界地图，深蓝的海洋、绿色的平原、银白的雪山，巧夺天工的做工，以假乱真的配色，每张面具都是一件完美的艺术品。但当这样的艺术品被戴在脸上时，只会让人感到它们阴森恐怖，而非艺术的美感。

身旁的纳什缓缓地推动轮椅，移到了那群男人的旁边，向他们点头示意。这个动作让古德的心一下子沉了下去，“你们是谁？”没人回答，屋里死一般寂静。古德不得不把目光投向轮椅上的纳什，“你们找我干什么？”回应他的是一脸的冰冷与僵硬。他呆呆地站了大约一分钟，终于按捺不住，正当他准备夺门而出时，坐在正中间的男人开口了：“恭喜你，古德博士，你发现了人类梦寐以求的物质。”

古德并没有回应，直觉告诉他，对方下面要说的东西，才是真正的重点。

“很遗憾地告诉你，经过最高会议裁定，你必须马上停止你的研究工作！同时，请销毁这些年来所有的核心研究资料，或当作绝对机密无限期封存！”男人的英语很标准，语气不紧不慢，每个音节都散发出一种不容置疑的气息。

“什么？”在确认自己没有听错后，古德的大脑足足停滞了三十秒。从进门的那一刻开始，他便在脑海里对对方的来意做出了好几种猜想：花费一笔天文数字般的钱买下“上帝分子”的技术专利；通过“合作”的方式让他成为某制药公司的“摇钱树”；又或是更野蛮粗暴一点儿，用武器胁迫自己交出尚未上市的 π 药剂，从而让个别特权阶层提前享受到长生的乐趣。当然，最大的可能是几者兼有。但眼前的一切告诉他，自己完全猜错了方向。

“你们全部是绝症患者，还是想与整个人类为敌？”愤怒一下子取代了心中的错愕，这位遗传学副教授几乎失去了最基本的逻辑思维能力。

“都不是，恰恰相反，我们这么做是为了……”古德的左手边，一个年轻的声音从面具的缝隙中传出，正当他要说出最关键的内容时，中间的那个男人忽然从沙发上站了起来，做出一个噤声的手势。

“对不起，你现在没有知情权！我郑重地提醒你，在得到组织的允许之前，π 药剂绝对不许以任何形式出现在世界上！”

“这不可能！动物实验四年前就开始了，FDA 和 WHO 都知道这事！最多再过半年，世界将为之震动！”

“我们自然知道这个，‘过滤’工作即将开始，你只需要记住我们的警告！”

“过滤”，这是当晚第一个被古德牢牢记住的词，此刻的他并不知道，在未来的数日里，这个由六个字母组成的英文单词将变成一个个挥之不去的噩梦，纠缠不休，无法挣脱，乃至吞噬一切。

交谈只持续了不到十分钟，就以古德的摔门而出而告终。他听到的最后一句话，是一句带着北方口音的中文，“我们的组织叫‘滤镜’，我们等待你的加入！”古德怔了怔，然后头也不回地消失在茫茫夜色中。

会客厅重新陷入安静，出人意料的是，古德的态度并未激怒任何一位脸戴面具的“滤镜”成员，这个神秘的地下组织似乎拥有一种神奇的魔力，每位成员都具备极高的情绪控制力，在绝大多数情况下都不会失去冷静与镇定。

他们是“滤镜”的一到八号。“滤镜”的组织架构极其简单，一到九号代表组织的“大脑”，掌控全部的话语权与决定权，十号之后则是普通成员，如工蜂一样不折不扣地执行“大脑”发布的一切指令。由于九号位置目前处于空缺状态，所以，事实上“滤镜”组织的整个核心领导层全坐在这里了。

如果古德知道这些人公开的身份，也许他会在屋里逗留得久一点，甚至仔细考虑一下对方的提议。但这只是“如果”而已，实际情况是，即便在组织内部，每个人的真实身份也不是公开的，任何私下调查他人真实身份的行为都是被明令禁止的。在“滤镜”内部，能够知晓大多数成员真实身份的人只有一位：轮椅里的纳什博士，身为组织的七号成员，他能拥有这样的特权有两个原因：

第一，由于举世无双的人气魅力与学术地位，这位物理学泰斗数十年如一日地担任着“滤镜”组织的引荐者与代言人，超过80%的成员在他的引荐下才得以加入“滤镜”。

第二，他也是“滤镜”中极少数始终以真面目示人的成员之一，当然，由于身患举世皆知的渐冻人症恶疾，隐瞒身份对他来说也是不太现实的。

当房间里唯一的外人离开后，坐在沙发里的五号缓缓开了口，平静的语气好像在诉说一件再平常不过的事情。

“如我所料，古德并没有任何妥协的可能，那么，明天‘过滤’工作就该开始了吧？”

“我觉得我们可以再等等，或许还有更温和的解决办法。”开口的是纳什，他的发言得到了其他在场者七分之二的支持。

“我赞成，我们现在面对的，是一种前无古人的伟大技术，比我们之前抹杀的那些要伟大千万倍。基于这一点，我完全赞同纳什博士的观点。”坐在正中间的一号放下手中的雪茄，语气中充满了坚定与不容置疑。

“我也这么认为，事情还有转机！”邀请古德加入“滤镜”的八号这样说。

即便得到了一号和八号的赞同，纳什提议的怀柔政策依旧没有占据上风，座位紧挨在一起的三号、四号、五号一同站了起来。五号冷漠的语气中已能隐隐听出无法抑制的愤怒，“这是违反‘最高纲领’的！你们这些自私的家伙！长生的诱惑让你们放弃了原则，死亡的恐惧动摇了你们的信念，照我看，你们早就把‘最高纲领’丢到脑后了。尤其是你，一号！实在难以想象，以守护者自居的你竟然公开背弃我们的信仰！”

面对逼问，一号始终保持不温不火的态度，“我并没有背叛信仰，只是想找个更好的解决办法。根据可靠消息，‘上帝分子’源自一次偶然的发现，而非遗传学发展到某个阶段的必然产物。更重要的是，其中核心的技术秘密，有一大半都被多疑的古德存在大脑里，没有任何文字与电子备份。一旦我们真消灭了他，人类很可能彻底失去这项技术！时间或许是五十年、一百年，甚至永远！如果真发展成这样，我们都将被钉在历史的耻辱架上，成为全人类的罪人！”

“罪人？”五号发出嘲弄的笑声，“难道这是我们第一次成为罪人吗？别忘了，我们都是凶手，这一点在六年前的那个夏天便已盖棺定论！如今，你手软了、仁慈了？”

激烈的争吵未能取得任何结果，最终，在纳什的提议下，一次用时不到五分钟的无记名投票结束了这场剑拔弩张的对立，八位与会者达成了临时性的妥协。

“前期‘过滤’工作立刻开始，不过，要做得特别一点儿！”

奇怪的名字、莫名其妙的要求，若不是纳什这位物理学传奇的存在，古德一定会把当晚的遭遇当作一群疯子的玩笑。但当这群“疯子”里坐着一位极理智、极伟大的科学家时，这个晚上发生的一切就成了一片巨大的阴影，笼罩在心头迟迟难以消散。他踱到户外，仰望夜空里闪烁的繁星，父亲沧桑的身影忽然浮现在纷乱的脑海里。

古沧行，一位世界顶尖的细胞学家，长期走在抗击癌症最前线的传奇战士。他和他的CAR-T PRO免疫细胞疗法，一度让人类看到了彻底战胜癌症的曙光。

那已是六年前的事了，当时的古德，还只是一位默默无闻的遗传学讲师，距离他与“上帝分子”那次无比神妙的邂逅，还有半年时间。不过，早在那之前，古沧行在医学界放射出的耀眼光芒便已让儿子在阴影中生活了五六年之久，对那时的古德来说，平易近人却又高山仰止的父亲是他一生仰望的偶像。

一丝不太寻常的气息随着CAR-T PRO疗法进入二期临床试验阶段无声地侵入古德的生活。不知从哪天开始，原本数周甚至数月听不到一点音信的父亲，开始每天准时给古德打来越洋电话，在电话里，古沧行只字不提关于CAR-T PRO的任何消息——那本该是他毕生的骄傲与梦想才对。他像一位最平凡的老者一样，关心儿子的吃饭穿衣。如此上慈下孝的通话，对早已熟悉父亲性格的古德来说显得那样陌生与诡异。

更让他感到恐惧的是：电话中的父亲时常陷入长久的沉默，即使在说话的时候，语气中也饱含着难以遮掩的担忧与踌躇。当古德第三次严肃地问起父亲到底发生了什么的时候，电话那头的古沧行说出一句让他毕生难忘的话：

“在全人类的期盼与福音面前，任何机构或是团体的利益都是微不足道的！”

就在父亲说出这句没头没尾的豪言壮语的第二天傍晚，四位戴着面具的枪手全副武装地闯入了位于洛圣都郊区的CAR-T PRO临床试验室，伴随着AK-47喷射出的火舌，六位项目核心成员中的五位永远倒在血泊之中，在完成了这次屠杀后，入侵者若无其事地划着一根火柴，甩到满是汽油的实验柜上，就好像焚烧一堆毫无价值的垃圾一样。

随着恶魔火焰的升起，这种已被二期试验证实能治愈多数癌症的神奇技术随着它的拥有者一道被毁灭了。FDA 评估，人类想要重新研究出足以媲美 CAR-T PRO 的癌症治疗技术，至少还要十五年之久。这意味着在这段时间里确诊的癌症患者都只能听天由命了！两个小时后，这条爆炸性的新闻先后登上了 ABC、BBC 等世界级媒体，以前所未有的速度传遍全球。人们捶胸顿足、怒吼、悲泣。数万名全球各地的癌症患者的家属自发募集了超过两亿美元的专款用于追凶，通缉这犯有反人类罪的幕后黑手。

结果便是没有结果。

没有利益就没有杀害。接到来自大洋彼岸的噩耗后，古德一度坚信，这场震惊世界的惨案的主谋必定是世界上最知名的抗癌药物厂家之一——又或是几家的合谋。但在六年后的今天，古德心中多了一个极为可怕的猜想。

“父亲的死，会不会也是他们干的？”

数十年的科学研究让古德保持了难得的冷静，他将愤怒的烈焰与复仇的怒火全部深埋进心底。他清楚地知道，以自己目前的力量，想要对抗这个庞大而可怕的组织无异于飞蛾扑火，只会白白搭上自己宝贵的生命——以及人类追寻已久的长生之梦。这份压抑整整持续了两天，直到“过滤”真正降临的时候。

8 财富、智慧、创意、权力

古德是在清晨的睡梦中被一阵电话铃声惊醒的，看到手机上显示的号码时，一只无形的大手瞬间攥紧了他的心脏。

“古德博士，我们很遗憾地通知你，世界上最伟大的遗传学家之一、哈佛医学院名誉教授、您的导师村上博士，在昨天下午死于一次可怕的谋杀。”

“‘过滤’开始了！”这是古德放下听筒后的第一反应，悲恸与愤怒瞬间填满了他的心房，随之而来的是恐惧。因为他收到了一小段标有“绝密”字样的视频文件。

这段不到两分钟的视频来自一个高清摄像头，视频的前三十秒，村上正拿着一张报纸，悠闲地躺在一片金黄的海滩上，然而从第三十二秒开始，村上的脑袋忽然诡异地侧了一下，就像是被一只虫子叮了一口，紧接着面部表情变得扭曲，在他做出下一步挣扎的动作之前，一簇淡青色的火苗如幽灵般从他头顶的白发间冒了出来，开始啃噬这具肉体。村上抽搐着跌倒在地，在短短一分钟内被灼烧成一截枯黑的焦炭，无数黑色的粉尘被海风迅速吹散，金色的沙滩上留下一个焦黑的大洞。

所有的现场证据都指向了同一种解释，正躺在沙滩上晒日光浴的村上，在短短十五秒钟内承受了超过五千摄氏度的高温，在经历了最初两秒的痛楚后，这具重六十八千克的男性躯体被迅速烧成了灰。让人难以想象的是，高温波及的范围，只有大约六平方米。

“天罚”，这是许多人看到视频后的解释。但FBI显然不能用这个荒谬的理由来结案，燃烧是在一瞬间产生的，一同被烧成飞灰的躺椅又说明这不是一次人体自燃。正当数十位犯罪学专家一筹莫展的时候，一位实习警员提出了一个无比荒诞的猜测。

“会不会有人在村上头顶放置了一个巨大的凸透镜？村上所在的那一小块位置恰好是凸透镜的焦点，考虑到将人体迅速碳化所需的高温，这个凸透镜的面积起码有十平方公里！”

“十平方公里的凸透镜？你觉得是上帝用手拿着这玩意儿的吗？”

“设备不是问题，几架直升机就可以做到这一点，真正的困难在于计算，要知道，太阳的角度时刻都在变化，想要实现这样的谋杀，这些直升机打开这面凸透镜的时间，必须精确到两秒钟之内。”

天方夜谭般的猜想很快得到了卫星监控的完美佐证，夏威夷当地时间中午12:04:31，十四架新型无人机在0.03秒钟内，在一千七百米的高空“张开”一面由纳米薄膜制成的面积达十四平方公里的“凸透镜”，凸透镜的焦点精确地对准了毫无防备的目标，将这位遗传学泰斗瞬间蒸发在五千多摄氏度的高温里。

从科学的视角来看，这是一次近乎完美的谋杀，无比精准的计算让最顶尖的数学家都叹为观止。但如果从经济学的角度考量，这次行动又显得无比愚蠢且浪费：在北美的地下组织，谋杀一位毫无防备的高级学者的价码绝不会超过五十万美元，而要完成这次“蒸发”，花费的金钱不会低于两千万美元。

如果说“蒸发”彰显了“滤镜”难以想象的财力与智力的话，那么，“死亡之吻”则走向了另一个极端：无与伦比的创意与想象力，以及如莎翁长诗般的浪漫与悲情。

李德，美籍华裔，FDA药品评估和研究中心主任，π 药剂动物实验的第一监督员。这位不满四十岁、年富力强的医学翘楚死于一次短暂而甜蜜的接吻，如此诗意的死亡方式与他生前的花花公子之名“珠联璧合”。为了不让如此珍贵的行为艺术湮没于世，“滤镜”特地给古德寄来了三样东西：一段完整的监控录像、一张来自官方的法医鉴定书，以及一张不到一千字的“导演阐述”。

这一吻发生在“过滤”开始的第二天午夜。当时，李德在一家昏暗、暧昧的酒吧里邂逅了风情万种的舞女丽莎，英俊的花花公子自然不会放过这次难得的猎艳机会，在喝下一整瓶五十二度的苏格兰威士忌后，男人的嘴唇覆上了女人的红唇，然而这一吻只持续了不到三秒钟，在众目睽睽下，李德高大的身躯忽然瘫倒在地，之后再也没能站起来。

看完长达十五分钟的录像后，古德犹豫了一下，先抽出了那张警方出具的法医鉴定书。

法医鉴定书

一、绪论

1. 委托单位：Z 市公安局

2. 受理日期：2033 年 9 月 4 日

3. 案情摘要：2033 年 9 月 3 日 23 时左右，李德（美籍，FDA 研究中心主任）在新华路 18 号“致命邂逅”酒吧猝死。

4. 鉴定要求：对李德进行法医学尸体检验。

二、检验过程

1. 死者体表无外伤，内脏无出血症状。

2. 胃组织、胃内容物化学检验，未见安眠镇静药物、常见麻醉剂、违禁毒品等有毒成分的特征色谱峰和特征碎片离子。

3. 死者曾于 2029 年 7 月因冠状动脉疾病接受心脏搭桥手术，并安装美敦力牌的心脏起搏器。经存留数据分析，死者死亡时，该起搏器工作状态异常，负电脉冲频率持续波动。考虑因起搏器故障引发心脏衰竭，心脏供血不足导致死亡。

说实话，有了“蒸发”的前车之鉴，当古德看到这份法医鉴定书时，并没有对“滤镜”的这番手笔产生任何震惊的感觉——黑客用遥控装置入侵心脏起搏器芯片，进而对受害者的心脏发出一系列高压电击，这是几年前科幻电影里就出现过的内容，老套，全无新意。这样的不屑一直持续到他展开了那张薄薄的“导演阐述”。

如果你以为我们像电影中那样，用遥控器来干扰起搏器的正常工作，那就太低估我们的诗意与浪漫了！如果我们真想那么做，又何必劳烦美丽动人的丽莎小姐呢？要知道，无论是经典的戏剧还是电影桥段，都绝对不该出现一个全无价值的多余角色，这种画蛇添足的累赘只会破坏剧情的整体美感！

李德体内的心脏起搏器是美敦力 2019-RD2，这玩意儿体积、噪声都很小，缺点是不那么安全可靠，尤其对某个区间段的电压电流极为敏感。于是，我们请来了丽莎小姐，在她的齿间放置了一个小小的静电发生器，然后通过美女唇上的一点静电，成功干扰了他体内的心脏起搏器，在酒精、重爵士乐的辅助下，这颗曾做过搭桥手术的脆弱心脏将会有超过 92% 的概率罢工，相信这肯定也是他最期望的死法吧！

在信纸的最后，“滤镜”还饶有兴致地给古德留下了一道选择题：“伟大的古德博士，您认为这次行动究竟该叫‘死亡之吻’还是‘吻别’呢？二选一！”

这次技术简单、成本低廉（与“凸镜”相比）的谋杀，用它背后的“浪漫与艺术气息”极大地震撼了古德的心灵。然而与第三次“过滤”相比，这两次让人叹为观止的死亡艺术依然显得无比幼稚和小儿科。因为，无论在哪个国家的法律里，这都是一次合法的“治疗”，而非谋杀。

在接到村上与李德的死讯后，π 药剂动物实验的最高监督者与见证人：FDA 主席约翰逊，将自身的安全警备提高到了一个前所未有的等级。即使上厕所的时候，他身边都形影不离地跟着两名忠心耿耿的保镖。第二天下午，约翰逊在办公室里约见了自己的心理医生——年轻的泰勒女士，要求进行一次深度减压治疗。直到这时，FDA 主席依然要求两位保镖戴上耳塞守在身侧。要知道，对他这种身份的人来说，心理治疗的过程比上厕所这种事还要隐秘好几倍。

谋杀和治疗是同时进行的，泰勒催眠了FDA主席，然后花了三个小时将“约翰逊”的主人格彻底从这具躯壳里抹去，取而代之的是在他的身体内蛰伏了四十六年之久的第二人格——“迈克尔”。“迈克尔”源自约翰逊六岁时的一次家暴阴影，拥有与主人格截然不同的记忆与性格。七年前，泰勒在第一次帮约翰逊实施心理治疗时便发现了这个秘密。正因如此，她才成了组织指定的唯一人选——这位顶尖的心理医生其实并不怎么缺钱，但如果价码是一亿欧元的话就另当别论了。

催眠结束后，“迈克尔”取代“约翰逊”接管了这具躯体，在同事惊异的目光中辞去了FDA主席的职位。而他大脑皮层中所有有关“上帝分子”的记忆，也随着主人格的隐匿而烟消云散，彻底从这个世界上消失了。

慷慨的“滤镜”又一次与古德分享了这个伟大的秘密。这一回，古德终于明白了对方的用意。

证明。

对方想要通过这些突破想象力极限的谋杀，向自己“证明”他们卓越的智慧和伟大的想象、无与伦比的财富与权力，以此来换取自己的妥协。但让古德百思不得其解的是，他曾经不止一次回复“滤镜”的邮件，询问对方到底想要达到怎样的目的，但得到的回答始终只有冰冷的三句话：“你没有知情权，立刻中止动物实验，销毁所有药剂成品！”

毫无道理的要求，毫无商量的余地。在接到这样的回复后，古德想到了两句话，第一句是“没有永远的敌人，只有永远的利益”，他绞尽脑汁也无法想象，这要求能给何方势力带来利益或权力；第二句则是中国人常说的“无欲则刚”，对方对“上帝分子”竟未表现出丝毫兴趣或贪欲，这让他根本无法发现并利用对方的弱点。

然而在想通这一切之前，他必须先做出决定：妥协还是坚持？三天后，古德给出了自己的答案。

他拿起鼠标与打火机，开始销毁一切和“上帝分子”有关的资料和线索——无论是以笔记形式还是电磁形式存在的。他借来一辆SUV，将数百个容器里的液体与固体一股脑儿地倒进滚滚江水，然后又将一页页写满分子式与反应方程的笔记本丢进熊熊燃烧的火盆。最后，他打开电脑，将一个个记载着自己全部探索、实验过程的文档拖入了文件粉碎机——最后，他将格式化完毕的硬盘丢进了大功率消磁机。

这些无比危险的举动意味着，自此之后，有关“上帝分子”的所有秘密，将全部封存在一个不到1.5千克的大脑中。

“‘滤镜’一定以为我选择了妥协吧！”古德站在家里的客厅中央，他抬起头，墙壁上缓缓转动的时针提醒他，时间已所剩无几。他顺着墙壁向下看，他的目光依次从斑驳的世界地图和中学时代的元素周期表上缓缓滑过，当看到后者时，古德的目光略微停顿了一下，最终还是移向地上的火盆。“如果有人知道我正在做的这一切，想必会给我安上反人类的罪名吧！”

当一张张稿纸被投入火中时，大洋彼岸的“过滤”工作正在残酷而有序地进行着。七位π药剂动物实验的知情者，外加那两个曾协助过古德工作的医药化工专家，在短短的140个小时内从这个世界上永远消失了。

9月9日14时24分，一颗灼热的步枪子弹穿透了最后一位知情者FDA名誉主席让•雷金博士的胸膛，以0.4厘米的距离和他跳动的心脏擦身而过。经过两天两夜的抢救，刚刚苏醒的让•雷金在ICU病房里接到了古德的电话。这是除“滤镜”之外，世界上最后两位知道π药剂存在的人类之间第一次直接通话。

“谢天谢地，你还活着！”古德说。

“感谢上帝，要不是我的心脏位置比正常人偏左了一些，我想你只能看到我被枪杀的新闻了！”

“我知道是谁干的！”

古德的话极大地震撼了电话那头的让·雷金。若不是因为胸前厚厚的绷带，这位老者几乎要从病床上跳起来，“他们是谁？他们为什么要这么做？”

“不知道，这些人见过我，却没有透露任何信息。他们命令我，绝对不能让 π 药剂出现在这个世界上。”

“上帝，他们究竟想干什么？”让·雷金发出了与古德同样的疑问，“要不要政府的保护？”

“我认为这未必管用，说实话，领略了他们的手笔后，我甚至怀疑，他们所拥有的力量甚至可以谋杀国家元首！”

“照我看，这些人还是觊觎‘上帝分子’的终极机密。但他们希望，‘上帝分子’应该是少数上位者的特权，而非全人类的福利！”老辣的雷金主席瞬间猜到了一个完全合乎逻辑的可能，“他们了解你的性格，所以不愿意告诉你真相。”

“这样对他们有什么好处？”

“好处很多，你要明白一点，即便是同样的甜头，特权者永远都要比非特权者受用许多。”

“这算什么逻辑？”古德有些费解地问道。

“举个最简单的例子，一辆法拉利跑车，这应该算是少数富人的专享了吧。事实上，除了绝佳的驾驶体验之外，它还会给你带来许多看不到的甜头，例如主动搭讪的金发女郎、生意伙伴的额外信赖、亲人朋友的崇拜与艳羡。但你再想想，如果身边的每个人都有一辆法拉利的话，它还能带给你驾驶体验之外的乐趣吗？”让·雷金不顾肋部的疼痛，一口气说完了上面这些话，然后意犹未尽地说，“换一种比喻，如果你发明了一种能让人的智商瞬间提高一百的药剂，你愿意拿出来和全世界分享吗？”

古德愣住了，他一向聪明的大脑从未想到过如此简单的可能，他在电话里犹豫了几秒钟，然后斩钉截铁地说道：

“不，我绝对不允许这样的事情发生！”

“我也一样，你打算怎么做？”

“我需要您的帮助，向全世界通报‘上帝分子’的发现！”

“让我考虑考虑！”让·雷金有些犹豫。

“你必须答应我，不然人类很可能彻底失去‘上帝分子’！”

古德充满自信地认为，这样昭告天下的方式足以让“滤镜”暂时退缩——无论对方拥有怎样的背景、出于怎样的目的。面对木已成舟的结局，面对全人类的信念之力，恐怕都要退让几分吧！毕竟，当直播结束后，与古德为敌便意味着与全世界为敌。至于此举可能引起的链式反应，会不会导致世界走向动荡或不安，此刻的古德已顾不上考虑这些细枝末节的问题了！

在让·雷金的引荐下，9月14日，那个注定在历史上留下浓墨重彩的“希望之日”，古德用最简单粗暴的形式，向全人类宣布了自己的发现。直播结束后，古德如释重负地松了一口气，正当他快要相信，自己依靠伟大的魄力与超卓的智慧，击败了“滤镜”的野心时，胸前某样硬邦邦的东西将他从陶醉中硌醒，他下意识地将手伸进口袋，然后摸到了一枚不知从何而来的TNT胶质炸弹，炸弹上的倒计时数字让古德几乎瘫软在地，他用筛糠般的右手把炸弹递给一旁的安保人员，只过了两分钟，他听到了不远处震耳欲聋的爆炸声。

冰冷的事实将让·雷金的“特权”猜想一下子打入十八层地狱，“滤镜”的唯一目的便是毁灭！毁灭！

古德立刻启动了B计划，他登上那架早已备好的军用直升机，之后将自己用快递的方式寄回了中国。为了不让老友整天生活在恐惧中，他几乎从未向秦汉提起任何有关“滤镜”的事情。

在一个月的隐居生活里，古德曾无数次猜测过“滤镜”的来意：他们是谁？他们想干什么？ π 药剂对他们会构成怎样的威胁？“滤镜”到底想滤去什么？遗憾的是，他想到的每一种猜测推断，最终都会撞上一堵坚不可摧的逻辑墙壁。长生是人类追求了数十万年的终极梦想，是铭刻于所有羰基生物基因深处的原始本能。只有极个别的绝症患者，或是邪教狂人才可能对之产生抵制与抗拒。但“滤镜”拥有的巨大能量完全否定了这种微乎其微的可能。

一切发生在眼前的事实都在证明，“滤镜”组织对长生的秘密毫无兴趣，甚至不惜以谋杀古德和全部知情人的形式来阻绝人类接近“长生”的一切可能。在十七种最大胆、最狂野的想象被依次否定后，古德依然找不到任何理由来解释这个疯狂团队的疯狂之举。

除非“他们”不是人类！

当这个念头电闪雷鸣般入侵古德的脑海时，一种深入骨髓的寒意瞬间笼罩了古德的全身，全身每一个细胞都停止了代谢和思考，紧缩的心脏向无尽的黑暗深渊坠落。就连记忆深处那八张精美的面具都开始扭曲变形。是的，面具上湛蓝的海洋、绿色的平原、雪白的冰川都真实地勾勒出地球的面貌。

只有这样，才能解释纳什——这位世上上最著名的物理学家为什么会成为“他们”的引路人，也只有这样，“滤镜”这个无比怪异的名字才能得到合理、正确的解释：这些地外生命将过滤掉任何可能导致地球文明突飞猛进的因子，从而保证自己“殖民者”或“主宰者”的地位不受威胁。而古德的“上帝分子”无疑是最具威胁的目标之一——如果爱因斯坦能活到两百岁的话，物理书上也许早就印着大一统定律了！

这个疯狂的念头在古德脑海里盘桓了十多个小时，并让他在浑噩中犯下了一个无比愚蠢的错误：一团乱麻的心绪让古德彻夜难眠，迷迷糊糊中，“上帝”的右手在床边的触摸屏蹭了一下，这张床是全新的科技产物，可以详尽地记录人体在睡眠时的数十种数据，而古德触碰的那块，正是他这段日子里始终小心避开的禁区——用户指纹解锁区。三秒钟后，数万个加密字节通过看不见的无线电波横跨太平洋，传到了数个无人知晓的隐秘地方。

9 “上帝”之死

9200 公里之外，M 国西海岸。

警报器发出尖锐的鸣叫，有些像昆虫临死前的悲号。响到第四声时，一位脸戴面具的人穿着一只拖鞋奔了过来，用颤抖的手指点开了屏幕上的某个图标，一个刺目的红点出现在世界地图的某个位置上——七盘山的那处公寓。

这是“滤镜”的手笔之一：全球追猎系统。它的工作原理很简单：先在 iOS、windows、Android 等操作系统中种下木马程序，然后利用一切电子设备的指纹、虹膜或 DNA 识别系统来布下天罗地网，目标只要碰触到任何具有识别功能的设备就会暴露行踪，准确的坐标会经过层层加密，最终发送到“滤镜”总部电脑上。这个价值五亿、体积却不足 50KB 的木马只针对家用电子设备（它会聪明地躲开所有戒备森严的企业级电脑，以减少暴露的风险），而且极少被触发（平均每年不到一次），就连世界上最大的几个操作系统开发者都不知道它的存在。

就在一个多月前，这个木马更新了一个不到 20KB 的补丁包，七枚从门把手和椅背上采集到的古德的指纹被加了进去。

当看清屏幕上的红点时，面具后的喘息声一下子粗重了许多，听上去有点儿像上了年纪的风箱。“他竟然在中国！”一号喃喃自语。这是一个多月以来，古德第一次暴露行踪，但一号的心头却越发不安起来。他清楚地知道，同样的警报声也会同一时间在另外七台电脑上响起，天知道那些家伙会不会做出什么无可挽回的事情。

一号手忙脚乱地换掉睡衣，打开身后的暗门，走进一个墙壁上嵌着十面液晶屏幕的房间。这是“滤镜”的视频会议室，此刻，已有一半的屏幕亮了起来，四张地球面具占据了四张屏幕的中央，又过了不到十分钟，另外四面也陆续亮了起来。

“他怎么会在中国？”三号首先开口，语气中带了些许恼怒，“新闻上不是说，他正在北美准备临床试验吗？”

“联合国说谎了！不过这也难怪，总不能告诉大家古德失踪了！”一号说道。

“会不会是巧合，要知道，目前指纹识别系统的精度，是存在二十亿分之一的巧合可能的！”二号小声质疑。

三号立刻否定了这种可能：“不！这张智能床同时检测到了三枚相符的指纹：食指、中指和无名指，巧合的概率不再是二十亿分之一，而是二十亿分之一的立方，这比你在一个盛满水的浴缸里捞到一个特定的水分子的概率还小！”

四号突然插话：“你这么说并不严谨，我家的浴缸容积有300升，一摩尔水是18毫升，6.02乘以10的23次方再乘以30万，再除以18，浴缸里有1乘以10的28次方个水分子，而20亿的立方等于8乘以10的27次方，前者大于后者！也就是说三个指纹同时偶合的可能是大于在浴缸里捞一个水分子的！”

“没想到你还真算了！”

“科学就是这样，容不得半点儿偏差，如果你连这点儿品质都不具备的话，我羞于与你为伍！”

“哈哈，科学，要不是你上次列出一堆行为数据，告诉大家古德会被数次伟大的谋杀征服，从而向我们妥协，我们完全不用浪费那五亿美元的经费！”

“不要断章取义！我上次说得很清楚，古德最终妥协的概率是82%，只不过我们运气不好，碰上了那18%而已！”

“够了，不要再纠结于过去的问题了！”一号有些无奈，“滤镜”的这些疯子永远抱着严谨到近乎病态的科学态度，经常为小数点后面几位的数字争得面红耳赤（如果能看到他们的脸的话），但不得不说的是，这正是“滤镜”的行事风格与核心价值观。不过此刻他必须出言阻止这次争论，以免这次至关重要的视频会议变成一场辩论会。他说：“现在我们找到他了，考虑到那次疯狂的电视直播，我们应该对古德的行为习惯进行新一轮数据分析！然后决定下一步的计划！”

“没必要了，按照最高纲领，必须马上‘过滤’！”

“我反对，我认为应该投票！”

“不需要投票，你这是违反最高纲领！”

“我赞成投票！”

“凭什么？”

“就凭‘上帝分子’！”

会议又一次陷入了混乱，愤怒、犹疑、怜悯、绝望，种种复杂的表情在面具后的一张张面孔上浮起，但与会者们是看不到这些的，更不要说万里之外的古德了。在两粒处方药的帮助下，微弱的鼾声在七盘山别墅的卧室里响起。在梦境里，古德又一次走进了那间熟悉的会客厅，这一次，他不顾一切地冲向离他最近的那个家伙，咆哮着扯下了对方的面具。面具后面，三只丑陋的复眼正闪烁着邪恶而贪婪的光芒。

古德是在凌晨五点从噩梦中惊醒的，莫名的心悸伴着急促的喘息，让他再也无法入眠。他走到卫生间的镜子前，仔细地修剪起久未整理的长发与胡须，做完这一步后，他戴上墨镜，又从衣柜里翻出一件洗得发白的牛仔服套在身上。镜子里的男人变成了一个放浪不羁的街头画家，“这下八成连我的老朋友都认不出来了呢！”古德把整齐的衣领刻意翻乱了一些，微笑着点了点头。

当客厅的挂钟敲响第六下时，古德缓缓地推开别墅的铁门，初升的朝阳带着吝啬的暖意裹挟而来，之后又很快躲回了云层后面，再不愿意施舍一丝一毫。古德并不在意，在经历了30天不见阳光的生活后，就连空气中混浊的雾霾也仿佛带着几分清新。

自从怀疑对方的身份并非人类之后，古德便决定放弃所有的躲藏。如果一种智慧生命的科技足以让他们穿越千百光年的距离来到猎户座旋臂的边缘，还能完美隐匿于这个陌生的星球上不被人类所知，那自己的一切手段都不过是猫爪下老鼠的垂死挣扎而已。此刻的他甚至为之前做出的直播决定感到后悔，现在全世界都知道了“上帝分子”的秘密，以“滤镜”的能力，会不会将产生威胁的地球文明整个抹杀，这种无比可怕的猜测几乎摧毁了古德的勇气和信心，让这个无比坚定的男人想到了“放弃”这个词。

既然躲藏已经失去意义，那不如来一次终极豪赌吧，这一次，他决定押上毕生的智慧与运气。然而，在开始这场赌局之前，有个承诺是必须履行的。古德看了看腕上的手表，这才六点二十分，还得再等一会儿。

三个小时后，一位街头艺术家模样的男人来到了秦汉的家门口，从口袋里掏出偷偷配制的钥匙，进入了那曾无数次走进的房子。如他所料，屋里没人，古德小心地换上拖鞋，走进厨房，用怀里的注射器将五毫升提纯

后的 π 药剂注入了冰箱保鲜层的牛奶瓶里。从进门到做完这一切，只用了不到五分钟。“幸好，我早就考虑到了口味的问题。”古德得意地想到，他曾在秦汉家寄居过一个月的时间，照这家人正常的生活习惯，最多两天，秦雨和秦雪就会喝下那盒牛奶了。

早在十天前，古德便做出了这个艰难的决定：他愿意帮助这对小天使，但绝对不能让任何人知道，包括她们的父亲。聪明如他完全能猜到，一旦灾厄降临，这对天真烂漫的六岁女孩，将成为世界上唯一服用过 π 药剂的人类，等待她们的将是难以想象的未知命运。

古德不紧不慢地走出小区，在街边拦下一辆出租车，司机是个头发斑白的老先生，老花镜后面的双目明显有些混浊，这在城市里是极为罕见的。要知道，开出租车的工作大多是三四十岁的青壮年在做的。他一下子被勾起了兴趣，不由得问道：“师傅，您今年多大年纪了？”

“六十四，怎么了？”

“像您这个年纪的出租车司机可不多呢！”

“以前确实不多，但现在不一样了！”经过红绿灯路口时，老司机的反应明显慢了半拍，靠一次颠簸的急刹车才勉强停在白线前半尺的地方。“大家都在传，再过几年退休工资就要发不出来了，这不，我这个年纪的人都出来养家糊口了！”

古德心里涌出一丝隐隐的不安，他继续追问：“退休工资，这是怎么回事？”

司机咳了两声，回答说：“这还要问，还不是因为那啥药剂来着？俺家大院里有个女的在市政府上班，她说等那药一出来，人老的速度一下子给整慢了三倍，国家的钱哪儿还够发养老金呢？还说这跟什么人口老龄化有关。你说我要不趁现在还能动，赶紧出来挣两个子儿，再过两年不就只能在家等死吗？你还别说，俺上面还有个哥哥，都奔七十岁去了，他还找了份工作呢，帮人家打包快递！一个月才两千五，还不得照样做嘛。”

“您都这把年纪了，出租车公司能要您吗？”古德问。

“公司当然不会要俺，但这车是俺小儿子的。我给你说，自打上个月电视上宣布了这药之后，俺儿子第二天就不开出租了！你知道他咋说的不，这伢子说啊，他今年才三十二岁，等这药出了，起码还能再活个百十来年，要是一辈子就这么开出租的话，那也太没活头了。所以他第二天就去报了个啥编程培训班，说要重新学习，争取做个白领！”老人说得眉飞色舞，就连额头上的皱纹都渐渐舒展开来。“俺娃还说，这人口一多，房价估计又要涨了，要是再不拼一把，这辈子都买不起房喽！”

古德顿时来了兴趣，他从口袋里掏出六张一百元的人民币，塞到老人的手里：“你这人挺有意思的，要不你带我在这城里兜一圈，我出国好些年没回来了，就听你好好讲讲！”

老人伸手接过钞票，脸上的笑容更加灿烂。他说：“那俺就不客气了，你放心，俺今天就带着你跑上 150 公里，肯定不能少了你的！”

古德笑了笑，他说：“从上个月开始，这生活还有啥不一样的？我最近一直在国外的山区做工程，都没怎么跟外面打交道。你说给我听听。”

“唉，要说这个，没有一两个钟头还真说不完。反正就是哪儿都不一样了。怎么说呢，大家心里都有了个盼头，但又不晓得这好事究竟哪天能到，心里都特忐忑、特烦躁！还有，咱家这过日子的节奏一下子就慢下来了，原本我跟老伴说好，明年要出去旅游一趟。现在看来也不急了，不是因为别的，这日子长着呢，不愁花了呗……”

老人絮絮叨叨地说了一路，古德认真地听着，偶尔插上几句无关紧要的提问。下车之前，他问出了最后一个问题。

“照你看，这三年当一年过，究竟是好事还是坏事呢？”

老人愣了下，用一种看疯子的眼光上下打量这位阔绰的乘客，“这还能是坏事吗？谁不想活久点儿呢？不说别的，活着怎么也比死了好，不是吗？”

古德点点头，轻轻地关上车门，转身向西面的山路走去。他步子迈得很慢，一边走一边思考，时不时还驻足望几眼林中的飞鸟与路边的行人。落日西斜，地上的影子越拉越长，一天又要过去了。但现在的一天和从前的一天已经不是一回事了，正如现在的一年不再是从前的一年，现在的一生不再是从前的一生一样。“时间究竟是什么？如果人真能不老不死，那世上还会有时间吗？”古德陷入了沉思，就在这时，他听见了轮胎与地面摩擦的声响，一辆黑色加长林肯停在面前。当世最著名的物理学传奇、渐冻人症患者、《时间简史》的第二作者纳什正坐在车上。

古德上了车，和坐在后座的纳什交流了半个小时的《时间简史》（详见全文开头处），然后问出一个问题。

“我是否有权利知道，自己还有多长的生命？”

渐冻人症患者的面庞变得更加扭曲怪异，深邃的目光中发出异样的光芒。不难看出，那是遗憾与怜悯的光芒。纳什用肌肉中的最后一丝气力，借助特殊设备发出灵魂深处最真挚的呼喊：“组织的决定并非我的意愿！他们随时可能过来清理你！离开！现在！”

几度坍塌的偶像形象瞬间焕发出更加夺目的光芒。纳什的告诫打开了一扇门，让古德依稀看见一缕生命的亮光。古德带着满眼热泪跑向百米外的别墅，惶急地打开铁门，直奔自己的卧室。在卧室里，这位历史上最伟大也最具争议的遗传学家，做出了一生中最重要的举动之一：他从抽屉里翻出一把美工刀，将脑海中存放了数月之久的、最重要的秘密刻在他睡觉的床板背面。字迹有些潦草，但并不妨碍任何人看清它们。在颤抖着、喘息着做完这件事后，古德长长地呼出一口气。

此时的他并没想到，这几行他自以为表意明确的密码，将引发多少天马行空的猜想。他更不会相信，这个某种程度上被恐惧和混乱支配的举动，竟然将历史车轮的前进方向推偏了整整一百八十度。

丢下略微卷刃的美工刀，古德奔向了别墅的地下室。是时候推出最后的筹码，亮出底牌，来一把“showhand”了。发动机的轰鸣在寂静中响起，一辆哈雷摩托车载着慌乱中的古德驶出了地下室，以每小时70公里的速度疾驰向黑暗却又光明的远方。没人知道他要去哪儿，也不会有人知道了。在距离别墅两百多米之外的高空，一支冰冷的狙击步枪早已瞄准了别墅敞开的大门，当车手风驰电掣的身影出现在门口的瞬间，闪烁着金属光泽的扳机被迅速地扣动。

“砰！”

这一刻，被定格在公元2033年10月21日18时40分，距离“人类希望日”只过去了短短三十七天，这一天，在后世的纪元中有一个极为形象贴切的名字：“人类绝望日。”

“在人类历史上，还有比现在更绝望的时刻吗？”

秦汉站在古德的尸体前喃喃自语，在他身后，熊熊的火焰在漆黑的夜色中扭曲挣扎，灰白色的烟雾在夜空里凝成一张诡异的笑脸，仿佛正嘲弄着人类的渺小和无知。他的思绪开始有些恍惚起来，纷杂的回忆瞬间涌入混乱的脑海，产生出一种失重的错觉。

“我的梦想是成为一名遗传学家，我相信，如果上帝存在，那他一定隐藏在人类DNA的最深处！”

“当四只果蝇活到第六十天时，我意识到自己发现了这世上最伟大的神迹！”

“简而言之，它能减缓衰老，延长生命！”

“我始终认为，用金钱去衡量生命的价值，是对生命最恶毒的侮辱，我向人类保证……”

就在刚刚过去的半个小时里，一颗子弹穿透了“上帝”的胸膛，将人类触手可及的长生梦想击得粉碎。

远处隐约传来警笛声，闪烁的警灯在漆黑的山道中显得分外刺眼。秦汉痛苦地摇了摇脑袋，掐灭手上的烟。恍惚中，有几个身影走了过来，某个冰冷坚硬的物件粗暴地铐住了秦汉麻木的双手，又不知过了多久，一个模糊的人影走进了刚被扑灭火焰的别墅。秦汉抬起头，想看清那个身影，耳边传来“咣”的一声，他眼前一黑，印有国徽标志的车门被狠狠地关上了。

秘密审讯室。

“姓名？”

“秦汉。”

“职业？”

“《A城晚报》主编。”

“你和古德是什么时候认识的？”

“高中，我们上高中时是同桌，之后考上了同一所大学，我学新闻，他学生物学。”

“古德是什么时候回来的？”

“上个月二十一日，他把自己装在冰箱里，用快递把自己寄到了我的别墅，之后便一直住在那儿。他告诉我不要声张！”

“七盘山的那栋别墅是你的房子吗？古德最近都住在那儿？”

“是我的，我……我在三年前认识了一个女大学生，于是买下了那处山景别墅，知道这个秘密的朋友只有三个，古德是其中之一。”

审讯者话锋突转，厉声喝道：“你为什么要谋杀你的朋友？”

“我没有，当我到那里的时候，他已经倒在地上了！”秦汉的面孔开始扭曲，紧闭的双眼几乎要睁开。

“那你为什么会在现场？”

“也许是直觉吧，最近几天总觉得他很不对劲，就想过去找他聊聊，没想到……”

“关于他的研究，古德有没有对你说过什么？”

“没有，我是个文科生，即便他告诉我药物的分子结构，我也听不懂，而且我记得，他什么都没有说过。”

“他会不会把一些资料存在电脑或者网盘里？”

“不会，自从到我家之后，他连碰都没有碰过手机、电脑这些电子产品，他说上面的指纹、虹膜识别系统都可能暴露他的行踪！”

……

“测谎、催眠的结果与警方笔录完全一致，结合其他证据，初步排除秦汉的作案可能。”陈哲合上手中的笔记本，对身边穿军装的男人说道。

“死者的 DNA 对比结果出来了吗？”

“出来了，不出意外的话，就是古德本人！”

“案发现场呢，有没有什么特别的发现？”

“厨房里有少量化工合成用到的材料器皿，但都被彻底清洗过，希望不大。”

“有没有可能是合成原料的东西？”

“目前尚未发现！”

“第一批到现场的三个警察呢？他们不会把消息泄露出去吧！”

“放心，都已经找他们谈过话了，他们愿意配合政府！”

“要不是 M 国人信誓旦旦地保证，那边的机场连一只苍蝇都飞不出去，我们一定早就对古德的亲友展开二十四小时的贴身监控了！要是那样的话，这次该死的谋杀一定不会发生！”穿军装的男子发出恶毒的咒骂，在将手里的 DNA 化验单反复看了三遍后，谋杀案件的第一负责人赵全中将拨通了最高领袖的电话。

chapter 02

救赎时代

10 回 家

从审讯室走出来的时候，秦汉还有些不敢相信这两天发生的一切。“上帝”古德死了，带着人类翘首以盼的长生梦想，一同化作了历史的尘埃。这是多么令人绝望的人类灾难啊！原本以为，自己作为唯一的见证者与知情人，会被国家机关以巧妙的方式永远“抹去”或羁押。但出乎意料的是，他竟然自由了。

秦汉踩下油门，径直往家里驶去。十分钟后，这个失魂落魄的男人按响了楼下的门铃，开门的是小女儿秦雪，秦雪穿着一身洁白的公主长裙，从狭窄的门缝调皮地看过来，当她看到父亲的身影时，甜美的微笑立刻绽放在天使般的脸上。

秦雪拉着爸爸的左手，蹦蹦跳跳地穿过家里的客厅，沙发上，姐姐秦雨正在认真地给芭比娃娃缝制一条小巧而精美的短裙。看见进来的人是谁后，她立刻放下手上的针线，撒着娇抓住了秦汉空着的右手。

“爸爸，我也想穿短裙。妈妈说等明年夏天给我买了做生日礼物，爸爸，你会给我们买什么呢？”

“乖宝贝，你还想要什么，爸爸买给你们。”

“我想要一个和我一样高的芭比娃娃，妹妹想要一套鹅黄色的比基尼，就像妈妈衣柜里的那件，她想去海边时穿！”

秦汉宠溺地看着怀里的两个小天使，“小雨想要芭比娃娃，嗯，爸爸记住了，至于小雪的比基尼，那可不是你们这个年纪穿的，等你再长大一点儿爸爸一定买给你！”

“好的，那我也要一个芭比娃娃，那件比基尼，等我十六岁生日的时候买给我好了！”秦雨乖巧地点了点头。

十六岁，这个无比美妙的词一下子刺痛了秦汉的心脏。那是青春肆意绽放的美丽年华，但对她们来说却是象征着生命进入倒计时的死亡之碑。除非有奇迹，否则，那时的女儿们是绝不可能去海边嬉戏玩耍的，她们或许正卧在病床上痛苦挣扎，又或者连挣扎的资格都没有了。秦汉转过身去，不让欢笑中的女儿看到自己眼中闪烁的泪花。厨房里，妻子何雪正在准备当天的晚餐，秦汉数了一下餐桌上的碗筷，一共三套。

“我以为你今晚不回来了。”何雪从橱柜里又取出一套餐具。

“不用拿了，我去睡了。”秦汉摇了摇头，在内心深处，他是无比渴望和久未温存的妻子及欢呼雀跃的女儿坐在一起吃这顿晚餐的。秦雨吃饭的时候很调皮，洁白的米粒常常挂在白里透红的腮帮上，秦雪则安静懂事，偶尔会夹起一块红烧肉放进爸爸的碗里，然后用剔透的目光看着他一口吃下去。但前一天傍晚发生的事情让他走上了另一条轨道，将他与妻女及所有亲友无情割裂开来。

早在一个月前，“上帝分子”的话题便已经“渗透”到地球的每一个角落，人们以前所未有的热度争论、探讨、臆想与“上帝分子”相关的一切衍生话题，从未冷却。秦汉家就更不用说了，每天吃饭的时候，一对女儿总会缠着父亲，问出“古德叔叔会不会第一个帮我们家？”“爸爸和古德叔叔怎么认识的？”“人类以后该多少岁谈恋爱、结婚？”这一类问题。以往秦汉总能心怀窃喜，一本正经地扯谎敷衍她们，但今晚他做不到这一点了！

此时的秦汉尚未听过“知情权”这个陌生的专有名词，却已无比真切地感受到巨大的信息鸿沟所产生的可怕斥力。这是一个比权力网、黑社会、同性恋还要牢固狭隘千百倍的神奇怪圈，屈指可数的知情者宛如磁铁的正负两极一样牢牢相吸。与此同时，他们与懵懂者又像是磁铁的同极，恐惧带来的排斥让秦汉不由自主地想要远离一切亲人。

秦汉依次吻了吻女儿，转身钻进卧室，留给她们一个无比坚决的背影，令人窒息的绝望让他不敢直视妻女的目光。在两个小时的辗转反侧后，秦汉从床头柜里拿出了一瓶安定，吞下了平时剂量的两倍。

噩梦不约而至。恍惚间，秦汉置身于一片白色中间，白色的墙壁、白色的面容、白色的被单、白色的灯光、白色的护士以及白色的一切，秦汉坐在床边，凝望着病床上的秦雪，女儿像是睡着了，微蹙的眉间隐隐可见一丝痛苦。在裸露的白皙手臂上，两条刺眼的青色正沿着血管向上蔓延——这是XV动脉硬化症晚期的可怕症状，秦汉无助地转过头，希冀找到任何熟悉或陌生的身影，不管是妻子、秦雨，或者是某位医生或者护士，但他如溺水者一般抓不住任何东西。

随着整个后背都被冷汗浸湿，秦汉睁开了双眼，挂钟的时针笔直地指向四点的位置。隔着房门，依稀能听到女孩轻微的鼾声。狂跳的心脏告诉他，今晚已经不太可能再次入眠了，秦汉爬起身，换上一套干净的衬衣，踮着脚尖走出房门。

晚秋的夜风透过车窗的缝隙拍打在男人冰凉的脸庞上。刚出门的时候，秦汉并不知道自己该去哪里，只是驾着汽车木然驶过一条又一条熟悉的街道，看着地上的车影被一遍遍拉长、变淡、消失，之后再次出现，周而复始。终于，在穿过第七个红绿灯路口之后，秦汉在心里寻到了一个确凿的方向。他向左狠打方向盘，四只车轮无比坚定地碾过了马路正中的双黄线，橙色的SUV在闪烁的监控探头下扭过一百八十度之后消失在茫茫夜色中。

“去七盘山的别墅。”这个念头源于古德对自己做出承诺时，那双分外坚定自信的眼睛。古德是个视信誉为生命的男人，他一定在那个地方做过无数次尝试，尝试重新合成出曾轰动世界的长生药剂。再说，古德曾三番五次托他用隐秘的渠道购物，要的东西包括高压锅、量杯、耐高温温度计，以及不少秦汉闻所未闻的专业工具。

“他一定已经开始试验了，只是不知道做到了哪一步！”尽管大火极可能已烧毁了全部线索，但秦汉并不打算放弃最后的一丝希望。在距离别墅还有一公里的地方，他看到了闪烁的警灯与醒目的警戒线。秦汉走下车，掏出身份证，尝试以别墅房主的身份说服眼前的警察，但这显然是徒劳的。

“对不起！上面有命令！”在警戒线那头，一位身材微胖的警员大声呼喝道。

秦汉懊恼地回到车上，SUV缓缓掉头，朝着来时的方向驶去。在经过山道的第一个S弯时，视野中某件亮晶晶的东西忽然触动了秦汉麻木的神经，他下意识地踩下刹车，慢慢走到路边的草丛间。

这是一个极为常见的婴儿奶瓶，在这座城市里每天都能卖掉十几个，但奶瓶外侧被撕下一半的测温贴纸提醒秦汉：就在一天前，这样东西应该还放在自己别墅的厨房里。

这段日子里，秦汉始终遵守着与古德的约定，从未踏足过别墅内的禁区，也不曾询问好友任何过分的问题。他清楚地知道，文科毕业的自己是没有资格与能力觊觎“上帝分子”的秘密的。但他还是一眼认出了草地上的这个奶瓶，就在三天前，他还拿着它问古德。

“外面的测温贴纸坏了，要不要换一个？”

“不用，如果要靠这贴纸来监控温度的话，那‘上帝分子’未免也太不值钱了！”

想到这里的时候，秦汉拿着奶瓶的右手开始不由自主地发抖，巨大的疑惑与恐惧再一次笼罩了他的内心。弃如敝屣——这是秦汉脑海里蹦出的第一个词汇，有人竟把这个可能藏有人类终极秘密、价值连城的奶瓶，弃如敝屣地扔在这里。

秦汉下意识地环顾四周，然后在路边丛生的杂草堆里找到七八样熟悉的东西：熏得焦黑的迷你坩埚、带有明显水渍的量杯以及一些被不同颜色防水袋装着的各色粉末。在大多数物件的表面，还能看见明显的灼烧痕迹。不会错了，眼前这堆被胡乱丢弃的物件，正是他帮古德购置的那批实验器材。

“谁扔了它？古德自己干的还是另有其人？他为什么要这么做？”正当秦汉犹豫要不要将这些无比珍贵的容器收到车上的时候，远处传来了某位警察严厉的呼喝。

“什么人？”

秦汉急忙丢掉手上的奶瓶，朝不远处的汽车跑去。这样的举动无疑引发了更深的误会，两位年轻巡警赶在汽车发动前挡在了前面，并用黑洞洞的枪口对准了他。

“你是什么人？为什么半夜来这里？”警察用警惕的眼神打量着秦汉，显然是把他当作犯罪嫌疑人了。

“我是这所别墅的房主，被谋杀的是我的朋友，我刚才过来看看！”不知为什么，秦汉并没有提及刚才看到的证物，苍白的辩解没有起到任何作用，冰冷的手铐又一次铐住了秦汉的双手——比上一回还要粗暴许多。警车呼啸着向山下驶去，秦汉又一次在审讯室看到了陈哲，此时距离他们上一次见面只有短短六个小时。

“你回去干什么？”陈哲支开警察，意味深长地问。

“睡不着，回去看看。”

“那你看到什么了吗？”陈哲并没有直视秦汉，而是把头转到了旁边，漫不经心地问。

秦汉略微停顿了一下，他注意到一个细节，这一次，对方并没有使用测谎仪。于是他决定撒谎。秦汉凭直觉感到，这个年轻警官深不可测的眼神中似乎隐藏了许多特别的东西。秦汉猜不出究竟是什么，他也不打算问。

“什么都没看到，现场一公里外便拉起了警戒线！你们未免也太小心了一点儿！”

出乎意料的是，陈哲并没有继续深究，他说：“我觉得，你既然知道被害者的身份，就不该说出如此幼稚的话才对。对了，你没有和他们说什么吧？”

“什么意思？”

陈哲的脸色一下子变得阴沉起来，铁钳般的大手死死抓住秦汉的领口，“别给我装疯卖傻，你没有告诉那些警察死者的真实身份吧？实话告诉你，目前知道古德死讯的人，全世界不超过二十个！除非拥有知情权，否则，谁知道，谁就得被隔离！”

“这倒没有，我什么都没说。”秦汉努力推开陈哲满是青筋的右手，用一种戏谑的语气反问，“这么说，我是有知情权的了？”

“蠢货，要不是因为你跟古德的关系，又或者你们的关系不是那么众所周知的话，你早就被关进不见天日的地牢了！赶快滚回去上班，陪你的老婆和孩子！别再给我惹麻烦了！”陈哲用力将秦汉推出审讯室，恨恨地说道。

从国家安全角度出发，将秦汉秘密“保护”起来自然是当下最稳妥的选择，但国安局偏偏无法这么做。自从古德人间蒸发后，世上仅有的五个知情国无一例外地都在密切关注这方面的消息，任何风吹草动都可能引来大批间谍与情报人员。如果秦汉——这位古德生前的好友忽然被警方带走，从此人间消失的话，只会给中国政府带来难以想象的麻烦。事实上，从电视直播的那一刻开始，错综复杂的猜疑便在大国之间如野草般疯长，一道道看不见的暗流在看似趋于平静的地球表面下汹涌流淌，世界大战一触即发。在当前形势下，政府显然不愿冒险。就在两个小时前，陈哲的顶头上司向他传达了首长的意见：暂时封锁消息，清理现场痕迹！

让陈哲有些意外的是，首长对事件的热忱似乎远低于他的想象。到目前为止，谋杀已经过去了十个小时，距离首长知道这个消息，也有九个小时了，但在这九个小时里，作为案件第一负责人的他总共只接了三个电话，更诡异的是，上级在询问这起案件的详细信息时，似乎完全看不出急切的感觉。之前陈哲一直认为，“上帝分子”应该足以引起首长的足够重视才对，要知道手中的财富与权力越多，对生命的渴望往往就越强烈。但这一次，他似乎嗅到了空气中某些不太寻常的味道。

“铃铃铃……”陈哲腰间的电话响了起来。

“我是陈哲，有什么发现？”

“在别墅卧室的床板下，发现了几行清晰的数字，应该是不久前被刻上去的！”

“我马上就到！”陈哲一下子从椅子上站了起来，心脏不争气地狂跳起来，他喃喃自语道，“我竟然漏掉了这么重要的东西！”

11 终极密码（1）

看着证物柜里的那块薄薄的仿黄花梨床板，陈哲——这位年仅31岁的“亚洲刑侦第一人”，忽然感到自己的渺小与脆弱。

数个无比确凿的证据表明，留在这块床板上的潦草刻痕，是古德在这个世界上最后留下的痕迹，极可能是上帝留给人类的终极密码和启示。

这串被政府列入“绝密+”等级的密码，由五行十二位的阿拉伯数字和一根横线组成。

2032　07 04　17 00

2032　06 26　16 46

2032　06 21　16 41

2033　08 11　16 53

2033　07 04　17 10

任何具备基础观察能力的人都能看出这串无比简洁的密码中蕴含的意义：五行十二位阿拉伯数字指向了五个准确而重要的时间点。中间的分割线则意味着前三与后二之间存在的某种差异或联系。所以，当这块刻着数字的床板被带到几位知情者面前时，这些人全部发出了无比兴奋的欢呼，这种感觉就像是居住在北极圈内的爱斯基摩人在经历了两个月的漫长极夜后，看到东南方冰面上射来的第一缕曙光一样。

“既然他想给我们留下点儿什么，为什么不直接告诉我们呢？”欢呼过后，一位在场的生物学家问。

“我认为这一定是个极为特殊的秘密，特殊到宁可彻底湮没，也不能让太多人知道！”

“上帝密码”被发现的第三天，一个名为“救赎”的临时基地在距A市市区十一公里的某所在建高校里拔地而起，三十三位来自世界各地的学术精英、刑侦人才、顶尖黑客汇聚在此，试图从这五行数字中寻觅出古德留下的终极秘密。为了避免让过多人知道“古德被谋杀”这个足以让世界陷入绝望与黑暗的可怕消息，同时保持多数破译者平和自然的心态，这三十三名成员被严格划分为三个不同的层级：

A组人员包括基地第一负责人赵全中将，中科院的化学、医学、遗传学学科代表各一名，刑侦专家陈哲，以及一位“以完全不同的性别与职业视角来推断密码含义”的女性心理学家。这六位来自不同行业的出类拔萃者知道事件全部的前因后果。这六位都是中国人。

B组的人数比A组还少，一共三个，包括一位密码破译专家，一位电脑极客，一位同时拥有数学、物理、化学、医学硕士学位的全才。B组成员并不知晓这串神秘密码的作者及其背景意义，只是尝试从一切匪夷所思的角度去寻求其中蕴含的信息。事实上，由于这五行数字的含义过于简单明晰，B组人员在将近一半的时间里都处于无所事事的状态。

二十四名C组人员组成了“救赎”大厦的“泥水匠”与“搬砖工”。他们对原始密码一无所知，也完全不明白自己工作的真实意义和目标，只是简单地完成一切上级下达的任务，包括化学实验、数学计算、程序编辑以及任何可以想象或是难以想象的工作。

为了掩人耳目，“救赎”基地并未完全限制成员的自由，而是伪装成一个相对正常的科研基地，对外宣称的保密层级仅为“机密”而非“绝密”。除了每晚准时召开的A组会议，其他场合的管理都相对松散，当然，所有成员的一举一动都在监视之下，任何人一旦出现泄密的可能，都将面临最严厉的惩罚。

显而易见的事实是，这串密码蕴含的意义可能有三种：一、谁是凶手；二、“上帝分子”的秘密；三、上述两者兼而有之。所有人都希望是第二种或是第三种。古德固然伟大，但若是和“上帝分子”的秘密比起来，就变得一钱不值了。当伟人离世后，如何占有他留下的遗产要比查明死因重要千万倍。遗憾的是，在不眠不休中度过了两百个小时后，太阳并未随之升起，曙光变成了极夜。

这些天，由十一位高级警官组成的刑侦组无疑是最忙碌的，全体成员用了整整七天时间，对这五个时间点前后发生的一切事件进行归纳整理。要知道，这里的“一切事件”包括世界各地的重大新闻、古德生活的A市发生的大小事件、各大网站的可疑发帖回复，等等。这在信息时代可谓是一项无比复杂而庞大的工作，最终，双眼通红的警员将一份厚达二百七十页的卷宗，郑重其事地交到了陈哲的手上。

“毫无价值！”六名A组成员在仔细看完这份二十多万字的材料后，做出了最简短的评价。接下来，他们将迎来一项更烦琐枯燥的工作——看监控。

2029年9月，是“上帝分子”动物实验正式开始的日子。当月的第一天，FDA便在古德的生物实验室里装了四个高清探头，用以全程监督这项前无古人的伟大实验。中国的红客团队费尽周折，从FDA的电脑里偷到了部分录像文件。如今，六名A组成员围坐在一起，在七十寸的液晶显示器上将五个时间点的录像反复播放了数十遍，最终换来了一个令人沮丧的结论：“一切正常！”

看来只能换一条路了。

接下来，来自A、B两组的生物、化学、医学乃至心理学家对这五行数字进行了最大胆的猜想，任何假设一旦被提出，都会不计成本地进行验证：包括行星夹角、地月距离、数列规律、分子质量、碱基结构、摩斯电码等一百多种猜想在严谨的逻辑推理面前被一一无情地推翻。

庚寅丙戌戊午辛酉

金木火土土火金金

当特邀而来的周易泰斗欧阳天命排列出第一个时间点的五行后，B组中十八岁的欧洲黑客瞬间瞪大了碧蓝色的眼睛。可想而知，这个病急乱投医的尝试并没能起到任何作用，博大精深的国学在纯粹的自然科学面前，除了给忙碌的院士们增添了一些闲暇时的笑料外，便再没有任何积极意义了。

看着这些科学精英在临时基地中废寝忘食的身影，陈哲胸中仿佛被点燃了什么，科学家们对真理和梦想的不倦追求，那种为万亿分之一的可能付出全部热情的执着信念，让这个刚过完三十一岁生日的年轻警官感到了前所未有的压力。要知道，和忙碌充实的科技组相比，他牵头的刑侦组工作似乎更适合用“裹足不前”来形容。

在古德被谋杀的七个小时后，刑侦人员便从现场线索推断出了这次谋杀的主角：一架黑市价格高达四百七十万美元的“猎隼”无人机，在十七米的高度通过机械手臂完成了一次精准的狙击。子弹呼啸而出的两分钟后，猎隼模糊的身影掠过了附近一栋别墅的监控探头，之后便永久消失在了浓厚的雾霾深处。从此之后，由十多位最优秀的刑侦专家组成的团队就再没能取得任何实质性的进展了。

电话铃声突然响起，陈哲从口袋里掏出手机，屏幕上显示出秦汉的名字。

“您好，秦先生，您有什么发现吗？”

“我想找到我朋友死亡的真相，请让我加入你们！”

秦汉不知道自己是何时生出如此怪异的念头的，或许是出于对长生的渴望，或许是出于对故友的执念，又或许仅仅源自与生俱来的好奇心。无论出于何种动机或欲望，在得到肯定的答复后，秦汉立刻向社长提交了年假申请，马不停蹄地赶到了“救赎”基地门外。当他在陈哲的带领下，穿过基地里最大的一道感控门时，两个人同时听到了耳边传来的巨大欢呼声！

“救赎”过程中最大的惊喜出现了！来自瑞典的天才黑客理查德，对古德留下的平板电脑硬盘进行了最深层的文件恢复，随后惊喜地发现，古德在2032年6月21日16时41分，即第三串数字“2032 06 21 16 41”对应的时间点，造访了一个由一长串无规则的数字与字母组成的域名！这个无比激动人心的发现立刻引起了A组全体成员的注意，以至于后到的秦汉和陈哲只能在两米外踮脚围观。

“住手，停下！”看到理查德熟练地输入冗长无序的网址，秦汉声嘶力竭地发出了绝望的呼喊。由于过度的激动与惶恐，初来乍到的新闻主编完全没有意识到，身前这位金发碧眼的瑞典少年是不可能听懂一句带有北方口音的汉语的！

半秒钟后，在四名中科院院士与一名空军中将的注目下，年仅十九岁的少年黑客理查德颤抖着打开了这个由三十七位字符组成的神秘网址，随后，二十九寸的液晶显示器上跳出六个全身赤裸的金发美女和一个下载链接。人群顿时骚动起来，尖叫与叹息声混杂在一起，秦汉干笑了两声，转脸望向一旁的陈哲，替自己的老友辩解道："很正常，古德是个四十岁的单身汉！"

"我理解，这也未必不是一件好事，要知道，大家的神经都已经紧绷了整整一百五十个小时！"陈哲在一片哄笑声中轻轻地拍了拍秦汉的肩膀，同时下达了一个近乎荒谬的指令——下载它！

两位被紧急抽调的日语专业刑警把这段九十一分钟的成人视频反复观看了四遍之后，得出了与监控组完全一致的结论："一切正常！"

12 终极密码（2）

在接下来的两周时间里，"救赎"工作陷入了沉闷的停滞状态，就连插曲性的猜想与发现都越来越少，基地内常常连续好几个小时都听不到笑声，设在二楼走廊边上的心理诊所开始需要排队预约，当"救赎"的线索近在眼前却无法捉摸时，沮丧和绝望的情绪开始在所有人的心头蔓延。

"我认为，我们该出去走走。"陈哲放下手上的咖啡，用询问的眼神望向对面的秦汉。

"去哪儿？"

"随便你，反正我是不想再待在这个连阳光都晒不到的鬼地方了。"

秦汉深呼出一口气，表示完全赞同。两个人一前一后地钻进了大厅外的 SUV，在路上，秦汉忽然想到了一个地方。

“我觉得我们该去古德的家里看看！”

“见鬼，你怎么会想到那里！”陈哲在副驾驶位置上呻吟了出来，“你不知道，那个不到八十平方米的‘狗窝’，我已经带队搜查过十一次了，最长的一次连续待了六个小时，就连下水道里的一根发丝都没有放过，我不认为你会在那里发现任何线索！”

“你们有没有想过，或许在那五个时间点上，他家里发生了什么特别的事情？”

“他房子里没有任何监控设备，就算发生了什么也只有上帝知道！如果你真不死心，我劝你去他的实验室看看，那地方我只去过六次，还保留了最后一点儿新鲜感！”

“反对无效。”秦汉扭动了方向盘，驶向不远处的小区。五分钟后，他在陈哲惊异的目光里掏出一串钥匙，打开了那扇满是灰尘的房门。除了桌面的薄薄的浮尘与墙角的厚厚罗网外，屋里的一切似乎都和记忆中没有什么差别。这使秦汉差点儿唤出老友的名字，然后张开双臂去迎接从房间里迎出来的古德……

“住手！”陈哲的呼唤将秦汉从迷惘的回忆拉回现实，镜框里的古德灿烂地微笑着，在他的身边，正站着笑得不那么自然的秦汉。两个人身穿校服、稚气未脱，这是一对挚友在高中毕业时留下的合照，当秦汉忍不住想用手指擦去上面的浮尘时，身后的陈哲打断了他这个幼稚的举动。

“我能理解你的心情，但在得到我的允许前，不要再碰屋里的任何东西！”

出人意料的是，秦汉竟无视陈哲的警告，他用衣袖将相片仔细地擦拭了一遍，在气急败坏的叫嚷声中，肆无忌惮地拉开厨房里的冰箱，给自己倒了满满一杯威士忌。做完这一切后，又以一个极其随意的姿势躺到了卧室的躺椅上。

“去年春节，我就躺在这里，他坐在沙发上，我们聊了整整一个晚上！他告诉我，自己离梦想已经很近了。我问他，到底是什么梦想，他却一个字都不说。我知道这是为什么，他是为了保护我！我的两个女儿都很喜欢他，我老婆不一样，她有些讨厌古德，因为他经常半夜喊我出门喝酒。古德向我保证，我和我的女儿将成为‘上帝分子’的第一批受益人。”

伴着一长段零乱且模糊的自言自语，狭小昏暗的卧室里响起了均匀的鼾声。陈哲站起身，把自己的外套盖到秦汉的身上，之后一屁股坐在了对面的沙发上，陷入了安静的沉思。

不知过了多久，也许是一个小时，也许是两个小时，一缕刺目的日光照醒了沉睡中的醉者，让他一时几乎无法睁开紧闭的双眼。秦汉伸出手掌，轻易便挡住了这缕令他生厌的光芒。正当他准备起身的时候，对面的陈哲忽然冲了过来，用一个无比粗鲁的动作将秦汉按在原地，并在这家伙发作之前叫了出来。

“等等！我想我找到了答案！不，是你帮我找到了答案！”

秦汉有些迷惑地看着警官的手所指的方向，那是一样无比“正常”的东西——一个凿穿了墙壁的空调孔洞。在中国，这样的孔洞至少得有十亿个。眼前的这个孔洞明显有些年头了，上方的水泥块在岁月的侵蚀中剥落了一块，几只白蚁正欢快地进进出出。正因如此，半分钟前，一缕阳光透过管道上方的空隙，将一个直径不到两厘米的光斑投射到秦汉的右眼上。

“你说，在那几个时刻，这个光斑会在什么地方？”

秦汉蓦地惊醒，然后将目光投向房间东侧的墙壁，那里挂着几样无比常见的物件：一幅 20 世纪出版的世界地图、一张可以追溯到两个人高中时期的门捷列夫版元素周期表、四张大小不一的过气明星海报。秦汉从躺椅上站起身，给这缕伟大的希望之光让出一条通路，在没有了人体的阻碍后，一个耀眼的光斑准确地投射到了陈旧的世界地图上，在两个人混沌的脑海中点燃了一盏耀眼的明灯。

“你的意思是，在那五个时间点，这个光斑会准确地出现在世界地图的五个方位上？”

“目前不能确定！但这绝对是个大发现，你说对吗？”

陈哲在当晚的A组紧急会议上兴奋地宣布了这个最新发现，但让他始料未及的是，这换来了几位科学家轻蔑的嘲笑。

“这张地图大约多大？”

“宽度差不多一米，长度大概七八十厘米吧！”

“伟大的想象力，拙劣的计算力，两位文科生，我必须提醒你们，在这种比例的世界地图上，一个直径两厘米的光斑覆盖的范围，差不多比江苏省还要大！对了，你还得考虑到这六十秒内光斑的位移，这样一来，江苏就变成了江浙沪！”

正当秦汉与陈哲准备懊恼地接受这个悲观的结果时，在场唯一的女性，心理学家乔恩站了起来，用一种温和的语气问道：“请问在那面墙上，除了这张地图，还有什么东西？”

“四张明星海报，还有一张二十年前的元素周期表。”当陈哲说完最后一句时，圆桌对面传来一阵击掌声与欢呼声。

二十分钟后，两名数学家怀揣着无比激动和兴奋的心情走进古德的房间，当他们发现，这张破旧泛黄的元素周期表明显存在人为移动的痕迹时，发出的欢呼声几乎震落了天花板上的蛛网。在测绘人员的协助下，一个完美的计算模型很快就建好了，并在第二天太阳落山之前得出了让人无比振奋的答案，在这五个特殊的时间，这个神秘而伟大的光斑，正精准地投射在元素周期表的五个方框内。

五个时间点变成了五种元素。

氖 氧 氯

————

锂 氩

美中不足的是，到目前为止，研究者依然无法猜透中间那道横线的意义。但这样具有突破性的发现无疑给所有的科研人员打了一针强效兴奋剂。数个由化工专家组成的实验团队开始了不分昼夜的工作，尝试将这五种自然元素的全部同位素以任何可能的形式组合起来，考虑到“上帝分子”有99%的可能是有机高分子化合物，碳和氢被很自然地加了进来。

两种极其稳定的惰性气体是难以逾越的“拦路虎”，尤其是氖，几乎所有的方案中都把这种特立独行的元素当作催化剂来考虑。令人心生绝望的是，即使科学家尝试了无数种近乎疯狂的方法来融合这些元素，在经历了数十次有惊无险的小规模爆炸后，每一种尝试都以失败而告终。

“或许我们应该换个思路，例如，从化学之外的角度去考虑这个问题。”陈哲在A组例行会议上小心翼翼地提到。

“闭嘴，蠢货！”在爆炸中失去右耳的化学院士愤怒地咆哮了起来，“你永远不会理解自然科学的伟大魅力，无数化学前辈在寻求真理的道路上披荆斩棘，我们经历了辐射的折磨、酸碱的侵蚀、爆炸的阴影，可这些从未阻拦我们探索真理的脚步！”

“不，有一个漏洞。”说话的是在场的唯一一位女性，二十八岁的心理学专家乔恩小姐。这位年轻的女博士穿着一袭纯黑色的长裙，白皙的脸庞上，一双美丽的凤眼里闪烁着深邃的光芒，“如果古德真的只想表达这五种元素是‘上帝分子’的重要组成部分，那他为什么要用如此诡异的顺序来排列呢？”

伴着高跟鞋与地面清脆的接触声，乔恩以优雅的仪态走到会议桌前面，并用手上的钢笔用力敲打着黑板上那五行无比熟悉的数字。

2032　07　04　17　00

2032　06　26　16　46

2032　06　21　16　41

———————————

2033　08　11　16　53

2033　07　04　17　10

“看清楚了，如果古德只想用五个数字对应这五种元素的话，那么，他为什么要用这种颠倒错乱的排列顺序？另外，中间的那道横线又有什么意义呢？”

前三个时间点的倒序与后两行的正序形成了鲜明的反差，只要那位伟大的科学家没有在死亡来临前陷入癫狂的状态，这个独特的排序背后一定藏有极重要的秘密。

“也许这样的排序代表着几种元素在‘上帝分子’中含量的多少，而横线则是区分反应物和催化剂的分水岭。”化学院士的解释显然有些苍白无力，幼稚可笑的推论甚至无法说服他自己。

会场陷入了可怕的寂静，与会者的大脑如同一台台满负荷运行的计算机，开始了各种天马行空的想象与运算。一条条错综复杂的证据链在大脑皮层里被焊接联系起来，最终又不可挽回地走向断裂。终于，有一根不起眼的链条渐渐清晰了起来，搭建成一座通往未知彼岸的神秘桥梁。

在众人惊愕的目光中，陈哲站起身来，用力地拍击着身前的桌面，以确保所有人都从沉思中醒来。

“陈警官，请问你有什么看法吗？”

陈哲从笔记本上撕下一张纸条，龙飞凤舞地写下了两行十位数字。

100817　0318

201635　0740

“这就是我的猜想，用每个分子的质子和常见分子量排出的电话号码！”陈哲简短的话语如重锤一般敲击着每位与会者的心脏，“在这个前提下，五种元素的排序必须精确无误，时间才会因此颠倒错乱！同时，中间的横线也有了一个合理解释，它区分了区号与后面的电话号码。”

“我必须提醒你，六位数的电话号码早在几十年前就被扔进了历史的垃圾箱。”这次发言的是基地的负责人赵全中将。

“古德出生在 1993 年，直到他上小学之前，很多城市的电话号码都以六位甚至五位的形式存在！反正我们正在往死胡同漫无目的地乱撞，那为什么不试试这条岔路呢？”

现场陷入了死一般的寂静。

13　分　歧

2033 年 10 月 26 日，“救赎”基地成立的第三天，在 M 国首都的某个会议厅，一场特殊的秘密会议正在进行。

“安静！”一号无力地拍着面前的圆桌，精巧的地球面具在脸上闪闪发光。当他发现无论使用多高的分贝，都无法平复眼前这场骚乱时，一根愤怒的手指按到了座椅上的红色按钮，数支黑洞洞的枪管从天花板上伸了下来，对准了围坐在圆桌旁边的每一个人。

这种时候，武器永远比言语管用一万倍。

“上次的投票结果是3 ∶ 3，另有两个人弃权，在这种情况下，某个愚蠢的家伙自作主张地杀死了古德！”一号的声音因极度愤怒而有些颤抖，“这是对组织权威最严重的挑衅！是对地球文明的极度不负责任！这颗子弹将我们永远钉在历史的十字架上，我们将成为全人类的罪人！”

“对不起，一号先生。”六号冷冰冰地打断了一号的发言，“违反规则的是你，而非其他任何人，按照当初通过的最高纲领，只有危险系数在1～5之间的科技发现才需要在‘过滤’前进行必要的投票。而古德和他的‘上帝分子’，危险系数达到了有史以来的最高纪录——16！直接抹杀的做法是完全符合最高纲领的！”

“你的意思是，你策划了这次谋杀？”

面对四支瞬间转向的枪管，六号的语气一下子软了下来，“抱歉，我的确投了赞成票，但只是投票而已，从半个月前开始，我就一直在加州大学的实验室进行一次大型强子碰撞的数据分析，每一秒的行动和语言，都有实验室的全程监控。”

一号缓缓地点了点头，因为面具的存在，没人能看到他脸上的表情，在座的八位是“滤镜”这个神秘组织的核心成员。和古德见到的那次相比，房间里的人数未变，却少了一张精巧的地球面具。除了伟大的物理学家纳什之外，一位未戴面具、年轻英俊的白种人正坐在一号的右边。

二号——史蒂夫·布雷克，地球上最出名的软件架构师，四十六家知名软件企业的技术顾问。这位年轻人正用一把精巧的指甲刀修剪着长长的指甲，随着最后一片剪掉的指甲被扔进面前的烟灰缸，电脑天才开始了自己的发言。

“我投了弃权！我想，如果我今年是九十二岁的话，我一定会无比赞同谋杀古德的决议。毕竟，十六这个数字，是我这辈子最引以为豪的程序计算出的结果，但是你们知道，我只有二十九岁！”

二号有限的坦白随着三号的发言戛然而止，面具下他苍老的声音如同窗外的气温一样冰冷，“对不起，我不认为自己有义务公布一次无记名投票中的选择。”在他的带动下，之后发言的四号同样拒绝透露自己的选择。

五号站起身，面具后发出沙哑难听的声音，“我投的是赞成票，我们必须杀了他！没错，‘上帝分子’是一项前无古人的伟大技术，很可能也后无来者！但正因如此，它对人类的诱惑也是史无前例的。即使我们控制了古德，或者他加入了我们，也难保不会有意志薄弱者打破原则，将这项技术据为己有或泄露出去！谁都希望留下火种，但谁敢保证，日后不会出现玩火自焚者？”

“我也投了赞成票！”六号的发言不带任何遮掩，“是的，我赞成消灭他，而他在我们投票之后的第二天被枪杀了，所以就是我干的？可笑的逻辑！我甚至怀疑，凶手并非在我们中间，而是另有其人！要知道，‘上帝分子’并不只是触犯了我们的纲领！”

一号打了个手势，示意自己需要一次短暂的思考来认真评估六号说的这种可能。在五分钟的沉默后，他没跟任何人分享自己的心理变化，将右手指向了下一位列席者：纳什。

“正如你们所知，我投了反对票！我知道在座每一位的顽固程度，也清楚大家正面临怎样的抉择。我们为了同一个目标走到一起，古德和他的‘上帝分子’无疑是我们实现目标的绊脚石。但我想说，我们可以试着去踢开它，却绝对不应该碾碎它！为了阻止某些人做蠢事，就在谋杀发生之前，我坐了二十个小时飞机，当面造访了古德，对他发出了善意的警告，我自愿为这次违规行为接受组织的任何处罚！”七号纳什的发言如同他不戴面具的脸庞一样坦诚，“你们一定怀疑，我这样一个年过七旬、饱受渐冻人症折磨、行将就木的老者，一个在过去对组织极其服从，对最高准则无比推崇的物理学家，竟然会投反对票！但我确实投了，因为我有两个漂亮的女儿和一个聪明的儿子，我爱他们！”

“我什么都不会说，我也不相信你们任何人说的一切！”八号，那位曾经邀请古德加入组织的东方面孔，用简单的发言结束了剑拔弩张的话题，“在座的科学天才、政治精英们，如果你们打算用幼稚的陪审团游戏来寻找问题的答案，请恕我不再奉陪！”

一号静静地听完了每个人的发言，并把自认为重要的东西记在手中的笔记本上，就在他说出“散会”之前，二号举起了右手。

“半小时前，十九号得到了一个极其震撼的消息：中国人找到了古德留下的一串数字密码，并为此成立了一个名为‘救赎’的基地！”

“数字密码？”一号的声音里充满了难以抑制的激动，同时发出惊叹的还有桌上的其他六名成员。随着这个爆炸性消息的公布，惊喜、愤怒、恐惧的情绪同时在空气中弥漫开来，所有人同时将面具后的目光投向二号，期待他说出更多有用的信息。

“还有一个好消息和一个并不那么糟的消息。”作为大厅内另一个不戴面具者，二号的发言始终保持着难得的诙谐与幽默，“好消息是，在十九号的安排下，六十五号已经进入了这个‘救赎’基地，但十九号的能力也仅限于此了，六十五号目前在基地内还只拥有C级权限，除非他能再连升两级，否则我们都要被好奇心折磨得彻夜难眠了。”

“谁拥有这个基地的最高指挥权？”一号环顾四周，却没有一个人开口，于是他开出了一个极高的价码，“十亿美元，十天之内，或者，二十亿美元，三天之内。谁能做到？”

“我来搞定，其实和基地那边相比，我们还有一个更具性价比的目标！”八号用并不标准的英语报出了一个熟悉的名字——杨鸣。

距离这次充满了争吵和猜疑的会议不到四十八小时，古德的学生兼实验室助手，二十六岁的朋克青年杨鸣，被带进了一间潮湿阴暗的地下室。

“你们这群蠢货，我的父亲是……”杨鸣放肆的叫嚣声被一记响亮的耳光打断，当蒙了二十个小时的眼罩被粗暴地扯下后，杨鸣惊恐地发现，架着自己的两个黑人男子绝非绑架或寻仇那么简单。意识到这一点，纨绔子弟的裤脚瞬间被温热的液体淋湿了。

“年轻人，只要你老老实实地回答几个问题，我们一定保证你毫发无损。”杨鸣正前方的沙发上，一位脸戴地球面具的女子用温和的语气说道。

女子身上温婉平和的气质让杨鸣狂跳的心脏略微放缓了下来，他用一种极为恭敬的语调做出了回应。

“知无不言，优雅美丽的小姐。”

花花公子的油嘴滑舌让女人忍不住笑出声来，她凹凸有致的身子在奢华的沙发上扭动起来，给紧张到近乎窒息的空气凭空添入一丝旖旎，“请告诉我，你到底是出于什么目的，才会成为那个男人的助手？”

“纯粹的巧合而已。”杨鸣努力夹紧自己的双腿，以防尿液再次喷涌而出，“你们一定早就查到了我父亲的身份。说实话，无论是生物学学士，还是遗传学硕士，都不过是我爸爸用手上的权力帮我镀的一层金粉罢了。”

随着眼前瞬间出现的一片漆黑，简单粗暴的水刑毫无防备地降临到杨鸣的身上，强壮的黑人死死扭住撒谎者的手脚，用一条肮脏油腻的毛巾狠狠地裹住了他的耳鼻，一盆冰冷的辣椒水泼洒下来，杨鸣脆弱的肺泡瞬间被灼热和窒息感包围。在痛苦的刺激下，杨鸣痉挛的躯体无法控制地做出呼吸与吞咽的动作，随之而来的呕吐和咳嗽则让他瞬间失去了意识，晕厥之前，他隐约听到一个女性的声音：“蠢货”。

“年轻人，你只坚持了五十一秒钟，最短纪录。”女人的声音依然温和悦耳，却让杨鸣颤抖的身躯再次陷入短暂的抽搐，“在你读本科的四年里，你那年过五旬的父亲从一个并无实权的副市长坐到省委常委的位置，他是坐火箭上去的吗？再来说说你，如果说让你去读一所211大学的生物学专业是令尊当初能力有限的话，那么四年之后，你那做书记的老爸完全可以轻易把你送进一所更好的高校，但你，为什么偏偏选择了那个地方？”

杨鸣张了张口，想起刚才承受的痛苦，终究没敢把那些曾编排过无数次的“台词”再说出来。

“最过分的是，一位高官父亲帮自己不学无术的独子搞定一个研究生的头衔，竟然选择了遗传学这个专业，遗传学？哈哈，遗传学！”女人优雅的笑声在不大的房间里肆意回响，“你是想侮辱我们的智商吗？遗传学硕士！”

杨鸣脆弱的心脏瞬间沉入了黑暗的深渊，看着地上温热的呕吐物，他立刻做出了最明智的选择。

“不要再对我用刑，我把我知道的全告诉你！”

一份超过三万字的供词很快就放到了一号的面前，在此之前，其真实性已经经过三次水刑的严格“验证”。

2026年，杨鸣在父亲杨一的运作下，进入A市医学院生物学专业。2028年年底，杨一突然要求他接近古德，让他留校攻读遗传学硕士。2033年，杨一不顾杨鸣反对，让其进入古德实验室担任其助手。就在杨鸣成为古德助手的一个月后，七十亿人在电视上认识了古德和他的“上帝分子”。经过多次确认，关于“上帝分子”的其他核心信息，杨鸣全不知情。

这是供词的第一段，也是提纲挈领的核心内容。一号用了整整一个小时看完了这份冗长详细的供词，然后召开了一次紧急视频会议。

“古德在五年前便被政府盯上了，或许早在动物实验开始之前，中方情报人员就已窃取了‘上帝分子’的一切机密！”一号用奇异的语调对在场的七位核心成员说道，“只不过出于某些未知原因，他们并没有公开这个秘密而已！”

与会者开始窃窃私语，一张张面具后面的脸孔变得扭曲怪异。一号并没有征求任何人的意见，他直接将目光转向八号，问：“你有没有能力对杨鸣的证词进行进一步的调查验证？组织将为你提供一切可能用到的资源！”

“我试试！”面具下，八号的东方面孔上露出一丝冷意，“我不需要经费，我需要那样东西！”

14 潜 伏

“对不起，您拨打的电话已关机。”

冰冷的女声传进杨一的耳朵，这已经是当晚的第三次了。心惊肉跳的感觉如潮水般涌上心头——自从两个月前，那次轰动世界的电视直播后，杨一每隔二十四个小时都会给儿子打一次电话，每次遇到无法接通或是关机的情况，都会让这位五十七岁的老者忐忑难眠。

“也许和前几次一样，杨鸣又跑去参加什么私人派对了。”秘书小心翼翼地安慰着脸色铁青的书记。杨一无力地摆摆手，让秘书出去，他想一个人待一会儿。

思绪伴着空气中的茶香飘到了六年前：那时杨一还是某个三线城市的

第二副市长，无论从履历还是从年龄来看，这位性格刚正不阿、办事果断的副厅级干部都已走到了政治生涯的尽头，直到那个飘着小雪的冬日下午。

那天，杨一如往常一样推开了办公室的大门，端坐在沙发上的两个男人让他几乎不敢相信自己的眼睛。市委书记周黎的到来已足以让他感到讶异，而另一个人——卫生部长沐青的出现则直接让他的心脏漏跳了两拍。当确定自己没有看错后，惶恐伴着迷惑瞬间涌到杨一的心头。

“沐部长，周书记，你们来视察工作吗？”

“不，沐部长有事找你，我只是引荐人。”市委书记说完这句话，便毫不犹豫地走出了房间。

三十多年的从政经验让杨一慢慢冷静下来：一位比自己高整整三个级别、正处于上升期的政治新星用一种如此突兀的方式找到自己，这里面一定隐藏了重要的秘密。想到这里，副市长心中的好奇渐渐压过了惶恐与不安。

没有任何拐弯抹角，甚至省去了自我介绍，沐青直接问：“你儿子叫杨鸣，去年考上A市大学生物专业，是吗？”

“实不相瞒，犬子的分数离录取线差了不少，这是我私下运作的结果。我知道自己违反了政治纪律，愿意接受党纪国法对我的严惩。”杨一语气谦恭，但心头的疑惑更深，要知道，眼前这位的身份是国家卫生部部长，是不太可能为了这事亲自上门的。

“我这次过来，是安排你执行一项绝密任务！”沐青的话让杨一刚刚平静的心脏又一次狂跳起来，“让你的儿子尽力接近他的遗传学讲师——古德，当条件成熟后，你考虑以学生家长的身份亲自同他接触。”

如此简单怪异的任务让杨一有些摸不着头脑，在短暂的思索后，他决定提问，当然问题不是愚蠢的“为什么”。

“如果可能，请部长就接近与接触的含义做进一步解释，以便我更好地执行任务。”

“很简单，就是吃吃饭，喝喝酒，拉拉关系。下一步任务会在合适的时间下达。”面对这个恰如其分的提问，沐青露出了一丝满意的微笑，他补充说，“任务优先级高于一切，您可以动用手上的全部人脉资源，至于经费，国家拨款会在明天打入一个专用账户。”

遗传学、最高级优先权、国家拨款，毕业于清华大学物理学专业的杨一隐约猜到了什么。当然，除非领导主动告知，他会将这些问号与猜测永远烂在心里。

“保证完成任务！”

“对了，不要刻意问目标任何问题。”推门离开之前，沐青留下了最后的叮嘱。

之后的六年，本以为走到政治生涯尽头的杨一重新焕发出前所未有的活力，从副职转正，再调至某省会城市担任市委书记，在这六年里，杨一的灵魂深处始终充满了忐忑与不安。而对任务的好奇则进一步加重了他的心结。当然，这些因素丝毫没有影响到任务进度，杨鸣极其糟糕的成绩给了杨一名正言顺地接触古德的理由——一位家长为自己门门挂科的儿子出面说情，这样的情节在许多高校里都有可能上演。

从接到任务的那一天起，长达六年的思考曾让杨一想到了无数种可能：能够毁灭地球的生化武器、足以改变世界的基因技术、可能改写人体结构的遗传工程……即便如此，当古德在电视直播上向几十亿人宣布自己的发现时，杨一的内心依然被极大地震慑了，那是发自灵魂深处的敬畏与战栗，源于生物本能的崇拜与敬仰。再往后，他开始担忧自己与儿子的安危，因为他们竟和“上帝”扯上了关系。

但该来的终究还是来了。

接到“滤镜”的电话后，杨一忐忑的心情终于跌入了谷底。

“你的儿子在我们手上，如果你希望他活命，现在把你知道的都告诉我们。”电话那头的女声温柔而有磁性。杨一发疯般哀求对方，却只听见儿子的抽泣声和求饶声。

杨一内心挣扎，说实话，除了知道是谁安排了这项任务外，他知道的信息还不抵早已落入对方手中的杨鸣。正当他犹豫着要不要将这事上报给沐青时，桌上的电话再次响起。

“你儿子失踪了？他知道多少内情？”电话那头，沐青的嗓音有些沙哑。

“除了我吩咐他做的事之外，他什么都不知道！”

“你现在很不安全，十分钟后一辆车牌号为京A××××× 的车会停在你家楼下，上车，现在来这边！”

四个小时后，杨一又一次坐在那个改变他命运的男人面前。这一次，他们的谈话时间超过了以往几次会面之和——要不是被一阵突如其来的推门声打断，这次长达三个小时的交谈还要继续下去。

沐青的贴身秘书走了进来，俯身对自己的上级耳语了两句。沐青面露惊讶，然后用略带歉意的语气对杨一说：“对不起，有一位重要来客，我必须马上接待一下。”

杨一知趣地点了点头，接着转身出门。五分钟后，敲门声再度响起，秘书引着一位身材高大、目光如剑的男人走了进来，沐青立马站起身，脸上甚至带了些谦恭的神色。

欧阳守一，沐青的前任，如今退居二线后，级别依旧与沐青平级，但资历、地位犹有过之。与满身书卷气的沐青不同的是，欧阳是个曾数次徘徊在生死边缘、几经沉浮的实干家。这个满脸刚毅的男人用一种最简单的方式切入了谈话主题，“我知道你正分管‘救赎’工作！请你帮一个忙！”

突然造访的来客，毫不客气的对白，直逼要害的要求。沐青推了推有些滑落的眼镜，不置可否地说道：“我只是分管而已，首长始终关注这件事。”

“这件事你完全能搞定！我想请你将一位C组成员调入A组而已！”

“请给我一个理由！你到底想干什么？”沐青心怀疑虑，这的确在他的职权范围之内，但“救赎”事关重大，在没弄清楚对方的目的之前，绝对不能贸然答应。

“这么简单的道理，没想到还是要我说出来。”欧阳顿了顿，目光中隐约带着一丝玩味，“我今年五十八岁了，我希望能再活三十年！”

沐青仔细品读欧阳的言下之意，然后用试探性的语气说道：“只要‘救赎’工作顺利，你应该在六十岁生日之前成为‘上帝分子’第一批受益人！如果工作不顺利，谁都没有办法，你又何必多此一举？”

“只是应该而已，你也知道，这其中的关系太复杂……”欧阳没有继续说下去，但言外之意连傻子都能听懂，“我不要应该，哪怕是99%的把握也不行，我要百分之百的确定！对我这个年纪的人来说，是绝对不能多等三五年的，这意味着我剩下的生命少了三分之一！”

沐青一下子明白了对方的意思，政治家的大脑开始飞速运转，不断权衡这个要求带来的风险与收益。于是，当欧阳开出交换条件后，他很快便点头答应了。

“可以！”两只右手用力握了一下，之后又很快分开。欧阳推开门走了出去，嘴角露出一丝意味深长的笑意。

15 线 索

2033年的第一场冷空气在11月中旬席卷了北纬46度的A市市区，望着窗上凝结的冰花，秦汉裹紧了身上的军大衣，缓缓走向一旁正在抽烟的陈哲。

“想什么呢，陈警官？”秦汉伸手接过陈哲手上的打火机，漫不经心地问道。

“你觉得郭文这个人怎么样？”

“郭文？”秦汉思索了片刻才想起这个陌生的名字，“他不是今天刚被调进A组的吗？怎么了？”

“没什么！”陈哲苦笑着摆了摆手，快步走了出去。

三天前，陈哲以一种全新的角度将“上帝密码”解读为两串20世纪末的电话号码。紧接着，刑侦组只花了半个小时便查明了这两个号码的前世今生：除去第一个从未开通过的空号外，第二个号码0740—201635在三十多年前曾属于一位名叫陈涛的湖南怀化农民。（注：0740曾是怀化区号，后被弃用。）陈涛出生于1963年，跟土地打了一辈子交道，看上去和“上帝分子”的关系是八竿子打不着。但谁又能说得准呢？毕竟古德之前默默无闻了四十一年，没人知道他在成名之前，究竟去过哪些地方，结识过什么人。更何况，这个陈涛曾在十多年前承包过上百亩的果园，这很难让人不联想到古德当初声称的，从某种转基因葡萄中发现“上帝分子”的经历。

基于上述原因，“救赎”团队的热情迅速被重新点燃。“去和陈涛见一面”立刻被提上了议程。

由于A组中的遗传学院士年过七旬，难以承受舟车劳顿之苦，赵全提议，将C组中的郭文博士升入A组，协同陈哲一同去湖南调查。郭文今年四十二岁，却已是国内遗传学界屈指可数的领军人物。当这个男人第一次走进A组会议室的时候，陈哲几乎是下意识地盯上了他。

不得不说，刑侦第一人的双眼锐利得可怕，他精准地捕捉到了三个极不起眼的细节：首先，在进门向大家点头示意时，郭文脖子微弓，颈上的关节犹如生锈的机械一般僵硬，这是心怀鬼胎、极度紧张的表现；在这之后，郭文很快调整了过来，并用训练有素的姿势和桌上的每个人握手，但手背上凸起的青筋则出卖了他内心的忐忑；最后一个破绽出现在大屏幕上显示出那串原始密码的时候，遗传学博士右眼上方的肌肉明显跳动了一下，这一切都被坐在正对面的陈哲仔细捕捉了下来。

“郭文博士，请问您想到什么了？”陈哲忽然发问。

郭文神经质地转过脑袋，紧张的神情在脸上一闪而过，“我觉得，这应该代表五个有特定含义的时间。”

“所有人都这么想！”陈哲步步紧逼，“我希望您能从更专业的角度分析分析，这五个数字可能有什么含义？”

“遗传物质的作用具备时间上的规律性，我想或许我们可以从时间遗传学上入手。”得益于杰出的专业素质，郭文的论点看似无懈可击。但他眼中闪躲的神色反倒激起了刑侦专家更大的兴趣。会议结束后，陈哲悄悄地拉住了正要离开的赵全。

“我觉得，郭文有问题！”

“有什么问题？”

“表情，我一直坐在他对面，他从头到尾都很紧张，按理说，一个正常人在骤然得知‘救赎’工作的真相时，多少会产生一些震惊、迷惑的情绪，但从他脸上我看不到这些！”

“他一直都在基地里，只不过一直在C组而已，或许人家早就猜到了！”

“还是不对劲儿，他……”陈哲还想再多说些什么，却被眼前的负责人毫不客气地打断了。

“好的，我知道了，你可以出去了！”

赵全若无其事的态度深深地刺伤了陈哲，陈哲高声说道：“这是关乎人类命运的最高机密，是基地中的所有人，包括你我在内这辈子最重要的事业！我们绝对不能出任何差错！如果你继续抱着这种无所谓的态度，我觉得自己有必要越级上报！”

陈哲愤怒的咆哮被一张扔到他面前的红头文件突然打断，这张代表着高层意志的文件上只印了一行字。

“调动郭文博士进入A组，尽快！”

陈哲已经记不清自己是怎么从会议室走出去的了。事实上，当看到红头文件下方的公章时，他的大脑便失去了绝大部分的思考能力。文件上简短的话语足以让刑侦天才明白，自己竟然将“特派员”错当成“嫌疑犯”了，这样严重的推论错误还是他从警以来的第一次。回想起之前在会场上咄咄逼人的发问，陈哲不由得对自己的政治前途产生了深深的担忧。

“嗨，陈警官！”一个略显陌生的嗓音将他从沉思中叫醒，是郭文，这位受命于高层的学术泰斗正朝这边走来，脸上带着一丝凝重，“我们得早点启程了，湖南那边来消息说，陈涛得了肺部感染，情况不太乐观！”

“什么？”陈哲的心脏蓦地紧了一下，“什么时候的事？”

郭文脸色稍缓，他说：“应该和古德无关。他今年都七十岁了，之前身体就不好。这次是九月初住的院，因为经济条件差，一直舍不得用最好的抗生素，现在病情危重，弄不好这次就挺不过来了！”

“我们什么时候出发？”

“半个小时后，上面已经准备好班机了！”

六个小时后，怀化第一医院感染科病房。

“我说了，接我回老家！”苍老沙哑的声音在病房的走廊上反复回荡，几位刚入院的病人好奇地伸长脑袋张望，而老病号们则早已习以为常：来自702病房的争吵每天比闹钟还要准时，总是发生在下午17:30——医院的对账单刚发到病房的时候。

“爸，算我求你了，好好看病，别心疼钱，大不了俺把家里的老房子卖了！”

“啪……”清脆的耳光声让路过的护士为之侧目，“你这个糊涂蛋，俺老汉今年都七十岁了，就算这病看好了也没几年好活了，你在俺身上把钱花光了，你让下面两个伢子咋过活呢？”

“爸，你可别这么说！”儿子的哀求声里带了一丝哭腔，“电视上都说了，现在有一种药能让人多活好久，你只要这一趟熬过去，说不准还能再活三四十年呢！”

“别说三四十年，就算三四百年俺老汉也不想活！你娃子糊涂啊！过去咱中国的皇帝叫万岁，可人家那是皇帝，就算活十万年也有人供着养着。俺呢？就是一个地里面刨土的农民，现在这把年纪，啥活儿都干不了，又没有退休工资，只能靠你们小辈养活照顾，今后俺就是个累赘啊！俺要活那么久干啥啊？”

“没事，等到这药出来，俺也能再打五六十年工，到时候给您养老送终！”

“你还是糊涂啊！你爹的身子骨是一年不如一年了，隔三岔五就要往医院跑，挂水吃药都是钱哪，我再活三十年，你这辈子都不要想讨媳妇了！”

“爹，媳妇俺可以不讨，但爹一定要救！”

大滴的泪珠滚落下来，陈涛费力地转过脖子，将复杂的目光投向了儿子满是倦容的脸庞，正准备再说些什么，两名衣着考究的男子快步走了过来。陈哲和郭文到了。他们在走廊的另一头便听到了这边的对话，陈哲开门见山地说道：“老伯，别想这些，好好养病！”

农民陈涛用右手抹了抹眼角的泪花，试图用昏花的浊眼看清眼前的不速之客。很显然，这是两张陌生的面庞，老人问：“你们是谁？”

陈哲笑了笑，这样的表情让病人和一旁的儿子分外警觉起来，在被撵出去之前，陈哲硬着头皮说：“老伯，我们可以帮你付医药费，请你配合医生的治疗！”

朴实的庄稼汉子慌忙摆手，这件事太反常了，让父子俩实在无法相信这一切是真的。陈哲只好掏出自己的警官证："我们是警察，有一个案件需要你配合，很简单，就是问你几个问题而已！"

"俺，俺没犯啥事啊？"陈涛的额角似乎又烫了几分，他诚惶诚恐地说，"警官同志，上个月俺真的是病得走不动了，才让俺伢子把田里的秸秆烧了的！下次俺一定不会了！你不要罚俺的款，成不？"此时，之前半跪在地的儿子也抬起头，将哀求的目光投向眼前的警官。陈哲苦笑了一下，正准备重新组织自己的语言，郭文插话了。

"我们不是为了那件事，我想问，前些年你承包果园的时候，有没有陌生人来找过你？"郭文顿了顿，接着问，"最近你有没有收到过什么特殊的包裹？"

"这都过去十多年了，哪个记得呢？不是俺说，俺种水果种菜都是俺村最棒的，别人家的苹果六块五卖不掉，俺家的卖八块都有人抢！所以经常有人到俺家来找俺取经！"当说到这里时，老汉枯槁的脸上似乎多了一些光芒。

"那你记不记得，有没有一个三十多岁满脸胡须的男子找过你？"陈哲的呼吸不由得急促了几分，从怀里掏出一张一尺见方的画像，画像的原型是古德，却刻意进行了一些后期加工，陈哲将画像放到陈涛的眼前，"请你务必仔细想，这件事很重要！"

"俺年纪大了，你让俺仔细想想。"陈涛双手撑床，想坐起身来，仔细端详画上男人的模样。没想到由于用力过猛，老人忽然猛烈咳嗽了起来，喉咙中可怕的呼哧声让所有人一下子紧张万分，陈哲抢在病人家属前面按下了床头的紧急呼叫铃，两名年轻的护士手忙脚乱地冲进病房，将粗大的吸痰管用力地塞入病人的口腔，五分钟后，陈涛剧烈起伏的胸口渐渐平静下来，正当陈哲准备继续发问的时候，一个看起来不过十八九岁的护士皱眉说："你们都出去！病人现在情况很差，别再让他说话了！"

两位不速之客讪讪地退了出去，很快，两名护士也出了门，最后是老陈的儿子，病房的大门被掩上了，这位满脸风霜的汉子扑通一下跪在两个人面前，用带着浓重湖南腔的普通话说道：“二位大哥，你们刚才说的，帮俺爹付医药费，还算数不？”

“算数，算数！”陈哲心知肚明，能在陈涛身上找到真相的概率微乎其微，但再小的希望也值得尝试。花费二三十万的本金买上一张中奖概率为数千分之一的彩票，从而博取“上帝分子”的终极大奖，这笔交易的回报率几乎超过了百分之一万，傻子都知道怎么选。

“经费在你的卡上，你去缴费，我去找院长商量一下治疗方案！”郭文面色平静地和陈哲道别，一个小时后，分头行动的两个人先后回到了临时安排的旅馆里。

“情况不太乐观，时间拖得太长了，病人的多个脏器都开始衰竭了。虽然已经用了最好的抗生素，也不过一半对一半的概率！”郭文的脸色不太好看，语气更是低沉。

“要不要从北京调专家过来？”

“已经在路上了！”

“说实话，我感觉自己猜错了，国安那边刚传过来消息，这个陈涛平时足不出户，和外界几乎没有任何接触，这辈子去的最远的地方不过是两百公里外的省城。这些天他也没收到过任何快递，我不认为古德会跟他扯上关系！”

“哦？”郭文的面色变得有些不太自然，但他很快就低下头去，将面容藏进了灯光照射不到的地方，他吞吞吐吐地说，“那我们要不要撤销对他的经济和医疗援助？毕竟……”

“这怎么行！我们已经对家属做出了承诺！”陈哲毫不客气地打断了郭文的建议，脸上露出一丝难以察觉的鄙夷神色。

“好吧，你说了算！”郭文迅速地转移了话题，“你听到他们白天的对话了吗？”

“什么意思？”

“和‘上帝分子’有关的那段。”郭文忽然抛出一个奇怪的问题，“你结婚了吗？”

“还没有呢！你问这个做什么？”

“那我打个比方吧，像你这个年纪的年轻人，差不多有七成是独生子女，假设你现在结婚了，你的妻子怀孕了。这时候 π 药剂上市了，你知道这意味着什么吗？”

陈哲摇了摇头，眼中现出一丝迷惘的神色，郭文继续讲了下去。

“这意味着你们双方的父母还能再活六七十年，而这六七十年中也许有二十年是无法自理的，需要你来照顾的。”郭文顿了一下，试图将陈哲的思绪引入自己正在描述的场景中，“怎么样，有没有一种喘不过气来的感觉？然而这还不是全部，你还添了孩子，你妻子很可能要有很长一段时间待在家里带孩子。3.14 啊！等到十年之后，你的孩子也才相当于现在的三岁！说不定上楼还需要你们扶着呢！”

“谁规定孩子一生下来就要吃药了？等到十六七岁的时候不行吗？”

“当然没人逼你，但真有人会这么选吗？”郭文用咄咄逼人的目光盯着陈哲，语气中多出一丝居高临下的嘲讽，“别的孩子都有三十年的学习黄金期，你只给他十年？”

房间里一下子静了下来，窗外繁华的街景似乎凝固住了一样，月光透过窗格筛了进来，在地毯上映出奇异的影子，像是老人佝偻的身影，郭文接着说：“再说说陈涛吧，像他这样，一个疾病缠身、没有任何经济来源的老人，就算能多苟延残喘三四十年，这又有什么意义？”

郭文的目光始终没有移开陈哲的面庞，他认为，自己多半会看到一副冷汗涔涔、细思恐极的模样，但他很意外地失望了，自己期盼的那种神情并未在陈哲脸上出现，年轻的警官咧开嘴唇，露出一个意味深长的微笑，“你说得很有道理！可惜我父母早就不在人世了，看来这也是一种幸运呢！”

陈哲摁灭了床头的台灯，将被子拉到胸口的位置，“不早了，睡吧！”

16 “滤 镜”（1）

第二天。

陈哲与郭文在忐忑不安中度过了二十个小时，一条条来自 ICU 病房的消息将两个人的心情如玩具娃娃一样肆意摆布。等到夜里一点的时候，这份折磨终于结束了。

陈涛死了，肺部感染引发了心脏衰竭。虽没有直接证据能够说明这与前一天问讯引发的剧烈咳嗽有关，但心怀愧疚的陈哲还是睡得很不踏实，迷迷糊糊中，宾馆的木门似乎被从外面打开了，训练有素的陈哲迅速从床上跳了起来，右手已握上了床头柜上的手枪。

三名素未谋面的军人撬开门闯了进来，一人喝令“任务中止，立刻返程”。陈哲试图举枪反抗，但对方亮出的证件让他瞬间放弃了这个愚蠢的念头。更让他感到意外的是，在返程的飞机上，他和郭文被分开了。

陈哲的第六感准得可怕，除了中科院院士之外，郭文还有另一层身份：“滤镜”第六十五号成员。作为组织最忠实的信徒之一，这位遗传学泰斗接到的任务很简单：尽可能破坏“救赎”计划，让“上帝”留下的秘密永远湮灭在历史的长河里。

宁可错杀一万，不能放过一个。

就在前一天下午，在病房门口和陈哲分手后，心怀鬼胎的郭文悄悄潜入了病区的护士站，然后利用医护人员的疏忽，将一小瓶贴有“702 陈涛”标签的万古霉素溶液调了包。平心而论，郭文的这次行动明显有些操之过急，毕竟“号码猜想”只有极小的可能是真的，但陈涛危重的病情给了他动手的勇气，用这种方式杀死一个随时可能挂掉的病号几乎不具备任何败露的可能——如果沐青没让人事先在病区的每个角落装上针孔探头的话。

“你们找我有什么事吗？”郭文强作镇定，询问眼前的军人。对方一言不发，脸上看不出丝毫的表情变化。五分钟后，囚室的大门又一次被打开了，沐青在数名警卫的簇拥下走进门，重重地坐在了郭文的对面。此刻，他眉头紧锁，面色凝重，如此机密的基地内竟然出现了一个内鬼，这已算得上是极其重大的事故了。更要命的是，这个内鬼还是通过他升上A组的。

“你到底想干什么？”沐青的语气如同寒霜一般冰冷，眸子喷射的怒火几乎要将眼前的罪人烧成灰烬。

“哈哈哈哈！”郭文狂笑起来，腕上的手铐迸出清脆的金属碰撞声，然而他很快便笑不出来了，警卫铁箍般的右手死死地捏住郭文白净的双颊，铁钳般的手指探入无法合拢的口腔，一番粗暴的摸索之后，捏出了一颗盛满氰化物的特制胶囊。

“活着挺好的，不是吗？”沐青的神情更加冷冽。

郭文忍痛合上几乎脱臼的下颌，喉管里泛出的苦水让他忍不住呕吐起来。沐青并不理会，他点了一根烟，坐在了郭文对面。

“现在可以说了吧，你到底想干什么？”

“奉命行事！”郭文吐出毛巾，毫不畏惧地迎上对方的目光。

“你以为把我扯进来了，我就一定会大事化小？”沐青耸肩摊手，“就算你是欧阳守一的人，但到了这个份上，你就这么相信他不会弃卒保车？”

“我当然不会！”大门忽然被推开了，一个伟岸的身躯踏着虎步闯了进来。沐青一眼便认了出来，这是欧阳的身影。此刻，一张闪闪发光的地球面具正蒙在这个男人刚毅的脸上，看到这张面具后，郭文刚刚放缓的呼吸又一次变得沉重了。

欧阳缓缓抬手，摘下了脸上的面具。他先用温和的语气安慰戴着手铐脚镣的郭文，“放心，组织不会放弃你。”然后转过脸，换上一副无比严肃的表情对沐青说，“看来，我们不得不把事情的真相都告诉你了！”

“真相？”沐青面露惊讶之色，说实话，郭文在医院里做的那番手脚，他也百思不得其解，“破坏‘救赎’工作对你们有什么好处？难道你早就得到‘上帝分子’的秘密了？”

“不，没人知道！我们也不想知道！”欧阳露出一丝高深莫测的微笑，“从第一天开始，我们的目标就不是窃取这个秘密，而是毁掉它！实话告诉你，谋杀古德的也是我们！”

“什么？！”原本坐在椅子上的沐青猛然站了起来，坚硬的椅背扶手被他捏得嘎吱作响，这位“救赎”的幕后指挥者用一种不可思议的目光望向对面的欧阳，就像看见了这世上最可怕的疯子。欧阳毫不畏缩，而是泰然自若地瞪了回去。两道目光在凝重的空气中碰撞，摩擦出肉眼看不见的火花。

“你疯了吗？”一丝没来由的恐惧让沐青下意识地提高了音量，“你为什么要这么做，这样对你有什么好处？”

八号微眯双眼，仔细地打量着面前这位官场同僚，然后用无比严肃的语气说出了奇怪的话语。

“沐青，1996 年毕业于北大数学系，之后考入本校理论物理专业读研。既然如此，我相信你一定能听懂我的意思！请相信我，我们是一个极理智、极无私、极富牺牲精神的伟大团体。谋杀古德对我个人没有任何好处，但是对全人类来说，这是一件非做不可的事情！”

以下，便是八号欧阳守一向沐青陈述的“滤镜”真相。

“滤镜”有一个冗长且拗口的全名，“寻找并‘过滤’高威胁科学技术及科研行为联盟会”，组织创始人是“大过滤器”理论的提出者、著名物理学家费米。在1950年的一次关于飞碟与外星人话题的非正式探讨下，当时只有四十九岁的费米说出了这样的话：“宇宙里有数千亿亿颗恒星，即便文明只是以数亿分之一的可能存在，那宇宙里也该有几千亿种文明，那为什么我们无法探测到它们，甚至连无线电都无法听到呢？”

这便是在整个21世纪，所有宇宙学家、科幻作者都无法绕过或忽略的重要理论之一：费米悖论。关于这个理论，最合乎逻辑的解释有三种：

第一种：原始生命的出现，或者说生命演化成文明是无比偶然的结果，这里的“无比偶然”代表着可能性远小于数亿分之一。

第二种 ：由于某种特殊的宇宙法则的存在，不同文明之间的接触以及“广播”行为都是被绝对禁止的。

第三种：也是最残酷且悲观的一种，宇宙中所有的文明在发展出星际远航技术之前，都存在极高的概率被自身的力量无情摧毁。

在刚提出的三四十年里，“费米悖论”并未引起足够的重视。即便是极少数的研究和关注者，也更多倾向于第一种解释。但接下来发生的一切，不但给这个遥远缥缈的宇宙学悖论一步步夯下了坚实的地基，更将答案的方向不断推向最为可怕的那种可能。

第一种解释动摇于哈勃望远镜给人类带来的全新视野，从1991年夏天人类正式发现第一颗系外行星开始，短短四十多年里，人类已经发现了数以万计的类木与类地行星。越来越多的观测结果证明，行星乃至宜居行星的存在是极为普遍且正常的现象。2024年，NASA在距地球不到五百光年的地方发现了开普勒——4171，这颗位于金牛座昴星团内的蓝色水球，被普遍认为是一颗“更温暖潮湿的地球”。又过了短短一年时间，随着那块来自木卫二的岩石被带回地球，有关“费米悖论”最美好、最天真的想象被彻底打碎。在那块不足20千克的岩石样本中，科学家们发现了数以万计的原始菌类。

当然，我们还有第二种猜想。在宇宙中，和其他星球的文明接触是被“明文禁止”的，任何敢暴露自身存在的文明都将受到“静默法则”的残酷审判，遗憾的是，这种源于宇宙社会学的猜想随着时间的推移而越发无法自圆其说，理由很简单，人类早就这么做过了！

这里不得不提到曾被纳什斥为“愚蠢”“无知”“自寻灭亡”的寻找外星人计划，从20世纪六七十年代起，人类这种孤独的灵长类生物使用简单的无线电波技术，向茫茫宇宙发出各种声情并茂的呼喊。冰冷的电波承载着深情的呼唤，以每秒钟三十万公里的速度，先后穿越了明亮耀眼的半人马座α星、天狼星，在牛郎与织女的耳畔掠过，又在世纪之初将橘黄色的大角星甩在身后，从2030年开始，北斗七星将依次听到来自太阳系的呼喊与歌唱。

到这个时候，理论上已有超过三千颗恒星听到了地球的呼唤。随着时间的推移，这个数字还将以几何级数直线上升。再过两万年，小半个银河系都能“听”到，在遥远荒芜的猎户座旋臂边缘，生活着一群快乐而孤独的羰基生物……

但我们还活着。

既然人类的“广播”并没有遭到更先进的外星文明粗暴地干预或抹杀，那么起码到目前为止，任何有关“静默法则”的猜想都只能被当作痴人说梦。

所以，就只剩下最后那种可能了：人类将以极高的概率在发展出星际远航技术之前，无可避免地走向自我毁灭。

百年来发生的一切似乎都在逐步印证着这种可怕的猜测：早在20世纪末，人类便拥有了重启文明主程序的能力。如今，拥有这种能力的政权从两三个增加到了十几个，其中有两个还并非民主国家，在这里，民主往往意味着“理智”。近年来，被多国政府列为绝密的反物质武器研究更给地球敲响了警钟，或许也是未来的丧钟。这颗人类繁衍生存了数百万年的蓝色星球至今还能保持生机与活力，唯一的原因便是那些足以毁灭地球的武器还没有落到疯子手上，又或者说，那些手握武器的人还没有变疯而已。

数代“滤镜”组织的核心成员经过无数次的论证与激辩，得出了更完善的“过滤”理论：

文明的自我毁灭概率与该文明的科技发展程度成正比，超过 99.99999% 的文明都将在发展出足以毁灭母星的科技后自取灭亡，当一个普通士兵手上的武器足以毁灭一座城市之时，文明被毁灭的概率接近 100%。

今天的人类，距离这一步仅有一步之遥。

更让人心生绝望的是，即便是地球文明依靠与生俱来的侥幸天赋，以无比微小的概率跨过一道又一道的鸿沟，直至发展出星际远航技术来寻找新的家园，这样的定律依然不会被打破。

要知道，毁灭永远比建设更简单：如果有朝一日，人类能够远征并殖民某个数百光年之外的宜居行星的话，那说明早在许多年之前，人类就有能力毁灭这颗星球了！

打破这个怪圈的唯一途径便是“过滤”，过滤掉一切危险、不安、容易让文明走向自毁之路的东西，保留那些相对安全的东西。这听起来有点像达尔文的进化论，真正执行起来也确实如此。只不过把“物竞天择”变成了“物竞人择”而已，为了达到“过滤”这一目的，他们张开了一张巨网。[1]

[1] 本节中对“过滤”理论的解释并不完整，部分读者可能尚存一些疑问，例如科技的发展是随历史发展必然出现的，即便世界上从未有过爱因斯坦，也会有 ×××× 提出相对论；又如：“既然地球已能发出无线电波，却无法收到宇宙中的任何信息，那不是证明了人类文明已是宇宙中的至高文明吗？”本文作为世界观严谨的科幻小说，在第二十八节中对这些问题都将进行解释。

出于对我们赖以生存的母星的危机感与责任感，数百位人类精英先后加入“滤镜”组织，并不惜花费数百亿美元的资金，构筑起一个无比巨大的情报间谍网。他们将地球上绝大多数尚处于试验甚至构思阶段的科学技术与创意都纳入了“滤镜”的考核范围，一旦出现任何对地球文明产生威胁的科技，“滤镜”都将视其威胁程度毫不留情地进行遏制、封锁乃至抹杀。

17 “滤　镜”（2）

“很遗憾地告诉你，我们对‘上帝分子’进行了最全面、最细致的评估，它的诞生将给人类文明带来额外的16%的灭亡概率。”欧阳面无表情地说，“这绝非人类历史上最伟大的福音，而是最可怕的灾难！”

“灾难？”沐青低头沉吟。得益于丰富的人生阅历与卓越的政治地位，他看待这项技术的态度绝对不像多数人那么简单与乐观，但“灾难”这个词还是让他怔住了。

“没错，就是灾难！”欧阳毫不犹豫地说道。

“这么说来，你们是人类文明的卫道士了？”沐青的语气中带了一丝明显的讥讽，“我很想知道，你们是靠什么来判断某项技术是安全或是危险的，真以为自己是上帝吗？”

欧阳又一次笑了，笑容中散发出令人生畏的从容与自信，“我们当然没有自信到这个程度，在这个问题上，任何人说了都不算，我们听计算机的！”

“计算机？”沐青有些难以置信，“计算机怎么可能做到？”

面对沐青的质疑，欧阳不得不把这个早被问过无数次的问题仔细解释了一遍。

为了公正且精确地计算出某种技术对地球产生的威胁程度，组织的二号成员、世界上最伟大的软件设计师史蒂夫·布雷克，带领一个多达七十七人的团队，花了两年时间开发出一个容量超过 11TB 的模拟软件。软件的名字叫“盖亚”，用来精准模拟任何科学发现、科研行为乃至政治决定对地球未来产生的影响。

将人类的命运托付给一个永远不能公开的计算机软件，这样的决定一度在“组织”内部掀起轩然大波。但只过了短短三个月，之前的怀疑者都闭上了嘴巴。在这三个月里，“盖亚”通过了三次考验，将一切怀疑砸得粉碎。

第一个月完成的是“微生态实验”，道具是两百个容积为三百升的密封玻璃球，每个球里都盛着三分之二的水，水里有几种鱼虾、一些藻类以及诸多看不见的微生物。每个球体恒温、恒氧，接受完全相同的光照。数十种生物在这个微型生态球中相互依赖、相互作用，形成一种微秒且脆弱的平衡。

“试验证明，如果以最后一只鱼虾的死亡时间来界定的话，这种生态球的平均生命周期是 34 天 11 个小时 42 分钟。”二号望向屋内的另外七人，在得到所有人的颔首认同后，他接着说，“现在，你们每个人都可以任意挑选一只生物，然后将它加入到这个生态球里面，盖亚软件将会在十个小时内给你们一个全新的答案！”

“我能去隔壁的鱼缸里拿一只龙虾吗？”

“可以！”

“换一种形式，将水温提高五摄氏度怎么样？”

“没问题！”

……

二十五天后，随着二十二号球里最后一只泥鳅翻着肚皮浮上水面，“微生态实验”以一个近乎完美的成绩赢得了所有见证者的尊重，在这次只有两百个样本的模拟实验中，盖亚的平均误差偏值竟只有 1.9%，远远小于人脑算出的结果——7.2%！

“好了，现在我们都相信了，盖亚能精准地预测外力对自然生态的影响与破坏，下面，你得证明它能读懂人心了，这才是最重要的！”

“没问题，我需要一万名志愿者，有详细行为数据的那种！”

这种事放在 21 世纪之前是无法想象的，但如今梦想已经照进了现实。从 2010 年开始，生活中无处不在的电子设备便忠实地记录下人们的行为习惯：喜欢怎样的异性，偏好哪些食物，什么时候容易紧张犯错，什么样的刺激可能诱发犯罪，一切都在其列。除去那些与世隔绝的部落和食古不化的老人，大多数人的行为、生理、情绪习惯都会被数字化，并记录在一块块硬盘里，无所遁形，这给计算机模拟人类社会带来了可能。

在“滤镜”的运作下，50 个人数不等（10 ～ 1000 人）的志愿者团体很快诞生了。他们将被安排至不同的环境中执行风格迥异的任务，所有人都想知道，“盖亚”还能不能猜到即将发生的一切呢？

这次，软件得出了一串无比冗长且复杂的结果，包括但不限于：“明天 A1 团队内将有 47% 的概率发生斗殴”“张克将以 17% 的概率当选 C4 团队领袖，周航 31%”“A1 团队任务预计完成度为 92%”“B1 团队内的徐习将有 41% 的可能退出此次实验”……这些魔咒般的预言每日都在更新，同时不断应验。当为期一个月的测试过程结束后，数十位数学家对数十万条结果进行了极为精密的加权运算。第二次，“盖亚”以远超人脑的成绩完美征服了所有人。

最后一个月的实验同样重要，二号要证明当人数从几十、几百上升到几百万乃至几亿时，盖亚软件依然精确有效。这次他使用了最简单粗暴的办法，“盖亚 1.0”直接预测出了 M 国二十座城市的下月 GDP，误差范围足以让世界上最权威的经济学家惊掉大牙。

从那一天开始，每一项刚刚问世或即将问世的新技术，都要经过“盖亚”的精准模拟，任何危险系数超过临界值的科学技术或科研计划，都会被组织第一时间扼杀在摇篮中。根据软件的运算结果，在未来的一百年内，即便人类的科技一直保持原地踏步，文明依然存在 7.8% 的灭亡概率，罪魁祸首无疑是已被三十八个国家掌握的核聚变技术。

回到现实中来。

“两百多岁的平均寿命将带来资源的迅速枯竭，这将极大地提升战争的爆发可能。而且这一回，各阵营之间争夺的并非石油或世界霸权，而是粮食、土地这些生存必不可少的东西！战争很可能回归到中世纪的残忍程度！”欧阳总结道，“而且这不过是链式反应的第一环而已！所以，‘上帝分子’是最可怕的危险品，比以往的任何一次都更加危险！”

“以往？”沐青有些不可思议地问道，“你们以前还干过什么？”

“太多了，这些事你们一定听过，只不过不知道是我们做的罢了！”

18 子非鱼

在“滤镜”成立九十多年的历史里，曾有超过二十种技术被成功“过滤”，“过滤”的方式包括温和地劝停、严厉地施压乃至无情地抹杀。

子非鱼，焉知鱼之乐？

子非我，安知我不知鱼之乐？

这是2027年《科学》杂志特刊的扉页语，用于描述“思维读取”技术可能给世界带来的翻天覆地的改变。协和医学院脑外科博士林泉利用一种全新设备，成功捕获了α波和β波之外的第三种脑电波：T脑电波。之后林博士又用了四年时间，在密码专家的协助下成功破译出三种脑电波的波长、频率、波形与人类思维记忆之间的联系。说得更直白一些，林泉发现了本该存在于魔幻小说中的“读心术”。正当他准备和全世界有偿分享这项伟大专利的时候，“滤镜”找到了他。

在“滤镜”的邀请下，林泉站在世界上第三先进的巨型电脑前，见证了“盖亚”长达27个小时的模拟运算过程，最终他看到了7.1这个结果。这个冰冷的数字代表着在1000次模拟运算过程中，地球先后有71次因他的思维读取技术走向毁灭，其中最具代表性的一次是这样的：2035年，当C国驻中东大使馆被一颗印有星条旗的导弹“误炸”后，愤怒的C国领袖不可抑制地产生出“扔一颗原子弹到M国首都上空”的念头。这一瞬间的愤怒被FBI秘密安装的“思维读取装置”断章取义地截取，导致M国采取“先发制人”的策略，对该国数个核弹基地进行了毁灭性的打击，席卷世界的核战争因此打响。

三天后，林泉宣布，拒绝出席诺贝尔医学奖的颁奖仪式，并将关于“思维读取”的全部研究资料付之一炬。面对全世界的质疑，他在一次公开演讲中这样说道：“这是一项足以让世界变得彻底透明的技术，人脑将成为比不装任何防火墙的电脑更不可靠的存储器，地球上将不再有技术专利的存在，这将极大挫伤人类对科学创新的热情与动力。更可怕的是，这项技术从某种程度上否定了人类对情绪的极端控制力，因言获罪早已成为历史，然而思维读取却可能让世界倒退到一个‘因思获罪’的时代。”

因为这次放弃，林泉与梦寐以求的诺贝尔医学奖擦肩而过了，却并没有与诺贝尔奖擦肩而过。

思维读取意味着将人类的全部秘密公之于众：氢弹的技术参数、处于探索阶段的量子武器、足以杀死全部人类的病毒的DNA结构。出于对文明安全的考虑，林泉博士放弃了无比宝贵的科研成果，毁灭了凝聚了他五年心血的智慧结晶。经诺贝尔奖委员会一致认可，向林泉博士授予2028年诺贝尔和平奖。

——2028年诺贝尔和平奖颁奖词

思维的绝对隐秘造就了无数的隐瞒与欺骗，滋生出无数的危机与不安。与此同时，它也是一把科技专利保护、文艺创作创新、人类和平发展最重要的保护伞！感谢林博士，在揭开思维美人的神秘面纱后毅然将其放下！感谢上帝，让我们的思维并不那么透明！

——2028年《时代》杂志卷尾语

比“思维读取”更危险的是2028年9月的“流星”计划。疯狂的R国科学家普罗夫斯基设计出一个价值超过三百亿美元的巨型助推器，并准备使用最先进的宇航技术，将其发射到一颗直径约二百一十米的近地小行星上。在助推器的驱动下，这颗富含纯净铂元素的小行星将以超过99%的概率成功“着陆”在西伯利亚的冰原之上，并在广袤的无人区引发一场大约为5.7级的地震，这将给处于经济衰退时期的俄罗斯带来超过七千亿美元的财政收入。

“盖亚”软件对这个疯狂大胆的计划进行了长达十四个小时的运算分析，最终得出了11.4的答案。这意味着，“流星”计划一旦问世，那些悬在我们头顶的小行星们将取代核弹成为文明灭绝的最大威胁因子，传承了数百万年的人类文明将增加 11.4% 的额外概率在未来一百年内自取灭亡。

执着的 R 国人断然拒绝了“滤镜”的提议，三天后，他遭遇了一场无比惨烈的车祸，厚达一百一十页的研究资料和三十九岁的年轻生命在熊熊烈火中燃烧殆尽，好像从未在这世上存在过一样。

同样被直接抹杀的还有中国的“慧眼”计划。2031 年，搭载于天宫六号的“谛听”望远镜首次观测到了一颗星际彗星的存在。这个被命名为“夸父”的巨大冰块将在 2038 年冬天以光速的二十四分之一侵入太阳系，随后从距离地球 4.2 个天文单位的木星身侧飞掠而过。

“慧眼”计划将六十个足以承受超高速撞击的先进探测器预先放置在“夸父”的行进路线上，只要“夸父”成功撞上并捕获其中任意一个，人类都将在未来的数百年时间内拥有一个秒速 1.2 万公里的宇宙探测器。更美妙的是，得益于“夸父”在三维宇宙中的运动方向，我们的子孙将有机会在七十多年后近距离领略半人马 α 星的美妙风光。这样的诱惑对于任何一位天文学家来说，都是难以抗拒的。

但在“盖亚”的模拟中，这次人为制造的碰撞将造成难以预测的后果：以光速数十分之一飞溅的冰碴儿将以 6% 的概率碰上地球，击穿厚达十七公里的地壳，之后造成超过里氏十一级的巨大地震。以地球当时的科技能力，这种情况一旦发生，将不会有任何拦阻或是补救的机会，留给人类的将只有四到五个小时的祈祷与忏悔的时间。

出于对宇宙的无尽探索欲，固执的中国科学家断然拒绝了“滤镜”的建议。三天后，“慧眼”计划的六位核心人员全部倒在了剧毒的氰化氢气体之下。

2032 年，“滤镜”阻拦了由 NASA 提出的火星大规模移民计划，在“盖亚”的模拟中，一旦火星住民超过三亿的临界值，地球人类与火星人类将以极大概率分化为两个不同的族群，居住环境与意识形态的差距让两颗星球间的隔阂日渐加剧，一触即发的星球大战会彻底毁灭太阳系中仅有的两颗宜居行星。面对 5.5 的威胁系数，NASA 的最高责任人主动放弃了人类的远征之梦，并成为“滤镜”的核心成员之一。

与上面这些被明确贴上“危险”标签的科学技术与科研计划相比，公开于 2027 年的 CAR-T PRO 技术则在组织内部引发了一场剧烈的争吵。这种能够治愈（没错，治愈）90% 的癌症的免疫细胞疗法一度被认为是人类医学史上前二的福音，足以与 20 世纪初青霉素的问世相提并论。但“盖亚”冰冷的计算结果让大多数的组织成员都陷入了极度的矛盾与纠结中——4.9。CAR-T PRO 战胜了癌症，全人类的平均寿命将瞬间延长六年，地球人口将因此迎来一次前所未有的激增。原本预计，到 2050 年，世界人口将达到 90 亿，但有了 CAR-T PRO，这个数字将变成 101 亿！更可怕的是，这多出来的 11 亿人，超过九成都是失去了劳动能力的老人，谁来养活他们？

瞬间加剧的全球老龄化问题将让早已不堪重负的地球以 3.1% 的额外概率走向毁灭。另外 1.8% 的风险则源于 CAR-T PRO 技术本身，这种以激活人体免疫细胞为核心技术的抗癌手段，暗含制造出“超级病毒”的风险，一旦这种病毒出现，人体的免疫系统和现有的抗生素都将束手无策。

在 CAR-T PRO 技术尚处于二期临床试验阶段时，“滤镜”找到了掌控该项技术的 KITE 生物技术公司，并在谈判破裂后枪杀了六位 KITE 核心成员中的五位，其中便包括古德的亲生父亲。时年五十七岁的古沧行在面对“滤镜”的邀约时，这位平日里温和谦恭的君子发出了愤怒的咆哮，“CAR-T PRO是全人类热切期盼的奇迹与福音，无论你们用任何理论来诋毁这项发现，我都绝对不会动摇！你们都将成为人类的罪人！”

回答他的是一声清脆的枪响。

“我们扼杀技术，我们谋杀伟人，我们践踏法律。我们是凶手，是屠夫，是自然科学的‘封印’与毁灭者，但我们更是守护者，守护这颗美丽的星球不因人类而毁灭，这就是我们存在的意义！”一号望着古沧行倒在血泊中的尸体，说出了这段日后被奉为“滤镜”最高纲领的话语。

如果再算上古德和他的“上帝分子”，自2025年以来，残酷的“过滤”工作先后六次在三个大洲得到完美执行，不少组织成员都对如此异常的频率表示质疑。但一号简短的发言打消了大多数人的顾虑，“首先，人类第一次亲眼见证了外星生命的存在，‘大过滤器’就在前方，文明的危机已迫在眉睫；其次，‘盖亚1.0’的出现让我们找到了衡量科技威胁值的客观准绳，从而能够客观公正地去评估每项科学发现与科研行为背后的风险。所以，我们没理由不去行动！这都是为了岌岌可危的人类文明！”

话说回来，即便此前被扼杀的这五项技术已是如此伟大且令人振奋，但与“上帝分子”一比，这些足以载入史册的科学奇迹不过是太阳下的萤火虫罢了。

“上帝分子”，这个人类史上最伟大、最神奇的发现将使新生儿的预期寿命达到难以置信的251岁。与人民的欢欣鼓舞形成鲜明对比的，是“盖亚”软件得出的危险系数——16。这个史无前例的福音犹如一把打开潘多拉魔盒的钥匙，给地球的未来带来无数种难以想象的恶果。

急速膨胀的人口是人们最容易想到的恶果之一，在“盖亚”的模拟中，到2100年，“上帝分子”将会让地球总人口达到163亿（原本预计114亿），爆炸式的人口增长带来资源的瞬间枯竭，世界大战将以超过50%的概率在21世纪末爆发，40亿～163亿人将死于这场可怕而残酷的战争。

另一种蝴蝶效应则是多数人不会想到的，长达251年的寿命将对全人类的行为、心态产生难以逆转的病态影响——反正能活三百年，过几年再努力学习（工作）也不晚啊！拖沓、懒惰的习惯充斥着二十年后的人类生活，进而成为社会的主流风气。日渐低下的生产效率进一步激化了人口问题引发的社会矛盾，厌世的情绪将在民众与执政者中蔓延，一旦这些消极情绪超越了对生命的珍爱与敬畏，文明必将走向穷途末路！

“我们绝对不能眼看着这一切发生，为了保证文明的延续，我们不得不抹杀长生的希望！”欧阳脸色肃穆，语气中带着难以抑制的自豪与坚定，“安安稳稳地活八十岁，总比冒着让人类灭绝的风险去活两百岁好！为了共同的信仰，所有‘滤镜’成员自愿放弃长生的权利，老而无悔！死而无憾！”

狭窄的囚室陷入了短暂的死寂。沐青，这位受过高等教育的卫生部长正对刚才听到的一切进行最缜密的分析和思考。首先跳入脑海的是前一年的全国社会养老金缺口，那已然是一个天文数字了，如果再被“上帝分子”的神奇魔力催化，无疑将成为国家难以承受的重负。接下来，近年来不断攀升的粮食与石油进口量也从记忆深处冒了出来，这些冰冷的事实让沐青无法对“滤镜”的世界观嗤之以鼻，思考了一会儿之后，沐青提出了一个至关重要的问题：“证据，请你拿出证据！”

“滤镜”八号成员欧阳守一笑了起来，洁白的牙齿在灯光下显得有些刺目。

“CAR-T PRO，我们是地球上目前唯一拥有 CAR-T PRO 技术的组织。只要沐部长答应加入我们，折磨你五年之久的膀胱癌将在一个月内痊愈！”

沐青僵硬的面部肌肉不受控制地颤抖了起来。沐青是一名膀胱癌患者，尽管先进的医疗技术让他暂无性命之忧，但化疗的痛楚是常人难以想象的。“痊愈”，这两个字对这位饱受折磨的中年人来说，就如同海洛因之于吸毒者一般，具有难以想象、不可抗拒的诱惑力。八号的政治身份无疑给这个虚无缥缈的承诺加上了重重的砝码。沐青嗫嚅着，语气中的犹疑就连呆子都能听出来。“你们的宗旨不是抹杀这些对文明产生威胁的技术吗？为什么还会保留它？”

“抹杀不一定代表着彻底销毁，尤其是 CAR-T PRO 这种福祸参半、威胁系数又不算太高的技术，既然有一位研究人员愿意投诚，那保留并封存这种技术便成了最优选择。在某些特殊时期，这些技术将成为我们说服少数关键人物、守护文明的重要筹码——例如今天。沐部长，你是幸运的，‘救赎’赋予你价值，让你有资格成为CAR-T PRO的受益者，只要你接受我们的条件！”

“这么说我是极其稀少的幸运者了？”

“不是稀少，而是迄今为止唯一的一个！”

沐青并不相信，但他很聪明地没有表现出来，“那‘上帝分子’呢？你们就没有想到过窃取这个机密，然后暂时封存它吗？”

欧阳的脸色变了，目光中充满难以名状的悲哀，“我们有过！实话告诉你，在组织内部，也曾经对这次行动产生过激烈的争吵。不少人提出了相对温和的方案。毕竟，这是上帝给人类的馈赠，一旦抹杀，很可能再难复制！但最终我们还是走上了这一步，原因很简单，就连我们自己都没有信心抵挡‘上帝分子’的巨大诱惑，如果不毁掉它，早晚会有人偷尝禁果！一旦出现了第一个，那很快便会有第二个、第三个，长生极有可能成为一小撮人的特权，这种情况一旦发生，你认为会发生什么？”

沐青深吸了一口气，不去考虑这个细思恐极的问题，他说：“这一次我可以不继续追究，但郭文必须离开这里，如果再出问题的话，谁都担不起这个责任！”

“这交易可不太公平呢！”欧阳吐出一口烟圈，语气神情如同电影中的教父那般不容置疑，“第一，郭文博士继续留在A组，一切就当没发生过；第二，你加入我们，成为‘滤镜’的一员！”

“你们想要我干些什么？”沐青徒劳地挣扎，“首长一直关注着‘救赎’工作，你就不怕出事吗？”

“我都不怕，你怕什么？医生应该告诉过你，除非发生奇迹，否则你最多只能活到后年秋天！”欧阳一语直击要害，同时又不忘安抚对方，“相信我，郭文不会再这样鲁莽了，以后我们会用更隐蔽的办法，不会有人发现的！”

“你们这些疯子！”沐青眼神空洞，对生命的渴望打败了一切理智，“我答应你们，但你们下一次行动的时候，务必事先通知我一下，这是为大家好！”

“我保证，一定会的！”欧阳郑重其事地承诺，他接着说，“说实话，我根本就不看好这次‘救赎’工作。这么多人忙到现在都毫无头绪，最大的可能是竹篮打水——一场空。要真是那样的话，那我们根本就不必再出手，自然就不会有任何风险了！”

“但愿如此！”沐青刚说出这四个字便住了嘴，就在刚刚，他还无比殷切地希望“救赎”能重新拾回湮灭不久的长生希望——即便与自己无关，至少能福泽子孙，如今却完全不一样了。

欧阳很满意沐青的回答，同时又开出了一个附加条件。

“既然我们现在是合作关系了，那请你告诉我，杨鸣是怎么回事，你们是什么时候开始关注古德的？”

19 最高指示

政府对古德的关注始于2028年9月，当极具盛名的村上博士带着两位诺奖学者毫无征兆地踏上中国土地时，两位年轻的情报人员便悄悄地跟上了他们。毕竟，三位世界顶尖的医学泰斗，不远万里地前来拜访一位毫无名气的中国副教授，这样的反常举动无法不让敏感的中国有关部门打起十二分的警惕。

由于事发突然，这次跟踪并未做到尽善尽美。曾为日本政府效力多年的村上具备丰富的反侦察经验，这次来华前他也早有准备：三名外国学者与古德在房间里谈了整整一夜，但村上随身携带的电磁干扰设备让国安局的监听装置变成了几块废铁。唯一有价值的信息是一小段没有声音的监控录像，当时，这三位不速之客已结束了与古德的会面，站在实验室的门口和他挥手告别。

下面是唇语专家对这段监控录像的翻译。

村上向古德挥手致意。

塔姆（癌症专家，2022 年诺贝尔医学奖获得者）：你真的决定了吗？

古德：是的。

村上：为什么不相信我们，我保证……（接下来的话被塔姆高大的身影挡住了）

古德：我的父亲相信你们，结果他死了。

村上：对令尊的遭遇，我们深表悲切与同情。但这次……

说到这里时，村上眼角的余光瞄到了墙角处的球形探头，他迅速将脑袋转了过去，并结束了这次对话。

这段不足半分钟的录像将情报人员引入了一个歧途：多数人猜测，刚死于谋杀不久的古沧行将能够治愈癌症的CAR-T PRO核心技术，非法转交给了自己的独子。这意味着继承了这笔“遗产”的古德，成了世界上癌症患者独一无二的救世主。当这份调查报告被转交至刚被确诊为膀胱癌不久的沐青之手时，这位一向以冷静著称的卫生部长差点儿从椅子上跳了起来。

这样的兴奋只持续了不足两个小时，首长的批示很快便下来了。

“此事由国家安全部正式接手，任何单位与个人不得以任何方式介入，禁止扩散！禁止泄密！”

鲜红的大字如同冬日里一盆冰凉彻骨的冷水，将沐青心中刚刚燃起的希望之火瞬间泼灭了。病痛的折磨不是一天两天的，一次生不如死的化疗后，形容枯槁的沐青站在首长的面前。

“对不起，让你受委屈了！”首长温和地看着这位面色憔悴的属下，目光一如二十多年前他们第一次相遇时那样。当时的沐青还是个初出茅庐的研究生，对社会的迷茫与排斥让他四处碰壁，无所适从。正当沐青准备接受一份中学教师的工作时，他偶然遇到了当时已是某地级市市委书记的首长，一生的道路也自此改变。

“上星期我做了一次化疗，今年的第四次了。”沐青脸上现出一丝痛楚，“国安那边查得怎么样了？有进展没？”

被问到这个问题的时候，首长迟疑了一下。这是沐青第一回看见，这个人的脸上出现这种表情。首长避开沐青的目光，低头说道：“如果我告诉你，国安已经暂停了一切对古德的调查，希望你不要怪我！”

沐青强忍着没把那三个字问出来，但脸上的怀疑已足以说明一切。首长眉头紧锁，终究还是开了口：“情报人员对古德进行了长达半个月的秘密监视，并没有在他的实验室内发现任何与癌细胞有关的研究内容！”

“也许他已经将 CAR-T PRO 技术卖给了外国人，我觉得我们应该突击审讯他！”

“那不是正好吗？”首长捕捉到沐青脸上的震惊与不解，面对这位自己一手提拔上来的左右手，首长用略带愧疚的语气解释说，“CAR-T PRO 技术绝不该在此时的中国复活！

“没错，古沧行是古德的亲生父亲，但他是 M 国国籍！全世界都知道，CAR-T PRO 是他和他的团队历经七年、花费了数百亿美元经费研究出的结果！整个过程都与古德完全无关，你认为，如果他将这项价值连城的医学专利非法地、无视任何道德底线地转交给自己的中国儿子，M 国人会善罢甘休吗？

“但政府一旦介入，你认为，面对M国的调查、逼问乃至挑衅，到时候我们能给自己找什么蹩脚、牵强的理由！在这场舆论战争中，我们将站在道德的最低点上！”

“我们可以保密！”

“保密？”首长笑了，“你的意思是让官员与富人独享这项技术？先不说合适不合适，你认为能做到完全保密吗？”

首长说的这些，沐青都能理解，但体内的癌细胞不会理解。他咽下一口热水，温润的水分子顺着喉管向下滚动，在沿途留下刀割般的剧烈疼痛感，这是化疗的副作用，沐青强忍着痛楚，用试探性的语气问眼前的首长：“如果真是那样，那外界为什么到现在还没有重新公布这项技术？”

首长叹了口气，用怜悯的神色看着面前忠心耿耿的下属，一字一顿地说：“或许有些人根本就不希望癌症被治愈呢！”

“什么？”沐青失声叫了出来，“怎么可能？战胜癌症，这不是人类近百年来最重要的梦想之一吗？难道抗癌药物每年几百亿美元的利润就能够战胜人类心中的良知吗？”

“首先，不是几百亿，而是两千多亿！其次，我认为还有更深层次的原因。”首长并没有把话说完，他站起身来，轻轻地拍了拍沐青的肩膀。癌症患者因消瘦而凸出的锁骨略微硌疼了他的手掌，也触动了他心底那根柔软的琴弦。在某个瞬间，首长几乎动摇了，但也只是几乎而已。

“对不起，我帮不了你！”

沐青已记不清自己是如何走出那间办公室的了，失望、愤怒、叛逆，无数种情绪翻来覆去，让他几近失去理智。

“如果癌症发生在他的身上，那他还会这么无私高尚吗？”沐青愤愤不平地想。三天后，他私下找到杨一，想要通过他的独子杨鸣开拓出一条接近古德的路。

“你的意思是，在这五年里，你完全弄错了自己在找的东西？”听完沐青的回忆，八号的表情骤然变得异常复杂，啼笑皆非的神情出现在这张线条刚毅的脸上。“直到那天之前，你都以为他是癌症患者的救世主？”

“没错。正因如此，当我发现古德从事的研究和癌症确实全无关联时，对他的监视便松懈了下来。当然，这也怪杨鸣这个纨绔子弟，要是早知道他这么烂泥扶不上墙，我绝对不会选他。”

欧阳脸色稍缓，如果沐青说的都是真的，那说明到目前为止，关于长生的机密还没有泄露出去，情况尚在“滤镜”的掌控之中。他说：“三天后到 Z 市找我，我们给你最想要的东西——健康！”

沐青嘴唇颤动，面前是深不见底的深渊，然而他不得不跳下去，只为了能继续活着。最终，他重重地点了点头。欧阳很满意这样的结果，他转过身，叮嘱还没有除去手铐脚镣的郭文：“好了，你可以继续执行任务了。不过下回行动前一定要向我请示，别再这么莽撞了！”

20 技术的原罪

郭文确实太莽撞了，当他谋划并执行这场谋杀的时候，国安局对陈涛的人生轨迹、种植经历进行了最详尽周密的调查，过程细致得让人毛骨悚然，就连陈涛从 2012 年起每一年分别种过什么作物、花多少钱在哪儿买的种子，他们都查得清清楚楚。陈涛收到过的每一封信、每一份快递更被全部起底。无数证据表明，陈哲的“电话号码”猜想是错误的，“上帝密码”与陈涛这人完全扯不上关系。从这个角度看，郭文完成了一次毫无意义的愚蠢行动。

手铐留下的勒痕正隐隐作痛，被镣铐磨破的脚踝让他步履蹒跚，但郭文胸中的执念并未磨灭。他是十多年前在欧洲留学时加入“滤镜”的，那是一次无比巧合的相遇。2018 年，他的遗传学导师盖伊博士，正致力于研究一种通过基因改造手段矫正性取向的前沿技术。不难想象，这项技术一旦问世，将引发怎样的轩然大波。

日复一日，这位胡须花白、面目可憎的老者站在讲台上，用夸张的辞藻大肆称颂这项研究项目的伟大与高尚，他脸上的表情有如中世纪宗教裁判所中的教父。

“这种技术能从基因深处改变心灵与身体的欲望对象。让饱受非议的同性恋者，获得一次彻底重生的机会。这是科学赐予他们的伟大恩赐！”盖伊说得越兴奋，郭文便越厌恶他。郭文有一个双胞胎弟弟，郭武，这个阳光帅气的大男孩在十四岁时出柜了，郭武不像多数同性恋者那般自卑、自闭。在郭文认识第一个女朋友之前，郭武已和他的初恋男友在一起很久了。因此，郭武的经历让郭文觉得，同性之爱是另类却庄严、神圣而不容亵渎的。所以每当盖伊将“矫正”这个单词放到“gay”或“les”的前面时，他都会生出一种将手上的钢笔扔到老头脸上的冲动。

郭文终究是没有这个机会了。三天后，一位身披彩虹旗的花季少女冲进教室，用手上的来复枪终结了盖伊博士充满争议的一生。理由很简单，她的教徒父母在听说了这项尚未问世的技术后，立刻逼迫她进行“矫正治疗”。说来也奇怪，当盖伊摇晃着倒在血泊中时，郭文忽然怜悯起这个人来，他第一个冲到讲台跟前，跪在地上，将两根手指搭在了导师的脉搏上。盖伊双眼圆瞪，口吐血沫，目光里满是对生的眷恋，郭文面色凝重，问了一个奇怪的问题：“你后悔吗？”

“后悔？”盖伊涣散的眼神一下子又有了焦点，他用尽喉管中的最后一丝力气说，“我绝不歧视同性恋者，我不过给了他们一个重新选择的机会，难道这也有罪吗？”

“可是在那些人的眼里，你的技术是对其人格的侮辱和人权的践踏！总有人利用强权去逼迫那些不愿意改变的人接受治疗！”

“可笑！大多数精神病患者也认为自己很正常，最后也是被亲人绑进医院的，这么说那些大夫与亲人也有罪了？”

“两者不能混为一谈！”

“为什么不能？不都是多数派在审判少数派，将其定义为病态与不正常吗？记住，技术没有罪，罪恶在人的心里！”

盖伊吐出一口暗红的血沫，右手从郭文的肩头缓缓滑落，导师最后的遗言在他脑中反复回响。在整整一个学期的时间里，郭文都在反复问自己，错的到底是技术还是人心。他不断在网络上、在图书馆里寻找这个问题的答案，最终引起了“滤镜”的关注。当这个中国人第一次戴上地球面具时，面前的三号完美地解答了他心中的疑问。

“科学没有阶级，也不分善恶！世界上从未有过绝对无罪或是有罪的技术，一切都是冰冷的概率和数字！正如一个量子这一秒钟在我们的眼前，下一秒钟或许就到了地球的另一端，这些都不过是伟大宇宙玩的骰子游戏而已。

“氢弹有概率被握在超级大国手中，也有概率被握在恐怖分子手里，概率的高低取决于核聚变技术的难度与保密程度。超级大国或许能保持理智，恐怖分子同样如此，概率取决于决策者与投票者的好恶与利益。抗生素能拯救人类，也可能毁了人类；基因变异可能引发残疾，同样会诞生出超级个体。所以，什么样的技术握在什么样的政权手里，人类用它来干什么，这一切都是无比复杂的概率游戏，而我们，做出了运行游戏的程序！”

所以，当郭文第一次目睹了“盖亚”的运算过程时，发自灵魂深处的战栗与崇敬让他瞬间便全盘接受了“滤镜”的信条和理念。在这之后，这位意志坚定的信徒先后参与了三次“清理”任务，陈涛则是第四次。在郭文眼中，这个农民活着，便意味着数十亿人将以几万或几十万分之一的概率死去，这让痴迷于概率的郭文毫无愧疚地做出了选择。

凶手依旧坦然，但基地里的其他人却一天天抑郁焦躁起来，毫无进展的“救赎”工作让所有人心生沮丧。这些精英们先后推算出数百种不同的关于“上帝密码”的猜想，然后再眼睁睁地看着这些猜想被现实推翻，这绝对是人世间最可怕的折磨和煎熬。11 月还没有过完，三十一岁的陈哲已经开始预约心理治疗了。

在诊室门口，陈哲看见了坐在长椅上的秦汉，这位古德生前的好友正在仔细翻看一本厚厚的《圣经》，好像在其中便能找到自己想要的答案一样。听到陈哲熟悉的脚步声，秦汉抬起头，有些尴尬地合上了腿上的书，脸上挤出一丝僵硬的微笑。

“陈警官，您找我吗？”

“不，和你一样，我来看心理医生。”

秦汉有些惊诧地看了看眼前的陈哲，毕竟在他的印象里，这位充满活力的年轻人始终保持着对生活的热爱与激情。但他很快就想到，“救赎”背后的巨大压力足够压垮任何乐天派与无忧者，或许用不了几天，基地里就会出现第一个退出者了吧。

头顶的广播里传出秦汉的名字，他朝陈哲打了个招呼，推开门走了进去，两秒钟后，门又一次紧紧关上了。

“秦先生，请问有什么可以帮你的吗？”基地里唯一的女性、心理专家乔恩博士用女性特有的轻柔语气缓缓问道，清澈的目光在秦汉的脸上静静扫过，给他纷乱的内心带来一丝难得的平静。

秦汉忽然不知道该说些什么，从绝望到希望，再从希望被打回绝望，周而复始的循环让这个四十一岁的男人早已接近崩溃的边缘。每当闭上眼睛，古德熟悉的面容都会在秦汉脑海中浮现。对面的乔恩博士读懂了秦汉欲言又止的心事，这样痛失好友或亲人却又无能为力的例子她曾遇到过数十例，遭遇者往往要花费数月乃至数年时间才能从阴影中走出。她说："你已经做得很棒了，如果没有你的参与，也许我们大家都还跟没头苍蝇一样，围绕着最初的原点打转。我还听说，如果没有你的收留，古德或许根本没机会留下最后的希望。"

"呵呵。"秦汉忽然笑了起来，笑声里散发出一种说不出的怪异，这位就诊者反问起面前的医生，"知道就一定比不知道更好吗？我的意思是，您觉得在走到一半的地方停了下来，就一定比一直留在起点原地踏步更有意义吗？"

这是一个没有正确答案的问题，乔恩没有理会。没想到秦汉不依不饶，反倒抬高了说话的语调。

"美丽的小姐，如果'救赎'工作真的以失败告终，您觉得对人类来说，古德和他的'上帝分子'，究竟是天使还是撒旦？我们曾经快乐而满足地享受着八十年的生命时光，但某一天，这个人忽然跳了出来，并向我们证明，八十年太少，他可以给人类两三百年！正当我们满怀期望地等待上帝的恩泽时，他却死了！一场谋杀将人们心里刚刚燃起的希望彻底扼杀！而我们甚至找不到凶手是谁，您知道这意味着什么吗？人类将迎来一个前所未有的、充满绝望与愤怒情绪的危机纪元！"

乔恩不知道该如何回答这个问题，事实上，这世上没有任何人可以。幸好，一次成功的心理诊断并不一定要回答出就诊者的全部问题，思索了五分钟后，乔恩说话了。

"考虑到药物临床试验的惯例，我们至少有三年到五年的时间来寻找想要的答案。即便最后'救赎'工作真的失败，我们也会找出最安全的方法，将民众的心理创伤降到最低的程度。最后我想说，这不是您应该操心的事情！”

这次心理治疗持续了大约十五分钟，乔恩推断，面前的这个男人只是单纯地需要一个宣泄的空间，从而不计后果地说出一些平时根本不敢倾诉的胡言乱语。从这个角度看，这次不太和谐的心理治疗算是起到了不错的效果。

“下一位就诊者，陈哲。”广播里传出优美的女中音，陈哲缓缓站起身向门口走去，和推门而出的秦汉差点儿撞了个满怀。

“没有任何意义。”秦汉拍了拍陈哲宽厚的肩膀，“如果我们不尽快找到最终的答案，这儿的所有人都会变成疯子，所有人！”

陈哲缩了缩肩膀，扭头走进了诊室。秦汉沿着二楼的走廊继续向前，当走到无人的墙角时，他的右手狠狠地砸在了特制的隔音墙壁上。

“去他的全世界、全人类，老子才不关心这些，我的两个女儿需要 π 药剂，古德都答应我了！”

由于古德的隐瞒，秦汉并不知道，自己的老友早已实现了当初的承诺。这样的心态让他无比迫切地想要探索密码背后的真相。五年，五年之后他的女儿都十一岁了，距离平均发病年龄只剩下不到四年，就算 π 药剂能将这个期限延长三倍，也不过十二年而已，这无疑是他无法忍受的。对这位父亲来说，每个月甚至每个星期的拖延都将极大地影响女儿未来的生命轨迹。如果说在这世上，多数人尚能说服自己接受三到五年的等待时间的话，秦汉显然是那剩下的少数派。

基于以上原因，在第二天的会议上，当乔恩用前所未有的坚定语气推断出“密码”背后的真相时，秦汉激动地从椅子上蹦了起来。

21 乔恩的发现

2033年12月1日下午5点，这是乔恩此生最富荣耀的瞬间。当时，这位美丽的心理医生正坐在一家幽静的咖啡馆里，和自己的约会对象——一位英俊的法国私家侦探漫无目的地闲聊。乔恩并不喜欢对方，浪漫不羁的法兰西绅士在她眼里毫无安全感可言，但对方的睿智和幽默让她又对这种带有一定距离的相处乐此不疲。

也许是某个疑问在她的心头已萦绕了太久，又或是冥冥之中某些神奇的定数使然，在这次约会即将进入尾声时，乔恩阴差阳错般地和对方聊起了“那个话题”。

“如果有人故意把几个时间写得前后颠倒，你认为，可能代表什么意思？”为了自己的自由与生命着想，她当然不能直接说出有关“上帝密码”的话题，就连一丁点儿痕迹都不能显露。

“什么时间？”乔恩的表述让法国人有些摸不着头脑。

“我之前说过，我在协助调查一起重要的刑事案件。”乔恩仔细地回忆“救赎”基地的保密原则，以确保自己所说的每个字都没有越过规定的黄线，“被害人留下了七个毫无关联的数字，每个数字都对应着一个准确的时间。”

乔恩一边说，一边在便笺纸上随便写下了七个排列错乱的时间点，当然，和原版完全无关。

“我们已破译出每个时间点对应的关键词，譬如说——七种动物，但依然缺少一根合乎逻辑的绳子将它们穿起来！女人的第六感告诉我，这种颠倒无序的排列顺序，就是我们要找的那根绳子！”

乔恩一共说了三遍，才用她蹩脚的法语勉强表达出自己想要表达的意思。让她想不到的是，这位二十六岁、金发碧眼的白人帅哥忽然兴奋了起来。

“这种事我遇到过，我的意思是，纸面的顺序才是真实的时间顺序！”

“什么？”

“这么跟你说吧，去年我碰到过一个极其多疑的女人，她在丈夫的笔记本扉页上看到了四个颠倒错乱的时间，除了最后一个是她们的结婚纪念日之外，另外三个都极为陌生。”为了让乔恩听得更明白一些，热心的法国人拿过面前的便笺，指着乔恩刚写下的文字说：“2024 年 3 月 16 日、2022 年 7 月 18 日、2026 年 11 月 4 日、2025 年 4 月 1 日。现在，假定你写下的这些便是那本笔记上的时间，你知道我最终发现了什么吗？”

乔恩兴奋地点了点头，期待对方继续说下去。

“要知道，在每一个人的记忆长河里，所有的片段在正常状况下都是按时间顺序排列的，例如高尔基的‘人生三部曲’依次是《童年》《在人间》和《我的大学》。像这种反常的顺序，我认为存在两种可能：第一，这几个时间点是按重要顺序或背后的意义大小来排的，例如：第一个日子是国家主席的生日，第二个则是总理的，第三个是……依此类推。”

乔恩的眼睛越发明亮了，心脏像一头欢快的小鹿，几乎要挣脱胸腔的束缚，从嗓子眼儿里跳出来。她递给法国人一杯咖啡，催促他继续说下去。

“还有一种可能是，字面的顺序才是真实的时间顺序，这里的真实指的是更本质、更原始的，这也是我最终找到的答案。知道吗？那四个前后颠倒、完全错乱的日子，竟然是这个男人的第一任到第四任女友结婚的日子！好一个怀旧的绅士，呵呵！”

“字面的顺序才是真实的时间顺序。”如果美丽的乔恩博士按这样的逻辑对古德留下的密码进行二次解读的话，她将重新被套入无法走出的逻辑怪圈。但一次美妙的听力谬误铸就了一个伟大的奇迹，由于拉丁语系特有的语序，外加乔恩博士糟糕的法语听力，她的理解出现了些许的偏差，她听成了——

“时间的顺序才是正确的顺序。”

于是，乔恩把上帝密码对应的五种元素，按照时间顺序重新抄了一遍。

氖 氧 氯

————

锂 氩

变成了

氯 氧 氖

————

锂 氩

在宇宙中某种未知的神秘力量的干扰下，初中时学过的化学知识毫无征兆地浮现在女人的脑海里。她鬼使神差般地在汉字边标注上了这五种元素的英文缩写。这个举动犹如一道闪电劈开无边的黑暗夜空，让她瞬间停止了呼吸。

Cl　O　Ne

————

Li　Ar

克隆！

骗子！

这两个英文单词在下午的紧急会议上引发了一场猛烈的地震。短暂的狂喜后，这个被一致认定为“迄今为止最合理通顺的解释”让全体A组成员陷入了深深的迷茫。

“上帝分子”与克隆技术有关？

“极有可能！”A组遗传学专家的话语让人精神一振，但很快便重归黑暗，“克隆技术中隐藏了生物衰老的终极秘密，这套理论早在三十年前就被基因学家提上了桌面，但直至今天，我们依然一无所获。”

“衰老的本质便是生物细胞的不完美复制：染色体损耗、自由基氧化、代谢物累积，这些因素相加造成了细胞乃至个体的衰老。到目前为止，任何和克隆相关的科技手段都无法逆转或是延缓衰老。举个最简单的例子，如果你将一个耄耋老者的口腔上皮细胞退分化为一个原始胚胎，让其重新发育，这个克隆体将在出生后短短几年内死于严重的早衰症。”

为了让在座的其他人相信自己说的这一切，遗传学专家在网上找出了一份数年前的《科学》杂志电子版，读出了其中的一段：

当八岁大小的成年山羊乔伊被完美克隆后，克隆体只活了短短两年便死于衰老。在这两年里，生长发育、衰老退化这两种水火不容的生命历程，在这只尚未成熟的克隆体身上同时出现，交织出罕见的生命奇观。

“‘上帝分子’与克隆技术有关，我完全赞同，可这只是一句正确的废话而已！就像你说癌症跟DNA复制有关一样！”遗传学家说。

与“克隆”背后的空洞无物相比，“骗子”这个毫无头绪的名词更让会议陷入了争吵与激辩。

骗子是谁？欺骗了什么？和凶手有关？和“上帝分子”有关？谁欺骗了古德，又或者，古德欺骗了谁？

这些问题难倒了每一位与会者，无数种天马行空的猜测在会场上交织、碰撞。经过一番激烈的探讨与争辩，一种推论得到了多数与会者的认同：古德在成名后遭遇了一场精妙的骗局，卓越的布局者不但窃取了“上帝分子”的全部机密，还将专利的真正主人彻底抹杀。如果这种猜测属实的话，这位深藏不露、心思缜密的野心家，将成为各国首脑无比头疼的对手。

但在元凶浮出水面，并向全人类开出条件之前，一切都只是未知数。

秦汉并没有加入他们的争论，从头至尾，他都静静地坐在自己的位置上，任凭手中的香烟缓缓燃尽，接着重新点着下一根。灯火通明的会议室，争论不休的科学家，隔音玻璃外一个个忙碌的身影，这一切在秦汉的眼中渐渐模糊起来，唯一清晰的是LED屏幕上那两个刺眼的单词，随着泪水渐渐浸湿眼眶，那两个单词只剩下一个：LIAR！

“古德这个骗子，他答应要帮助我的女儿的！”秦汉喃喃自语。

22　不能说的秘密

从会议室里走出来的时候，已经是凌晨三点。秦汉掏出钥匙，缓缓走向自己的汽车，陈哲忽然从身边冒了出来。

“如果不介意的话，不妨送我一程！”陈哲的语气中并没有太多征询的意思，而他接下来的动作更是很好地证明了这一点，在秦汉回答之前，他已经拉开了车门，一屁股坐到了副驾驶的位置上。

“秦先生，你想到什么了吗？”陈哲用鹰隼般的目光注视着身边的秦汉，仿佛在注视一只毫无反抗之力的猎物一般，“我感觉，你一定有什么事情瞒着我，刚才在会场上，你的表现并不像从前的你！”

“不，我什么都没想，这些是科学家操心的事情，我既然一窍不通，说出来也是浪费时间！”

“但这里没有人比你更了解他。再说了，要不是你，也许我现在还在观看那几段令人崩溃的监控录像呢！”

“不，那是你的发现，我只是凑巧躺上了沙发，然后被阳光照醒了而已。”秦汉重重地把烟头摁灭在手边的烟槽里，“你才是导演！我不过是一个道具，道具！”

“你之前并没有这么排斥我，我更加确定，你有很重要的事瞒着我！”

秦汉不再言语，他意识到，要是继续跟这位刑侦专家深入交流下去，自己心中仅剩的那一点秘密都会荡然无存。事实上，从古德被谋杀的那一晚开始，他知道的绝大多数秘密已不再是秘密，但还有一样东西是不容触碰的：古德对自己的承诺。

由于老友的刻意隐瞒，秦汉始终相信，女儿们的福音终究没有降临，那个世界上唯一有能力赐予她们希望的“上帝”，在兑现承诺前便遭遇了不测。尽管如此，这位父亲依然不可能说出这个秘密。即便古德什么都没有做过，但那些疯狂的科学家会相信吗？

如果他们不信，自己和女儿将面临怎样的境遇？

“你撒谎了！”单刀直入的话语让秦汉从沉思中惊醒，他不自觉地偏过头去，却迎上了陈哲咄咄逼人的锐利目光，“你在会场上陷入了难以自拔的悲伤，是因为故友，还是你自己，又或者是因为你的两个宝贝女儿？”

最后这两个字如同一把锋锐的尖刀，瞬间捅破了秦汉的层层心理防线。

这一刻，他差点儿将手上的方向盘摔了出去，失控的车辆冲上了路边的隔离带，在撞断好几丛灌木后才勉强停了下来。这次不太严重的车祸给了秦汉短暂的喘息之机，他勉力控制住自己的呼吸与心跳，并在心中对自己说："他只是知道我女儿的病情而已，对他这个级别的警方人员来说，了解这些不过是举手之劳。"

"如果说，这世上谁最迫切地需要古德的 π 药剂，那一定是你的双胞胎女儿。"陈哲缜密的推理能力让秦汉头上渗出了细细的汗珠，"古德在你那处别墅里留下了太多不寻常的东西：20 世纪流行的高压锅、价值上千元的高温温度计、可倾式反应锅，还有两个崭新的婴儿奶瓶，你不会是想告诉我，你那一对六岁的双胞胎女儿到现在还没断奶吧！"

"是的，他确实试过用这些简陋的玩意儿来合成 π 药剂，如果那些人再多给他一些时间，也许……"秦汉刚说到一半便突然停顿，冷汗顺着脑门流下来。

这些工具，不是早就被人遗弃在别墅两公里外的树林里了吗？陈哲怎么会知道的？

"也许他已经做到了！"陈哲似乎并没有察觉到对方的异常，而他接下来的话语更让秦汉的心脏不争气地狂跳起来。"在我检查别墅的时候，里面有无数痕迹足以证明，他在那间简陋的实验室里忙了几天几夜！他很可能早已成功了，并帮助了你的女儿！这就是我对'骗子'这个单词的理解！他欺骗了你，没有告诉你这一切，但他这么做，都是为了你和你女儿的安全！"

强烈的爆炸瞬间发生在秦汉的脑海中，纠结的思绪被爆炸产生的气浪瞬间掀起，在大脑皮层中产生了一个巨大的空泡，造就出传说中"灵台空明"般的短暂眩晕。秦汉用意念按下了空泡中浮现出的倒放按钮，最后那段时光如电影般一帧帧清晰地倒放或快进。最后定格在古德遇害的那天下午，自己推开家门的一瞬间：拖鞋的位置似乎有些陌生，当时他还以为强迫症的自己过于神经质了，现在看来……

短暂的狂喜只持续了不足五秒钟，便被随之而来的巨大恐惧全部赶跑了。秦汉下意识地往车门靠了一点儿，用警惕戒备的目光看着身边的年轻男人，刚刚无比空明的脑海瞬间被无数个问号重新填满。有一个瞬间，这位四十一岁的报社主编甚至想把左手伸到车垫下面，抽出藏在那里的一把美工短刀。

“不要猜了，是我做的，我是第一批进入谋杀现场的警察，同时还是第一个走进别墅厨房的人，当我看到桌上的那些器皿和材料后，便偷偷地拿走了最重要的几样，然后丢到了离现场不远的树林里！你一定很奇怪，我为什么要这么做，答案很简单，当时的我，绝对不希望人类可以活三百岁！”说到这里，陈哲英俊的面容忽然变得扭曲，充满磁性的男中音里也多出一些难以名状的东西。

“我出生在一个英雄世家，祖父是一名光荣的志愿军军官，在结婚第二年，他跟着第三十八军军长梁兴初跨过了鸭绿江，之后再也没能回来，他牺牲的时候只有二十六岁。我的爷爷是遗腹子，但从他母亲那里受到的革命教育让他义无反顾地参加了对越战争，他是活着回来了，但战场上留下的伤让他只活到四十岁。而我的父亲，一位任劳任怨、廉洁奉公的模范民警，在五十四岁的时候就离开了人世，死于过度劳累引发的心肌梗死！至于我，你一定觉得，我这么年轻，又如此风光，前途无量，一定是最典型的惜命如金者，你错了，错了！”

陈哲忽然解开大衣纽扣，在秦汉无比诧异的目光里一把捋起自己的贴身衣服，露出了胸前十多道触目惊心的伤口。秦汉呆住了，这绝不像是一个活人身上该有的伤痕。

“这就是我，当初成为刑侦第一人付出的代价！三年前，在中越边境的一座村寨里，三个穷凶极恶的毒贩冲向我，在我身上留下了十三个流血的窟窿！要不是我命大，早就被埋在那片充满毒瘴虫豸的丛林里了！

“尽管捡回了一条命，但医生说了，在我的身上，一共有四个重要脏器受到了无法挽回的伤害，随着时间流逝，这些器官将不可避免地走向衰竭！说得再直白点，我的寿限绝对不会超过六十岁！或许连五十岁都活不到！所以说，无论你们能活到八十岁也好，三百岁也罢！这些都与我完全无关！我的寿限早在三年前的那个夜晚就已经决定了！

“凭什么，凭什么那些尸位素餐者、碌碌无为者、胸无大志者可以健康愉悦地继续享受百十年、几百年的光阴，而像我们父子这样，为了心中的梦想，为了岗位的职责牺牲了一切的奉献者，却只能拥有区区数十年时间，而且是如此忙碌、如此煎熬的数十年！对了，在那次行动中，和我一同行动的三位战友，都永远地埋在了西双版纳的丛林里，他们最小的只有二十一岁！二十一岁！”

看着与之前判若两人的陈哲，秦汉连呼吸都变得小心翼翼起来，数天前，这位刑侦天才还在基地的最高会议上指点江山、气势激昂，一次次引领所有人走向新的方向，转瞬间却变成一副狰狞恶魔的模样，这样的反差让秦汉充满了恐惧和疑惑。

“你有问题！”秦汉并没有多绕弯子，而是直接问道，“如果我没有记错的话，那天在古德的卧室，就是你找到了破译时间密码的第一把钥匙，如果你是那样的人，为什么还要这么做？”

“人心总是会变的！还记得那天我在你车上接的电话吗？”陈哲忽然将一张照片扔到秦汉的面前，照片上的陈哲笑得很灿烂，雪白的牙齿在灯光的照射下放射出金子般的光芒，在他的身边，站着一位美丽文静的女子，女子的右手轻轻地按在微凸的小腹上。

“就在你带我去古德家的路上，她告诉我她怀孕了！”陈哲又一次露出了标志性的微笑，乐观开朗的气质重新出现在这个年轻人的身上，“虽然我活不了太久，但我的生命延续下去了！若不是这样，我今天也不会对你说出这个秘密！”

“除了我之外，还有人知道吗？”

“当然没有！之前我犯的错误已无法弥补，我绝对不敢也不能去坦白，否则我会上法庭的！”

陈哲狂风暴雨般将心中的秘密咆哮而出，秦汉的目光也发生了微妙的变化，从最初的震惊、不解，慢慢变成了同情与怜悯。即便心里清楚地知道，面前这位年轻男人，曾经是站在全人类对面的背叛者与欺骗者，是扼杀了长生希望的罪人与“魔鬼”，但他依然无法生出任何愤恨或是鄙夷的情绪。

“为什么选择对我说出这一切？”秦汉心中猜到了答案，但为了安全起见，他还是希望对方亲口说出来。

“因为再这样下去，我会被自己憋死的！而你，则是最可靠的倾听者！你一定很清楚，如果让基地里那些科学疯子知道你的女儿可能服用了这世上最后的长生神药，她们将面临怎样的命运！”

“在你看来，他有多大的可能兑现了对我女儿的承诺？”

“说实话，不超过三成，但总比没有好！”陈哲说。

骤然听到这样的消息，秦汉心中希望的火光又一次明亮了起来，他清楚地明白，在今后很长的一段日子里，自己都将在猜疑、纠结与患得患失的心态中度过了，这是幸运的煎熬，也是幸福的折磨。刹车声在宁静的公路上显得分外刺耳，车头在茫茫夜色中掉转了一百八十度，重新驶向刚刚过来的方向。

“我并不认为，你是那种会为了人类的幸福拿自己的女儿去冒险的人！”

“你没有看错，我只不过是想找个地方喝两杯而已！”

23 为了青春

舞池的灯光忽明忽暗，如同希望一样，污浊的空气里混杂着香水与烟草的味道。秦汉要了一瓶十二年芝华士，试着用酒精麻醉一下过于兴奋的大脑，这些天来发生的一切，如同最紧张的悬疑科幻大片一样，让他的神经时刻保持在反复颠簸的状态：女儿确诊时的绝望、古德带来的曙光、发现挚友死于谋杀时的悲伤，再到刚刚被重新点燃的希望。秦汉反复告诫自己，现实绝对不会因他脑中的胡思乱想而变好或变坏，但依然无法挣脱这样的忐忑与迷茫。

威士忌特有的辛辣感在口腔中弥漫开来，针刺感沿着食道缓缓降入胃部，温暖伴随着醉意蔓延至身体的每个神经末梢。对面陈哲的脸庞渐渐模糊起来，一同发生变化的还有舞池里那群扭动摇曳的身影。秦汉端起杯子，准备将第三杯酒倒入早已麻木的喉管，一只白皙的纤手轻轻地搭上了他的肩膀。

“秦先生，陈警官，你们不介意我坐在这里，陪二位喝两杯吧？”

秦汉使劲抬起分外沉重的脑袋，努力看清眼前人。昏暗迷幻的光线无疑给辨认增加了难度，每位客人的脸上都似乎抹了一层厚厚的发光的脂粉。加上耳边令人燥热的乐声，仿佛每个男人都是浪子，每个女人都是荡妇一样。秦汉和眼前的年轻女人整整对视了二十秒钟，最终，那双独特的美丽凤眼让秦汉认出了她。

“乔恩博士，想不到会在这里遇见你，一个人？”

“一个人。还有，在这种地方，‘博士’这个称呼应该被扔进垃圾堆了。”

“遵命，美丽的乔恩小姐。”秦汉也不拘谨，伸手抓起桌上的酒瓶，给乔恩倒上了满满的一杯威士忌，然后又把征询的眼光投向了陈哲，“你也来一杯？”

陈哲放下手上的香烟，目光比室外的空气还要寒冷，“从三年前开始，我就没有再喝过一滴酒！”

“不解风情的男人。”乔恩的嘴角荡漾出一个美妙的弧度，这是两个月来，秦汉第一次在她脸上看到如此迷人的微笑，“秦先生，为了我们的事业，干杯！”

话题很自然地被引到了他们正在做的事情上，这三个“救赎”基地里最“业余”的人士，却成了破译过程中异军突起的奇兵。这一点在无形中拉近了他们的距离。很快，乔恩和秦汉第三次碰杯，“秦先生，我和你是仅有的两位主动加入‘救赎’基地的工作人员，为了这样的缘分，干杯！”

这是她第一次提起这件事情，秦汉顿时好奇起来，他说：“如果美女愿意与我分享这其中的秘密，我感到万分荣幸！”

“没什么不能说的。”乔恩用纤细的手指捋了捋耳边的秀发，泛红的脸颊在灯光下显得分外迷人，“我从父亲那里听说了古德的事情，然后主动加入了你们！”

“你的父亲竟敢将这样的绝密透露给你？他到底有怎样的身份？”在酒精的作用下，秦汉不假思索地问道。

“最最顶尖的医学专家，站在金字塔尖的那一种！”乔恩眼神迷离，但语气坚决，“至于他的名字，我暂时还不能告诉你！”

秦汉眨了眨眼睛，识趣地没有追问下去，毕竟，硬要询问对方并不愿透露的秘密，不但失礼，而且无趣。

“秦先生，说说你来这里的目的吧，单纯为了友谊？据我观察，你并不是那种对人类命运充满了责任感与使命感的男人呢！”

秦汉并没有立刻回答这个问题，而是注视着乔恩美丽的眸子，他大胆的目光让面前的女人几乎要低下头去，“关于人类的未来也好，命运也好，我统统不管。我只关心我的朋友和我的女儿。恕我直言，乔恩博士，你看起来似乎也不像是那种救世主的样子，那么，你为什么要加入？”

当秦汉说到女儿二字时，乔恩的眼睛里闪过一丝错愕，毕竟，她无法理解他们正从事的伟大事业能和一个未成年的女孩扯上什么联系。而末尾处秦汉的反问则让乔恩暂时忽略了这个小小的细节，在喝下一整杯一百毫升的威士忌后，乔恩开口了，她说的第一句话就让身边的两位男士瞪大了眼睛。

“为了青春，青春！我今年二十八岁了，以前我一直以为，知识和智慧能够弥补容颜与肉体的老去，但就在我拿到博士学位的那个下午，我才发现自己错了！彻底错了！当我看到毕业照上自己眼角的鱼尾纹时，当我看到梳妆台前那根细长的白发时，当我看到站在我身后的那些青春又有活力的本科毕业生时，我才意识到自己有多么愚蠢无知！

“我明白，那个躺在草地上仰望天空、等待凌晨四点的流星的女孩不会再回来了！那个守候在高中教室门口，只为看一眼心中暗恋的男生的少女不会再回来了！那个拿着男生的情书心跳加速，不知该如何回应的女生不会再回来了！

“再过一年零两个月我就三十岁了！记得十六岁生日那天，我就告诉自己，女人的人生巅峰永远不会超过三十五岁，一旦超过了这个年龄，无论是多么惊人的财富、如何渊博的学识、如何美满幸福的家庭都无法弥补女人在生理与心理上的衰老。该死的是，一笔笔奖学金、一篇篇论文冲昏了我的头脑，让我沉溺于心理学的浩瀚海洋中无法自拔，我甚至忘了去找到真实的自己！说来可笑，我写过两篇关于婚姻心理学的论文，并最终登上了最高级别的科学期刊，而我自己竟然连一场真正的恋爱都没体验过！”

乔恩胡乱地抓起刚被斟满的酒杯，将它递到唇边，然后一饮而尽。

“你知道什么样的人最迫切地盼望古德和他的神奇药剂吗？那就是像我这样青春即逝而又一无所有的女人，哈哈，一无所有！”

“你至少还有知识、财富。”

“与青春相比，那些狗屁东西一文不值！”

乔恩又一次倒满了眼前的高脚杯，这一次，在她喝下去之前，一只男人的手将酒杯抢了过去，是秦汉的手。

“笨蛋，我知道你心里在想些什么，你一定认为，如果不能亲自参与‘救赎’的话，即便基地里的那群科学家找到了‘上帝分子’的终极秘密，你也不可能第一时间拥有它。是吗？”

“是啊！我不能再等下去了，我必须立刻抓住青春的尾巴，让它离开得慢一点儿！有什么不对吗？”

“完全正确。就因为这一点，你就加入了进来，希望能将命运扼在自己的手中？愚蠢，白痴！”

秦汉的讽刺让乔恩不知所措，这还是第一次有男人对她做出如此失礼的举动，就连她的父亲与老师都不曾这样过。一种并不是愤怒的异样情绪在她心中升腾起来，让这位智商与情感阅历完全不成正比的女性呆坐在原地，同时失去了思考与分辨的能力。

“就算你发挥超人般的能力或运气，帮助他们……” 这一次秦汉没有用“我们”，而是用了“他们”这个称呼，“挖掘出‘上帝分子’的秘密，然后你又极其幸运地成了第一批受益者，你认为，你就可以拥有长久不衰的……好吧，如果二十九岁到三十五岁还叫青春的话，你就能拥有长达二十年的青春，去追寻自己想要的东西吗？是的，你是受益者，你也是试验体！没错，它在动物身上完美地发挥了延缓衰老的神奇功效，但是谁知道那些小白鼠到底感觉到了什么、体验到了什么，它们又不会说话！”

“我愿意冒险，为了青春！”乔恩原本坚定的目光中出现了一丝犹疑，这样的细节被距她不到三十厘米的秦汉牢牢看在眼里。

“哈哈，冒险？笨蛋，那只是最好的情况！”秦汉放肆的笑声刺痛了另外两个人的耳膜和心房，“更大的可能是，我们失败了，我们什么都找不到，或是找到了某个绝密、可怕、无法公开的真相，等待我们这些人的结果是什么？”

结果是什么？抹去记忆？长期囚禁？

这个残酷的问题如皮鞭一样反复抽打着乔恩的心脏，给她带来溺水者般的窒息感与恐惧感。大脑皮层的紧缩带动着身体的每一根神经疯狂颠簸，就如同狂风巨浪中的一叶叶小舟那样。某个不知何时何地看到的电影片段突然在脑中放映出来：一群修建皇陵的劳工争先恐后地拥向远处的光亮所在，前方好几千斤的石闸带着让人魂断的轰鸣声重重落下，将跑在最前面的年轻身躯砸成一堆泛着血红泡沫儿的肉酱。

这个为了抓住所剩无几的青春不惜以身试药的美丽女人怔住了，巨大的心理冲击让她一下子说不出话来。

“你这个什么都不懂的阴谋论者，看你把漂亮的姑娘吓成什么样子了！”陈哲轻轻地拍了拍乔恩的肩膀，帮她从惊恐中恢复了过来，这是他在这个晚上的第一次插话，也是唯一一次。

“相信我，现在早就不流行肉体毁灭那一套了。最多把你软禁在一个相对封闭的秘密基地里，有吃的，有喝的，除了不能上网之外，日子并不算太难熬，等过个三五年，保密等级降低了，我们就自由了，经济补偿正常是每年五十万起。我觉得以我们的工作性质，怎么也得每年一百万吧，放心，如果钱少了，我去帮你们讨薪！”

陈哲的玩笑抚慰了乔恩紧张的神经，让她渐渐恢复了平日里的冷静与淡定。事实上，要不是酒精与荷尔蒙的共同催化——这位睿智成熟的心理学家绝对不会陷入这种迷茫与惊惶中。镇定下来之后，乔恩博士反问起秦汉。

“好了，我已经说完了自己的秘密，现在轮到你了，你的女儿怎么了？”

乔恩并没有等到自己想要的答案，在酒精的作用下，秦汉以一个并不雅观的姿势，趴在了杯盘狼藉的酒桌上，微弱的鼾声伴随着温热的鼻息，清晰地传到乔恩微红的耳畔。她微皱琼鼻，终究没把自己柔软的身体移开。

很快，乔恩也趴在桌子上睡着了，两个人的直线距离只有不到十厘米——男人半个手掌的距离。一直坐在旁边的陈哲点起一支雪茄，并不理会这对呼呼大睡的男女，而是拿起了自己的手机。

“宝宝还老实吗？有没有踢你的肚子？”陈哲按下了发送键。

24 女人的直觉

凛冽的寒风撕扯着通红的脸颊，刀割般的疼痛感将秦汉从沉醉中激醒。他睁开惺忪的双眼，发现自己正躺在飞驰的奔驰车后座上，一旁的乔恩博士已恢复了往日的端庄与冷静。此刻，这位睿智的女士正手捧一本《果壳里的宇宙》，和昨晚那个妩媚而放肆的美女判若两人。

“嗨，你准备带我们去哪儿？”秦汉没有打扰身边聚精会神的乔恩，而是拍了拍驾驶座上陈哲的肩膀。

“新的一天又开始了，我们这些渺小的虫子，自然要为那个伟大的梦想继续奔波操劳了！”

“前面那个路口右拐，在我家门口停十分钟。”秦汉听出了陈哲语气中的讽刺与自嘲，但并未理会，“今天是我女儿去医院复查的日子，我想去看看她们，就耽搁一小会儿！”

乔恩顿时来了兴趣，自从前一天晚上，秦汉在酒吧里提起女儿是自己加入“救赎”的原因后，她就对这两个素未谋面的小女孩儿产生了强烈的好奇。秦汉下车后，她立刻放下书本，伸头向马路对面望去。一位温柔的母亲牵着两个小女孩走了出来，秦汉迎了上去，然后张开怀抱，女孩们银铃般的笑声隔着人群传进乔恩的耳朵里，女人的心里忽然泛起一些异样的感觉，像酸楚，又像温暖。

“她们真漂亮！”乔恩的眼光中透出真诚的羡慕，对刚回到车上的秦汉说，“不是我说，你的爱人真不会打扮她们，看她们身上的棉袄，穿得像两只笨拙的小熊。”

话音未落，乔恩便感到一丝悔意，毕竟，当着一个男人说他的妻子不会打扮孩子，这样的对白谁听到都会觉得有些失礼。

“我到底是怎么了，即使昨晚多喝了两杯，也不该说出如此唐突的话！”乔恩在心里质问自己，此时的她并不愿承认，自己对身边这位只有数面之缘的已婚男人已产生了一种朦胧而特殊的情愫。意外的是，秦汉看向她的眼神里没有丝毫的责怪，而是充满了无以言状的悲伤，“不，你错了！她们患有一种严重的先天血管疾病，过低的温度会让她们的血液循环出现问题，严重时甚至会送命！”

得益于大学时的医学基础，美丽的心理学博士只花了五分钟便弄清了关于XV动脉硬化症的一切。她也瞬间明白了坐在身边的这个男人，自告奋勇加入“救赎”的用意。

“你现在做的一切，都是为了你的女儿！只要找到古德的神奇遗产，她们就能活上很久，或许能活到这种病不再是绝症的时候！”卓越的心理学知识让乔恩很快便组织出完美的措辞，但这句空洞的安慰还比不上她后半句话来得重要，“其实，你也可以试试去年刚开始进入临床试验阶段的人体冬眠技术！”

“我看过关于人体冬眠的报道。”秦汉眼中的火焰明亮一下，之后又迅速黯淡了下去，“预计的治疗费用是每人三千万人民币，设备的使用寿命是二十年，绝症患者花三千万赌一把未来二十年的医疗发展。噢，不对，能一下子拿出三千万的人，二十年后他自然能再花三千万！直到身上的绝症成为未来的阑尾炎！富人生，穷人死，世间万物皆有价格，生命并无例外！”

“如果我们真能完成‘救赎’任务，每个人都会得到一笔不菲的酬劳！”乔恩脱口而出的话语并没有经过大脑的思考，以至于犯了一个十分低级的错误。

秦汉笑了，“如果我们真成功了，那我还要钱做什么？古德的遗产便是我女儿的良药！如果没有成功，那谁会付钱？要知道，我们已经浪费了至少三十亿人民币了！”

乔恩的脑海里再次浮现出那两个可爱的身影，母性光辉在这个未婚女人心中闪耀，再加上那丝难以名状的情愫。总之，她做出了一个连自己都难以置信的承诺，“我的父亲便是人体冬眠技术的开发者之一，我可以帮你申请一个试验名额！”

“你帮我？为什么？”这可是一笔价值超过一亿人民币的馈赠（临床试验价格远超技术上市后的市场价格），秦汉无法相信自己的耳朵。

“没有为什么，怎么，你不需要吗？”

“一个？”看到面前女人严肃的神情，秦汉的声音开始因极度激动而变得颤抖，“一个，你让我怎么选？”

“一个总比没有好！”乔恩轻轻握住秦汉冰冷的右手，将一丝温暖沿着血脉送入男人的心底，“目前，全世界只有二十一套人体冬眠设备，其中二十套都已经有了预订者，我有信心说服我的父亲，将最后备用的那套留给你！”

“不，不！”这道无比艰难的选择题让秦汉坠入了无边的彷徨，纷乱的思绪如同脱缰的野马一般在他脑中一路狂奔，前一天陈哲的秘密已带给他 30% 的希望，这一回，希望又多了 50%。和昨天不同的是，这次命运是握在自己手里的，女儿的生死将完全取决于他的一念之间。

“冬眠，一个人！如果我选择姐姐的话，二十年后，等秦雨从冬眠中醒来的时候，六十一岁的我拉着六岁的她，一起去秦雪的墓地扫墓。如果运气好一点儿，或许能看到躺在病床上的，已经二十六岁、饱受病痛折磨正在等死的妹妹。反过来也一样！一对差了二十岁的双胞胎。一个生，一个死，你让我怎么选？选哪个？”秦汉如失心疯般狂笑了起来，乔恩心生怜悯，她正要出言安慰，却全身一震，身体僵在了座位上。

“双胞胎”“冬眠”这两个词如同两道划破天际的闪电，用令人窒息的光亮瞬间撕开一切乌云浓雾。让她看到了隐藏在云雾之后的一扇大门，一扇让无数人上下求索却求之不得的真相之门。

没有欣喜，只有恐惧与绝望！

大门并不像传说中或想象中那样沐浴在太阳的温暖光辉里，反射出耀眼的金色光芒，相反，它是漆黑的，翻腾的黑气缭绕在门口，幻化成一只只凶残可怕的恶魔形状。

“这就是真相吗？真是这样吗？”乔恩瑟瑟发抖，像是看见了这世上最可怕的东西，“克隆，骗子……克隆，骗子。”她喃喃自语。

在接下来的几天里，往日里以冷静著称的乔恩博士像是变了个人一样，焦躁、敏感、歇斯底里的情绪在这位心理学专家身上反复出现。她努力用专业知识来控制自己的情绪，但每一次都失败了。

这样的反常最初只会出现在秦汉面前，在一个漫天晚霞的黄昏，她主动将秦汉约到封闭的心理诊室，然后毫无逻辑地说出一大堆风马牛不相及的话语。

“如果到最后真的什么都找不到，我们会重获自由吗？”

“我觉得这个问题你应该去问陈哲或者赵全！”

“如果我们真要编造一句谎言来欺骗全世界，你觉得我们该怎么说？”

“这更不该我们操心了，你怎么了？为什么忽然这么悲观？”

“如果我们真的被囚禁了，会被关在一起吗？”

秦汉忽然有点儿明白乔恩的意思了。眼前的女人单纯而美丽，充满了知性与睿智之美，让他不由得想起三年前那个迷人的女孩：燕思雨。

事实上，这两个女人属于完全不同的两种类型。燕思雨身上带着艺术的随性狂放，年轻、有活力的肉体如同一团熊熊燃烧的火焰，几乎要将秦汉整个吞噬。而眼前的乔恩则像是一缕清淡恬静的微风，一颦一笑都带着知识分子独有的冷静与严谨。此刻，这位从未谈过恋爱的女博士正用一种从未出现过的眼神看着自己。

秦汉的心跳骤然加快，此时他已经可以确定，眼前的女人一定对自己有某种程度的好感。他并没有说话，而是用自己的手掌轻轻地覆在了女人的右手上，乔恩温柔的眼波中荡漾着羞涩与一些无法看懂的东西。三天之后，秦汉才知道，这种东西叫怜悯。

到了第三天，就连赵全都发现乔恩的不对劲儿了，这位思维活跃、常有惊人之语的睿智女性，多次在会场上陷入长久的沉默与神游状态——即便这两天的会议相对沉闷了一些，这种情况也是不太正常的。

和会场上的缄默形成明显对比的是乔恩在日常工作中的表现，对遗传学从未有过涉猎的她，一反常态地关注起“上帝分子”的动物实验过程。她动用了自己可以调动的全部资源，不断收集一切与之相关的资料与文献。好几次，她都因为擅自翻阅超出自身权限的档案而受到了基地高层领导的严厉警告。

“乔恩博士，你手上的这份档案，应该是医学家或遗传学专家研究的东西，上面记载着 π 药剂动物实验的大量细节，我不认为这对你的心理学工作有任何帮助！”赵全对档案室里的乔恩大声呵斥。实际上，要不是考虑到乔恩父亲的特殊身份，赵全的语气还要更声色俱厉一些。

“根据目标的行为数据来分析行为习惯，掌握的数据越多，推算出的行为模式就越精确，这就是心理学。如果连这些基本信息都无法获取的话，我就只能用女人的第六感来完成工作了！”

“对不起，你必须放下手上的资料，要不是看在你父亲的面子上，你已经被拘捕了！”

乔恩不为所动，仍在快速地翻阅着手中的资料，她一目十行地扫视着，寻找某样至关重要的东西。终于，在赵全一把抢下她手上的资料之前，她翻到了那一页：

《FDA 对 π 药剂动物实验的监管细则》

FDA 向古德提供了实验组与对照组的白鼠胚胎，每组四只，之后每周对实验体进行血样采集检验与体细胞采集检验，检验内容包括：DNA 对比、细胞活性分析、细胞分裂周期对比、常见疾病筛查等 18 项数据。

FDA 每月对实验体进行骨龄测试与器官全面检查……（省略 2000 字）

四只对照组白鼠分别死于第 660 天（肺部鳞状细胞癌）、第 694 天（肝癌）、第 710 天（心脏衰竭）、第 724 天（金色葡萄球菌感染）。

截至 2033 年 9 月 14 日，四只实验体白鼠中，除 190914C 因癌症死于第 1335 天，其他三只的寿命全部超过了五年……

此前该种白鼠寿命的最高纪录为 818 天。

“原来如此，原来如此。”在赵全不解的眼神中，乔恩行尸走肉般走出了空旷的档案室，口里念叨着谁都听不懂的呓语。当穿过档案室门外的长廊时，两位身着黑色西装的保镖簇拥着一个熟悉的男人和她擦肩而过。

“沐部长？”失魂落魄的乔恩认出了来人，随之而来的错愕将她的思绪从巨大的旋涡中拉回现实，“他怎么来了？”

曾几何时，作为“救赎”行动的幕后指挥，沐青并不认为有朝一日自己需要亲自踏入这个基地。且不说一切低于战略层面的工作都不必亲自过问，频繁接受化疗的病体也容不得这位卫生部长四处奔波、深入基层。但是现在情况不一样了，欧阳履行了承诺，沐青已不再是个病人了。如今，这位罹病多年的中年男子面色红润，迈出去的步伐甚至带着风声，当路过乔恩身边时，体内的男性荷尔蒙让他不由得多看了这位美女一眼——这在半个月前几乎是不可想象的。

交易是公平的，如今的沐青多了另一重身份——“滤镜”第四十七号（临时编号）成员，这让他不得不深入基层去发掘更多细枝末节的信息。实事求是地说，此刻沐青已不是单纯地抱着交易的心态来完成这些差事了，CAR-T PRO不但治愈了他的疾病，同时还改变了他的信仰，从饱受折磨、度日如年到重获健康，这种感觉犹如从地狱一瞬间升上了天堂。今天的沐青，即便还算不上“滤镜”最忠实的信徒，起码也已经在路上了。

当他走进空无一人的档案室后，数个标有“绝密”字样的档案袋立刻被递到他的手里，其中便包括了那本还留有女人手指温度的《FDA对π药剂动物实验的监管细则》。

沐青的阅读习惯很特别，时快时慢。有时候会在某行文字上停留很久，进行长时间的思考与记录，有时候又一目十行，连续翻上数十页都没有丝毫的停滞。终于，在翻完某本印有“绝密”字样的文件之后，心头的某根弦忽然被一股神奇的力量拨动了，几分钟前的匆匆一瞥忽然映入眼帘，他问身边的赵全：“刚才出去的那位女士是谁？”

“心理学博士乔恩小姐！怎么了？”

“她有些不对劲儿，看好她！”

chapter 03

欺诈时代

25 绝望猜想

第二天，“救赎”基地二楼。在排了两个小时队后，秦汉又一次走进了乔恩的心理诊室。

“美丽的小姐，我不知道为什么你喜欢把约会的地方选在这里。”秦汉戏谑地对乔恩笑笑，“不过我不得不承认，穿着制服的你确实很美。”

乔恩满脸冰霜，语气严肃得似乎在同一个陌生人说话，“有些话我只能在这里说，这是基地里唯一不会被窃听与监控的地方。”

“噢？”秦汉心头一紧，一种不太好的预感升了起来。

“我们该离开了！”

“离开，去哪儿？”

“随便去哪儿，总之要离开这个囚笼，没错，囚笼！”乔恩秀眉紧蹙，她捋了捋额前的刘海儿，对秦汉说，“还记得你对我说过的那句话吗？一旦我们找到了某个绝密、可怕、永不能公开的真相，等待我们这些人的结果是什么？”

“那只是最坏的打算！”

“不，我已经猜到了真相！”

“什么？”

随着乔恩条理分明地说出自己的分析，秦汉的脸色也越发阴沉，最终变成了一种近乎死灰的透明。

“克隆”骗局。

无论是“活”了一百天的“彭祖”果蝇，还是寿命突破五年的小白鼠，都是古德这位伟大的“上帝”——如今应该称他为“骗子”了，使用20世纪诞生的克隆技术，一手导演出的骗局。

以果蝇“彭祖”为例，古德从FDA那里接收了这只实验体，然后立刻委托某家生物公司，以最快速度克隆出这只幼年果蝇的数十个胚胎细胞（只要摘下一丁点儿翅膀上的组织就能做到），然后按照严格的时间表依次解冻这些胚胎细胞。再接下来的事情便与生物学完全无关了：古德只需在自己的实验室里，一次次用年轻的克隆体替换掉衰老的那个。于是，在一百天之后，我们依然可以看到一只正值壮年的“彭祖”果蝇，当然不是最开始的那只，而是它的克隆体。

“世界上至少有两百个生物实验室可以轻易做到这一点！”乔恩用前所未有的坚定语气说道，“古德，这个人类历史上最伟大也最可恨的骗子！他将被载入史册！”

面对这个足以让地球停转、让世界陷入狂乱的猜想，秦汉开始也抱着怀疑的态度，但乔恩很快便拿出了证据。这些天来，她想尽一切办法，收集了最为翔实的π药剂动物实验背景资料，然后将无数条线索仔细检查、分析，经过无比漫长的抽丝剥茧，一个又一个确凿的证据随之浮出水面。

1. 在资料中，FDA名誉主席让·雷金博士曾不止一次提到，出于古德“对技术专利的极度重视”及“保证自身生命与知识产权安全”的考虑，长达五年的动物实验被放在了A市大学那间两百平方米的实验室里：实验体的每次喂食、清洗工作都是古德亲自完成的。当然，FDA对试验过程的监督是“严格”并“权威”的，实验用动物是由第三方提供的，实验开始以后，监测团队每周都要对这些白鼠与果蝇进行全面的体检与DNA分析，但他们还是百密一疏，如此缜密的手段在简单的克隆技术前变成了一个不折不扣的笑话。

2. 在向全世界公布发现“上帝分子”之前，古德对自己的实验资料进行了全面而彻底的销毁，之前这样的举动被视作对暗中胁迫者的反抗与斗争，但现在看来，如此彻底的毁灭之举也许蕴藏着另一层的含义。

3. 在电视直播的那天，古德一共拿出了六只用于证明“上帝分子”神奇功效的动物活体，三只白鼠和三只果蝇，这六只动物都已步入了生命的暮年，大约相当于人类中的七旬老翁。从当初的角度看，这些“活”了五年的白鼠无疑能更好地证明 π 药剂可以帮助动物轻而易举地突破以往的寿命极限，但现在看来，即便古德忽然从世界上消失了，实验人员也很难从这些垂垂老矣、即将死亡的生命体上精确测量出衰老的程度与速度，毕竟，鉴别一个老人是八十还是九十岁，要比鉴别一个年轻人是十五还是二十岁困难无数倍。这意味着所有能证明“上帝分子”魔力的证据都存在于由古德编撰、由 FDA 记录的历史书籍里，而非可以实时观测的现在进行时。

“这一切都不过是你的臆测而已，而且是建立在有罪推论的逻辑基础上！”和乔恩头头是道的分析相比，秦汉的辩解显得分外苍白无力，“我们这里并没有 FDA 的第一手资料，你看过的那些，不过是中情局的二手信息。”

“我知道，但是没有更合理的解释了！”乔恩的眼里满是怜惜，这个消息对秦汉来说意味着什么，聪明的女人心知肚明，但她实在不敢再耽搁下去了，“基地里有无数的聪明人，他们很快便会想到这一点！到那一天，我们想走都走不掉了！真相太可怕、太绝望了，足以让世界整个坠入黑暗！我们必须现在就走，为了我的青春，也为了你的女儿！我承诺，等我们离开之后，我一定会兑现对你的承诺！”

“走？”自从加入基地的第一天起，秦汉便认定这是一条没有归路的死胡同，“就算离开这里，我们又能去哪儿？”

“只要能离开中国，我父亲就可以搞定一切！到时候我会尽快安排人来接走你的一个女儿！”乔恩目光坚定，毫不拖泥带水地说。

“我可以帮你走，但我不能走，如果我忽然消失了，他们一定会二十四小时监视我的家人！我的女儿就走不掉了！”秦汉渐渐冷静了下来，并想到了问题的关键所在，“如果你带走我女儿之后，他们还没有猜出密码的真相，我就走！”

“你已经想到离开的办法了？”乔恩有些惊讶，眸子里跳动着希望的光芒。

“是！”秦汉说，“这方法已经放在我心里两个星期了！”

两个小时后的例行会议上，秦汉在众人惊诧的目光中站了起来，提出了一种前所未有的奇异猜测。

“对不起，首先我要推翻此前乔恩小姐的推断，‘克隆’‘骗子’这两个词存在太多的歧义，我觉得古德既然想留下点儿信息，就不该如此含混不清才对！”

无论是资历还是学识，这位本科学历的报社主编都在会场上忝居末位，但他也有一样其他人所不具备的东西：与古德长达二十多年的友谊。这是秦汉的价值，也是他的武器。所以，当他说出下面这个匪夷所思的猜测时，所有人都为之一振，就连此前一直在打哈欠的郭文也抬起头来。

“在我们刚参加工作的那段时间，古德曾和我玩过一个游戏，一个让我猜他去哪里的游戏！这源自一部名叫《风语者》的电影，在座的有看过这部电影的吗？”

大约有一半的人举起了手，秦汉点了点头，继续说了下去。

“这部电影说的是‘二战’时期，美军找来一群瓦霍族土著，将他们的语言加工为特殊的密码，因此影响战争走势的故事。古德看了这部电影，然后在很长一段时间里迷上了解密与破译的游戏。大约在2014年前后，他跟几个驴友一起前往云南西部的热带雨林进行一次探险，有一回打电话，我问他当时到底在哪儿？他并没有直说，而是给我出了一个极为简单的谜语，谜面是四个字母和数字的组合：V、E、4Y、2Z。”

秦汉用略带得意的目光扫视了一圈会场，然后在三位科学家不解的目光里继续一本正经的演讲。

“我只用了不到十分钟便猜出了答案，要不是后面那两个字母与数字的组合迷惑了我一阵子，也许速度还会更快！这是最简单的猜谜游戏，字母代表数字，A 代表 1，B 代表 2，C 代表 3，但这样做的最大弊病在于无法表达超过 26 的阿拉伯数字，于是有了后面的 4Y 和 2Z！ V 等于 21，E 等于 6，4Y 等于 4 乘以 25，也就是 100，2Z 则是 2 乘以 26，也就是 52。东经 21 度 06 分，北纬 100 度 52 分，那是西双版纳南侧的一个傣族村寨，当我把结果用短信发给古德的时候，他回了我五个字：你真了解我！”

会场上一阵窃窃私语，好几个人拿出了纸笔，试着从这个角度对“上帝密码”进行解读。但秦汉并不打算给他们这个机会，他快步走向会议室的主控电脑，熟练地打开了一张最新的谷歌地图，定位、拖动、放大，尼日利亚贡贝州的地图在巨大的 LED 屏上显现出来。

“古德曾去过非洲考察，我想他一定到过这里。”秦汉用手上的触摸笔指向屏幕左侧的一座村落，“这个地方，努马小镇，位于东经 10 度 08 分，北纬 10 度 24 分，正好对应氖、氧、氯三种元素！”

秦汉石破天惊的发言让在座的密码专家不免有些窘迫，“秦先生，氖元素对应 10，氧元素对应 8，这都没问题，但我实在不明白 10 和 24 这两个数字从何而来，氯元素的原子量应该是 17，而锂和氩，分别是 03 和 18。这五种元素分别对应的数字是 10、08、17、03、18。要知道，如果想用一串密码传递经纬度的信息，密码应该是四位才对，但古德留下的却是五位。”

秦汉微笑地看着面前的密码专家，客客气气地解释：“完全正确，如果古德真留下一个四位密码，相信各位早就能猜到和经纬度有关。但他的高明之处就在于此，他留下了一个双层密码，只有破译出第一层，藏在数字面纱背后的玄机才会露出来。为了提醒我们这层面纱的存在，古德甚至不惜牺牲自己得来不易的名声，在那个时间打开了一个色情网站！”

“你的意思是？”

“让我们回到最初的原始密码，第三行是2032、06、21、16、41，在这个时间点，古德房间里的光斑恰好投射在氯元素的那个格子上，同样在这个时候，古德在电脑上打开了一个色情网站。怎么说呢，这两者的简写都是Cl，我需要提醒你们，这个网站还有一个数字缩写，那便是1024！（注：Cl=CAOLIU=1024）所以，东经10度08分，北纬10度24分，我觉得有必要去看看！”

在座的三位年轻人几乎笑出了眼泪，几位老学究在弄明白CL和1024之间的关联后，表现出的激烈反应让秦汉几乎难以招架。

“荒唐！下流！我绝对不信，人类历史上最伟大的遗传学家会有如此低俗的思想！如果他只是想表达出10和24那两个数字，为什么不直接写上两个时间点，分别对应氖和铬元素所在的位置！”

秦汉毫不客气地反击：“这正是他的风格，玩世不恭却又聪明无比，不按常理行事却又思维严谨，谁都知道，那些清规戒律、世俗观念在他眼里好比狗屎一样可笑。至于他为什么要用氯而非氖加铬来代表10和24这两个数字，或许他在潜意识里只想把这个秘密留给我一个人罢了。就在谋杀发生的前一天中午，古德还笑着对我说：‘四天后（10月24日）就是光棍节了，你准备送什么东西给我这个单身汉？’”秦汉一本正经地胡说八道，毫无破绽的神情几乎可以角逐当年的奥斯卡。在他身后，乔恩死死地抿住双唇，以免控制不住笑出声来。

旁边的数学院士忽然发声：“还有另一种可能，那个光斑只能在一部分区域里移动，很可能永远到不了 24 号元素铬所在的位置。”

“你又如何确定，10、8 和 10、24 分别代表着东经、北纬！而不是东经、南纬，或者西经、南纬什么的？要知道，算上所有的排列组合，一共有四种可能！”密码专家追问道。

“很简单，我早已在地图上验证了全部四种可能！另外三个坐标，不是在大西洋海底，就是在人迹罕至的沙漠或森林中间，只有东经 10 度 08 分，北纬 10 度 24 分这个位置，位于尼日利亚贡贝州的主干道旁。在那里，有一个名叫努马的小镇！古德在 2024 年前后去非洲研究过当地植被，他或许在那里发现了什么！”

赵全半信半疑地打开了自己电脑上的谷歌卫星地图，输入了秦汉所说的经纬度，一个模糊的村庄影子出现在了电脑屏幕的正中，村落不大，也就百十户人家的样子，但这已经足够佐证这种猜想的可能性，要知道，当经纬度精确到“分”的时候，地球上超过 97% 的地标都属于无人区。

赵全微微颔首，“如果前三个元素代表的是位置，那后两位的锂和氩又代表了什么？ 0318 ？或是什么别的解释？”

“恕我直言，目前我还不能确定。你也看到了，在前三行和后两行之间有一道分割线，所以我们对锂和氩的破译应该跳出前面的思维束缚，0318，说不定是当地一个车牌号码，又或者是某个土著居民的生日，也许根本不是数字，而是一个名叫李亚的中国商人。总之，等到了那地方再说！”

“你有多大把握？”赵全问出了最关键的问题。

秦汉几乎能听到自己的心跳，他强作镇定地回答：“千分之一，不，百分之一！”

“既然我们早已探索过无数种不着边际的可能，那么多一次也不算什么。”插话的是陈哲，秦汉有些感激地看了他一眼，然后将目光投向最后的决策者。

“谁去尼日利亚？”当赵全问出这个问题时，乔恩几乎无法抑制自己心中的狂喜，但此刻还没到她表态的时候。

“我！”秦汉举手后环顾四周，接着照剧本提问，“这里谁的英语最好？”

“我！我在剑桥待过两年！”乔恩举起右手，努力不把内心的激动在脸上表露出来。

“三张北京飞往阿布贾的机票！”赵全的话语让乔恩瞬间看到了自由的曙光，“秦汉，你担任这次行动的第一负责人，所有情况第一时间向我汇报，乔恩负责翻译，郭文博士，专业上的事情就交给你了！”

26 长生之罪

秦汉并不喜欢郭文，直觉告诉他，这个满身书卷气的遗传学教授并不如外表看上去那样简单刻板，因此，在挑选机舱座位的时候，他特意选了三个并不相连的位置。其中两个在第一排，属于自己和乔恩，至于最后一排角落里的那张豪华躺椅，自然是留给不受欢迎的郭文了！但等到登机之后，他意识到这样的小动作既多余又可笑，足以容纳二十多人的头等舱空空如也，就连平日里热情服务的空姐都早早走进了休息室，他咳嗽了一声，借此掩饰自己的尴尬。

郭文看上去并不介意，但也毫不客气，他接了一杯咖啡，径直走到秦汉的左手边坐下，“秦先生，您认为我们这次会有收获吗？”

面对郭文异样的热情，秦汉不太情愿地直起身，“恕我直言，到目前为止，我们的每一种设想、每一次行动都和买彩票差不多，一无所获才是最正常的状态！”

“但是这次不一样！”郭文不依不饶地说道，“在昨天的会场上，你狂野而不失严谨的想象让我忍不住为你鼓掌叫好，我认为，如果真有人能猜出那串密码的真正含义，那个人一定是你！”说完之后，郭文还特地看了眼坐在最里面的乔恩，乔恩面沉如水，一言不发。

“谢谢你的赞誉，我担不起！”秦汉并不想和郭文继续讨论下去，将头扭向另外一侧。他心知肚明，无论是那段关于《风语者》电影的回忆，还是自己言之凿凿的“坐标猜想”，都不过是为了这次出逃所精心编织的谎言而已。至于那个时间点的那个网站，更是一次彻头彻尾的巧合。秦汉聪明地利用了这个巧合，给自己并不完美的谎言加上了重重的砝码。

郭文并不识趣，而是将话题引入了一个全新的方向，他问：“你觉得是谁杀了他？”

秦汉有些不耐烦了，“全世界的知情者都想弄明白这个问题！”

“这世上99%的谋杀都有动机，这一次也不会例外！我们只要弄明白，π 药剂究竟伤害了谁的利益，那凶手就呼之欲出了！”

π 药剂损害了谁的利益？这个问题秦汉曾不止一次思索过，但并未能找到任何合乎常理的答案，他懒洋洋地敷衍道：“那你认为是谁呢？”

郭文忽然提高了音量，说出的每一个字都掷地有声，“所有人都有动机！或许是某个顶级富豪，或是上位者干的！寿命延长必将带来人口的爆炸，但我们脚下的地球是绝对养不活这么多人的！所以，活两百年绝对不能成为全世界普遍拥有的基本人权，它只能是特权！专属于社会上财富最多、地位最高的那一小撮人的特权！所以敢在世界面前宣扬众生平等、给 π 药剂定上极低价码的古德就非死不可了！

“也可能是宗教狂热分子干的！自从读出3.14这个数字的那一刻起，古德便成了这世界上唯一的、至高无上的真神。或许对地球文明史来说，‘上帝分子’的发现未必就能超过牛顿三定律、质能方程这些科学丰碑，但它给人类带来的福泽则是后两者望尘莫及的！所以人们才会称他‘上帝’！GOD！连释迦牟尼那些些宗教中的至圣，在他面前也如蝼蚁般渺小！想想吧，如果古德愿意成立一个宗教，这世上有多少人会成为他最虔诚的信徒？

“或许是那个超级大国干的！一个四十岁的中国男人发现了世界上最伟大、最神奇的物质。只要古德有一丁点儿政治头脑，或者被有政治头脑的人利用，他就可能成为整个世界的实际掌控者！更神奇的是，拜他自己所赐，他或者他背后的人可以统治世界足足一个世纪！归根结底，是神奇的 π 药剂害了他，这玩意儿绝非上帝赐予人类的礼物，而是撒旦丢下的潘多拉魔盒！”

郭文的演讲深深拨动了两位听众的心弦。乔恩来了兴致，把身子朝郭文这边移了一点儿，问：“依照你的分析，除了社会底层的穷人可能受益之外，其他人都是受害者了？”

“大错特错！当人类战胜衰老、迎来长生时代之后，最可怜的就是那些穷人了！我问你，一旦地球上的资源不足以养活所有人，最先被淘汰的会是谁？会是那些官员、巨贾、名流明星吗？不，最先被淘汰的还不是最底层的贫民吗？我们不妨想得稍远一点儿，当地球人口突破一百亿的临界点后，生育可能会成为极少人才能拥有的特权，再往后，当人口达到一百三十亿的时候，‘抽签安乐死’将不再是电影里虚构的桥段。你认为，对穷人来说，这究竟是天堂还是地狱？”

“你的意思是，谋杀也可能是穷人干的？”

“哈哈，当然不会，那些穷人们正在欢呼雀跃，迎接那无比黑暗的长生纪元呢！他们太单纯了，单纯到愚蠢的地步，他们的智力与魄力都不足以策划这场正义的谋杀！”当说到“正义”二字时，郭文特地加重了自己的语气，“我怀疑，谋杀的幕后策划者也许早已窃取了‘上帝分子’的核心秘密，然后把它变成上层社会独自享有的珍馐！”

秦汉呆滞地坐在头等舱的豪华座椅上，就连飞机在气流中剧烈颠簸都浑然不知，他第一次发现，年纪还虚长半岁的自己在郭文面前显得那般幼稚，如同一个从未长大的孩子。

“至少，这能给我们女人带来长久的青春，也许能有二三十年！”乔恩努力辩解。

“是的， 三十年因资源枯竭而忍饥受冻的青春，三十年因阶级固化而碌碌无为的青春，三十年因人口膨胀而无法繁衍后代的青春！这就是你想要的吗？乔恩小姐？”

乔恩也闭上了嘴巴，沉默一直持续到三人走下飞机。非洲的清新空气灌入鼻腔，走在最前面的郭文重新开了口，“我知道你们现在还不能完全相信我，不过，最多三天，你们会接受这一切的！”

秦汉默不作声，无数杂念与疑问在脑海里翻滚、沸腾，直到他看到机场的出口标志时才猛然惊醒过来，按照之前的约定，走过前面的出口，乔恩就会借上厕所的名义，永远消失在茫茫人海中，然后留下一头雾水的郭文与装作一头雾水的秦汉。想到这一点之后，秦汉心中的乱麻不由得解开了几分：既然 π 药剂不过是古德导演的骗局，自己还关心这个干什么？

他悄悄地拉了拉乔恩的衣袖，在她的耳边低语，“这不过是一场骗局，你该走了！”

“不，我忽然不能确定了。”乔恩失魂落魄地说道，刚才飞机上的对话极大地冲击了女人的心灵，让她第一次怀疑起自己的猜测。

“那你还走不走？”

“等几天再看吧！”

乔恩的优柔寡断让秦汉喜忧参半，喜的是自己能和身边的美丽女子多相处一些时日，别离的伤感略微走远了一些，忧的是乔恩会不会因此错失最好的逃亡时机。在秦汉心中，郭文有理有据的分析并没能动摇他对“克隆骗局”的深信不疑，在长达二十八年的相处中，他比任何人都更加了解古德对成名的无尽渴望以及为达目的不择手段的魄力。

抵达尼日利亚的第二天，秦汉付了两百美金，找到了一位精通当地语言的向导，然后租了一辆越野车，直奔五百公里外的努马小镇，随着汽车在颠簸的道路上一路疾驰，秦汉第一次用自己的双眼看到了非洲最真实的一面。

此前，秦汉对非洲的印象存在两个极端：第一个印象来自儿时收看的《动物世界》与《狂野非洲》。从森林的深邃神秘到沙漠的辽阔无边，外加广阔无垠的草原，成群的鹿羚轻盈地从鳄鱼的血盆大口上方跃过，强壮的野牛喘着粗气与怒吼的雄狮对峙，这一面的非洲是狂野且迷人的。第二个印象则来自《新闻联播》的国际新闻部分。炎炎烈日下，干枯龟裂的土地寸草不生，农民绝望地从地里扒拉出一些难以下咽的植物根茎，骨瘦如柴的少年充满渴望地站在教室的土屋窗外，成年人则拿着 AK-47 等廉价武器疯狂对射，这一面的非洲是贫瘠而混乱的。

然而他真正踏足这片神秘的土地后，看到的全非如此。

12 月是非洲旱季的开端，这样的“旱季”只是相对的，温暖湿润的空气扑面而来，让黄种人干燥起皮的肌肤感受到惬意的滋润。车窗外，草原与丛林相间而生，每隔两三公里，便能看到十几间简陋而低矮的土制房屋，那便是村落了。

“你们的农田呢？”秦汉望向一处被杂草包围的村落，问身边的向导。

向导名叫奥利鲁，是个性格豪爽的黑人男子，他是尼日利亚 0.8% 接受过高等教育人群中的一员。能说熟练而流畅的英语，他指向窗外的某处说：“那就是了。”

秦汉扶了扶自己的眼镜，顺着奥利鲁手指的方向看去，结果看到了一座杂草丛生、野鸡乱跑的丘陵，没有任何翻耕与种植的痕迹。他难以置信地说：“就是那座小山？”

“是的，那就是村民的粮食地，你不要小看了它，它至少能养活二十户人家！”

秦汉并不相信，因为他完全没有看到任何粮食或蔬菜的影子，面对他的疑问，向导特意将车拐上了一条小路，以满足这位付了五十美元小费的阔气主顾并不过分的要求。当距离丘陵还有一百米左右的时候，秦汉终于看到了杂草丛中隐藏的几根绿色藤蔓，几根多刺的长条果实如同成年人的小臂一般粗，有些长得像丝瓜，又比丝瓜更茁壮一些！

“那是什么？”

“黄瓜！我们这里原来不产这个，八成是欧洲人或你们中国人带过来的。”

秦汉惊异地看着这些丝瓜大小的黄瓜，心中想起那句“橘生淮南则为橘，橘生淮北则为枳”的古语。好奇心更强的乔恩干脆直接跳下了越野车，跑向了几十米外的那处山坡。

“真的是黄瓜！”等到登上了丘陵的最高点，乔恩有了更令人惊喜的发现，“天哪！这就是非洲冰草吗？在北京这玩意儿要三十元一斤呢！”

在乔恩面前，一块足球场大小的冰草地在季风的吹拂中上下起伏，千万片叶面上的冰晶在阳光的照射下放射出迷人的光彩。这些冰草枝叶茁壮，肥大的叶面一看便鲜嫩多汁，几乎要勾起乔恩的食欲。偌大的田地里空无一人，只有三五只正在偷吃粮食的野兔与田鼠，这些贪婪的啮齿动物肚大腰圆、动作迟缓，乔恩慢慢走近，它们却不为所动，直到距离只剩两三米的时候才飞蹿出去，消失在一片不知名的灌木丛中。

“奥利鲁，你能帮我找到主人吗？我想采一点儿晚上吃！”乔恩对着越野车高喊。

“不用找主人，随便摘！”奥利鲁大声说道。

“那可不行！人家还以为我们中国人吃东西不给钱呢！”

“我们这里都是这样，只要土地够肥沃，浆果、坚果还有这些乱七八糟的蔬菜永远都吃不完！”奥利鲁走下汽车，从田里毫不客气地捋起一大丛无人照看的冰草、坚果以及三五种不知名的植物根茎果实，他将这些收获一股脑地丢到了汽车的后座上。看到奥利鲁做的这一切，乔恩做了个鬼脸，跟在后面钻进汽车。汽车重新发动了，她用后座上的矿泉水洗了几根冰草，一边咀嚼一边问：“对了，为什么田里都是杂草！你们难道都不除草的吗？”

“在非洲，多数农民的字典里是没有耕地与除草这两个概念的。更别说除虫、施肥了！在雨季到来之前，人们随便挖几个坑，再随便埋些种子下去，过几个月就有吃不完的东西了！”当说到这里的时候，奥利鲁轻轻叹了口气，“但这些年情况越来越糟糕了，森林被砍掉了三分之一，肥沃的土地越来越少了，如果雨季比往常推迟一些，人们就要挨饿！”

秦汉有些意外，这是一片黄瓜不需要任何照料便能长到手臂粗细的沃土，同时又是地球上因饥荒死亡人数最多的大洲！当他正在脑海里考虑该如何用英语问出这个问题时，坐在副驾驶位置上的郭文主动开了口，“我知道你现在一定有很多疑问，我可以告诉你为什么！只要在这儿定居过的中国人都知道，他们和我们完全不在一个世界！热带充足的光照与降水保证了食物的来源，很多一年生的作物到这里都会变成多年生，并且无休止地疯长！在非洲的大多数地方，土壤不需要翻耕，杂草不需要清除，即便你什么都不做也不会饿死：旱季有各种成熟的坚果，雨季的食物更是多得难以置信，人们可以仅靠植物果实就吃得膘肥体壮，当地黑人甚至没有欲望去抓一头野兽来烤着吃！要知道，在20世纪70年代之前，这里几乎上百年才会遇到一次较大规模的饥荒，都是因为极端恶劣的天气条件。”

郭文拍了拍向导的肩头，用英文问这位四十四岁的中年土著奥利鲁：“如果我没记错，你们过去从不会为食物担心，对吧？”

“没错，我爷爷说过，以前虽然没有电，没有汽车，但除了发旱灾，吃的是从来不缺的！”

郭文笑了笑，接着说：“你知道为什么会变成现在这样吗？原因只有一个，那就是人口的爆发性增长，从 20 世纪 70 年代到今天，每年非洲的人口增长率都在 2.5% 以上！这甚至超过了新中国刚成立时的水准！从前人口少的时候，就算碰上了难得的旱灾，大家也可以四处游荡，去无人的林区或是跑到其他地盘寻找可以果腹的食物，就算死人，多半也是被猛兽袭击而死，而非饿死！但如今不一样了，这片大陆的人口在五十年里翻了两番，从 1980 年的四亿出头增加到现在（2033 年）的十八亿。现在，即使并不十分严重的天灾，也会造成饿殍遍地的悲剧！”

“他们就不会囤积粮食吗？这里在丰收的时候，一定能剩下很多粮食的！”

“这就是第二个问题了！他们没有时间概念！热带是全年无冬的天堂，正因为如此，多数人从不会考虑到囤积食物的问题。这是大自然造成的巨大差异，是当地人数千年来养成的根深蒂固的习惯，得天独厚的地理条件让他们几乎不具有丝毫的紧迫感与危机感！在我们温带，每到清明前后，无比珍贵的春雨就会催促辛勤的农民抓紧每一点时间耕作、播种，因为一旦错过，这一年就要面临挨饿的命运，没有任何补救的机会！但在热带，没有显著的四季变化，一年十二个月，几乎有一大半时间都适合播种！无论哪个季节都能在林子里找到可以食用的果实！所以，对非洲人来说，时间太多了，多到无论你怎么浪费都不会酿成无法挽回的后果！”

说到这里的时候，郭文忽然握住了秦汉的右手，就连语调也变得异常严肃起来，“现在，人类的预期寿命是八十岁，所以我们必须抓住二十岁之前的时间去勤奋学习，然后用四十年的时间去努力工作，这样才能积累足够这辈子花销的财富。前者因为记忆力，后者因为体力，这两样东西都会随着岁月的流逝而一去不复返。但当我们拥有五十年的学习黄金期，以及超过一百年的能够承担繁重劳动的壮年期时，你猜会发生什么？那绝对不会是天堂！懒惰与拖延将被迅速写入所有人种的深层基因，呵呵，我们的地球上生活着150亿的懒汉，这样的胜景就连想想都让人激动万分呢！”

郭文松开手，直视着秦汉的眼睛，一字一句地说：

“人口增长、时间过剩，这让你想到了什么？”

秦汉一时语塞，想要反驳却无从下手，良久，他才辩解道：“我不觉得中国人与生俱来的勤奋会如此简单地被磨灭！”

郭文笑了笑，然后问向导：“这附近的镇子上有东亚人吗？定居了好几年的那种！”

“有的！东面的卡鲁镇就有个日本人。”

奥利鲁吹了下口哨，将方向盘打了个弯，驶向二十公里外的卡鲁小镇。在镇子的中央，秦汉看到了四十二岁的加藤先生。此时是下午三点，这位留着八字胡的日本商人正在一家小酒馆里和两个黑人美女打趣聊天。加藤肚子微凸，口中散发着难闻的酒气，秦汉想找他攀谈几句，但加藤的目光却怎么都不肯从美女身上移开。

“刚来的那几年，这个日本人可是个工作狂呢！但入乡随俗，这些年他也跟我们这儿的有钱人一样，每天过这样的日子了！对了，他在我们这儿找了个老婆，现在第四个孩子就快要出生了！”热情的酒馆老板在接过十美元的小费后，知无不言地说道，“他的公司已经卖给别人了，反正钱多得花不完，再不享受人生不是脑子有病吗？”

27 史上最伟大的骗局

秦汉又掏出一张钞票，从老板那里接过一大杯当地酿造的啤酒和三根手工制作的卷烟，然后拉着乔恩走到了一处昏暗的角落。只抽了第一口，呛人的味道就让他忍不住咳嗽起来，他悄悄捏了捏桌下乔恩的手，冰凉的触觉从手上一直传到心里。

“你还走不走？”秦汉在乔恩的耳畔低语。

“你相信他说的话吗？”乔恩反问。

“这些并不重要，我相信长生药剂根本就没有出现过！一切都是骗局！”

“就连我都对自己的猜测产生了怀疑，你还这么坚定不移地相信？”

“我了解古德，他做得出这种事！而且我始终觉得，郭文说的这些东西和你的推测完全没有关系！”秦汉搬出对故友的了解，尝试说服眼前的女士。

“有关系！或许古德在电视直播后才意识到，‘上帝分子’将会给世界带来怎样的灾难和浩劫！为了阻止悲剧的发生，他宁可选择自污也要断绝人类刚刚燃起的希望！”

“你的意思是，他真真切切地发现了‘上帝分子’，但出于世界稳定和平的需要，要把自己伪装成一个骗子？”秦汉有些不可思议地说，“如果真是那样，他为什么不直截了当地告诉我们，而是玩这种可笑的文字游戏？”

“他根本不知道该如何说出这一切，难道说自己为了世界和平，决定食言，断绝人类刚被点燃的长生希望？这消息要是传了出去，明天就可能引发世界动乱！他又不信任政府，所以就只能留下那一串无比深奥、必须由一群智慧的大脑共同努力才可能破解的密码！他相信我们能够找到万全之策，弥补他惹下的滔天大祸。我甚至怀疑，他的死亡是一次自杀而不是谋杀！”

秦汉发现，最近他遇上的每一个人，都要比自己成熟上无数倍：每当他思路碰壁、遇到无从解释的逻辑怪圈时，乔恩、郭文、陈哲这些人总能在抽丝剥茧的推理中找出继续向前的道路——即便最终证明这些道路都是死胡同，也比自己原地打转强了许多。当意识到这一点之后，他开始庆幸自己当初的决定：如果不曾加入“救赎”，也许他还像外面那些麻木愚昧的平民一样，傻傻地等待着一个美好却虚幻的长生纪元吧！

“宁可要明明白白的痛苦，也不要稀里糊涂的快乐。”这是秦汉的人生信条。更何况，上天还给了自己额外的馈赠，眼前的美丽女人不仅让他精神充实，还给他的女儿带来额外的活下去的希望——二选一总比没得选好。被激发的父爱战胜了男女之间的情愫。秦汉用不容反驳的语气对乔恩说：“我希望你走，现在！”

乔恩有些惊愕地看着秦汉，眼前的男人面色通红，鼻腔里散发出不太好闻的烟味儿，一开口，酒气跟着扑面而来，但对方坚定的目光证明他说的绝非一句醉话。聪明的心理学家很快便猜到了秦汉的心事，她有些恼怒地问：“就为了你的女儿？”

“是的！”

奇怪的是，当秦汉无比坚定地说出“是的”之后，乔恩心中的酸涩反倒减轻了许多。眼前的男人虽然自私且幼稚，但他坦率、真实，从未哄骗或欺瞒她，就连善意的谎言都未曾说过，想到这里，女人的心又变得柔软了。

她用力将秦汉粗糙的右手握了握，想再感受一下这份无比真实的体温——很可能也是最后一次了。

乔恩强忍住夺眶而出的泪水走向酒馆的门口，郭文与向导望了她一眼，便重新和漂亮的服务员调笑起来。在这个贫穷落后的小镇，最近的公共厕所在酒馆对面的政府办公楼里，但当挂钟的分针转过一百八十度之后，所有人都发现不对劲儿了。

“乔恩博士呢？”郭文走过来问，“她都出去半个小时了！”

“我给她打了两次电话，都是占线。”秦汉的语气里掺杂了一丝不太真实的焦急。

“我们得出去找找，这地方的治安可比不上中国。”郭文嘴上这么说，但身体并没有太迫切的行动，就像乔恩的离去早在他的意料之中一样。这样的反常让秦汉十分不安，他放下手中的卷烟，冲出酒馆四处张望，很快便找到了令其心生绝望的答案，在三四百米之外的马路边，两位黄皮肤黑头发的警察正死死地锁着乔恩的双臂，快步朝这边走来。

郭文不知道什么时候走到了身边，用毫无感情的声音说道：“古德不是一个人来尼日利亚考察植被的！赵全找到了他的同伴，三个人的证词表明，他从没去过什么名叫努马的镇子！就连听都不曾听过！”

“那你们为什么不在会场上直接否决这个提议？”

“要不是这样，我们怎么能发现你和乔恩博士的逃跑计划？”郭文淡淡地说。秦汉冲向这位同伴，想将愤怒的拳头砸到那张斯文白皙的脸上，没想到刚冲出两步，两条铁箍般的手臂便从身后死死抓住了他。

秦汉不再反抗，顺从地跟着警察登上了镇外的直升机，然后朝着国际机场的方向一路飞去。当飞过一处沙漠边缘时，始终保持冷漠的郭文忽然像孩子一样兴奋起来，他先是让驾驶员减速，然后问飞机上的军人要了一副军用望远镜，朝地面上的某处看去。看了半分钟后，郭文将望远镜递到秦汉眼前，同时将手指向地面的某处。秦汉有心拒绝，但郭文无比热切的眼神让他心生疑虑，他用戴着手铐的双手接过望远镜，望向地面三个蚂蚁大小的黑影——在军事望远镜里，两位强壮的黑人男子挑着一个竹制的木筐，筐内坐着一位须发皆白的老人。

“看，他们又在弃老了。为了节约粮食，这个靠近沙漠的部落，所有超过六十五岁、丧失劳动力的老人都会被子女遗弃在沙漠或丛林的深处，成为一具饿殍或是野兽的美食。这种习俗在 19 世纪末期，殖民者到来之后便被禁止了！直到非洲人口超过 15 亿之后才又死灰复燃！”

秦汉在回到基地的第一时间便选择了招供。出奇顺利的逃离计划彻底冲昏了二人的头脑，他们压根儿没考虑过失败的可能，自然更不会提前串供了。在这种情况下，再心有灵犀的谎言都不可能骗过全国最老辣的审讯专家的。

唯一幸运的是，两边的审讯负责人都是陈哲，这让他们没有受皮肉之苦。随着相同的供词在男人和女人的口中先后被说出，陈哲的面色也越发阴沉起来：兔死狐悲的感觉在他心头涌现。“克隆骗局”背后有着相当完整的证据链与极其严密的逻辑论证，比之前的任何一种猜想都要靠谱几十、几百倍。

然而这个无比黑暗的猜想是绝对不能被直接公开的，这意味着基地中的所有知情人都将变成笼中的囚鸟，彻底失去重见阳光的权利。

七个小时后，陈哲带着一本厚厚的供词以及戴着镣铐的秦汉与乔恩，又一次走进了明亮的会议大厅。

“打开手铐吧。”赵全对两位“囚犯”微微一笑，“上面已经知道了最近发生的一切，你们的行为还算不上叛逃，毕竟你们没有泄密！换成别人，很可能也会这么做的！还有，你们未免把政府想得太糟糕了。”

在赵全的示意下，乔恩用最简洁的语言向与会者描述了“克隆骗局”

的含义。令她惊异的是，在极度的震惊之后，在座的多数人并没有如预料中那样，表现出鄙夷或唾弃的意思。

“伟大的想象力、卓越的执行力、前无古人的冒险精神！”遗传学泰斗击节赞叹，“和古德博士的手笔相比，历史上出名的庞氏骗局如同婴儿游戏一样幼稚！”

“如果这真的只是一场骗局，那古德是如何说服村上博士，让FDA相信‘上帝分子’的功效的？”

“村上博士早已死于一场诡异的谋杀，就在那次电视直播之前！我认为，古德使用了某种高明的手段，骗过了他的恩师，或者，他俩根本就是同谋！”

“不，我们并没有真正的证据！”克隆骗局推论的唯一反对者郭文一次次在会场上发出孤独的呐喊，作为“滤镜”组织的普通一员，他对组织的判断力与权威性有着近乎执念的迷信，他实在无法接受这种被组织判定为文明最致命威胁的技术竟是一场骗局。

“我们会继续调查的！”赵全眉头紧锁，这样的结局显然也出乎了他的意料。他不愿承认，却也不得不承认，这是“救赎”成立之后，寻到的最接近真相的答案。

到了第十一天的下午，就连郭文也在铁一般的证据面前动摇了：刑侦组找到了一条五年前的转账记录，2028年底，刚发现“上帝分子”还处在默默无闻中的古德通过一个瑞士银行的账户，向大洋彼岸的“艾力克”生物科技公司支付了一笔80万美元的费用。而“艾力克”一度掌控着世界上最先进的克隆技术和最大的克隆生意。

花八十万美元克隆几十份果蝇与老鼠的胚胎细胞，这是一个明显偏离市场行情的价码。所有人都相信，古德之所以花费如此不同寻常的高价，是看上了艾力克对顾客身份非比寻常的隐私保护。“保护客户的绝对隐私”“为了钱什么都做”是业内人士为这家公司贴上的标签。胆大妄为的结果是自取灭亡，2030 年年底，“艾力克”因涉嫌克隆人体器官而被政府取缔。

接下来的现场模拟更是完美地证实了这个骗局的可操作性：经过三天的练习，陈哲使用简单的魔术手法，在古德的实验室里，在 FDA 的三个监控探头下，完成了一次天衣无缝的“以旧换新”，在所有旁观者的眼中，这次“喂食”都显得自然并寻常，就如同古德一次次在监控录像里做到的那样。

面对如此之多的证据与线索，所有人的心中都仅存了最后一丝希望，希望“克隆”“骗子”或许并非原始密码的正确破译结果，毕竟，这只是所有答案中看似最接近真相的那一个而已。但到了 2034 年第一天，所有人都不说话了。

一份散发着油墨清香的《A 城晚报》整整齐齐地放在会议桌上，在报纸的广告页顶部，整整齐齐地印着十个大字：

“克隆！骗子！你们猜对了吗？”

《A 城晚报》社的社长第一时间出面证实，这个极为特殊的广告版面来自一位匿名人士两个多月前的网上定制，对方甚至没有询价，便直接用转账的方式支付了二十万元广告费，面对这个奇怪但绝对不过分的要求，报社主编考虑了不到一秒钟便答应了下来。

“这也许是我们的最后一次会议了。”赵全用一种复杂且怪异的语调向所有人缓缓说道，这一次，房间里多出了几张全新的面孔，一共十七位知道事件前后真相的“洞悉者”参加了这次特别会议，“我们被骗了，全世界都被骗了，没有任何东西需要救赎，任务结束了！出于保密需要，在未来的数年时间里，诸位都不得离开规定的活动范围，你们的生活都将受到安全部门的严密监控，无论是谁说了一丁点儿不该说的东西，都会受到惩罚！”

听到这里，秦汉有些讶异地看了看对面的乔恩。如果早知道政府会用如此宽容的态度对待“洞悉者”，也许根本不会有那次出逃非洲的计划。正当多数人准备击掌欢庆时，郭文忽然站了起来，他多日不见阳光的面容此刻涨得通红，他用一种勇敢的目光迎上了对面的赵全。

“你们打算如何向世人解释这件事？！”

“不知道，我只知道在禁令放宽前，你们一个字都不能说！”

“不，真相是无法被掩盖的，最多再过五年，人们就会明白过来，在此之前，我们必须给全世界一个合理的解释！”

“这不该是你们操心的事情，政治家们会决定这一切！”

“相比那些政治家，我更相信我们现在的团队！”郭文，这个柔弱的遗传学者没有丝毫退缩的意思，他笔直地站在会场上，如同狂风中一棵瘦弱的胡杨树。

“没错，古德刚刚失踪的时候，联合国秘书长就选择用谎言来抚慰人们的情绪！这一次，他们很可能继续用欺骗的方式来维持任期内政局的稳定。那么，等到真相水落石出的那天，人民对骗局的愤怒与绝望将会难以避免地转嫁到国家与政府的头上，一场前所未有的风暴将会席卷全世界！进而毁灭整个地球！”

“我赞同郭文博士的看法！”坐在角落里的物理学院士举起了自己的右手，“我拒绝成为这场骗局的同谋，我的意思是，如果我们对这个秘密永久保持缄默，那在座的每一位都将成为这场骗局的同谋！会被钉在历史的耻辱架上！”

1，2，3，4……9，十七位与会成员中的九位举起了自己的右手，借此表达自己的决心与抉择。面对眼前这一张张无比坚毅的面庞，赵全在心里飞速做了一道计算题，尝试算出同时将这九位不驯者“抹杀”可能造成的后果。他很快就得出了答案，这样的举动将会给全中国乃至全世界带来不可估量的巨大损失，更关键的是，由于在场几个人的特殊身份，这完全不现实。

“我尊重诸位的决定！我将向上级转达你们的意见，为了表示诚意，现在各位可以先回房间了！”赵全冰冷的脸庞上看不出一丝表情，“我要强调的是，公布真相的过程必须是循序渐进的，我们必须给人民足够的心理准备去接受如此残酷绝望的事实！在最终方案确定之前，禁止泄密！禁止泄密！禁止泄密！”

赵全将最后一句话刻意重复了三次，尽管他相信，以在座十多位与会者的智商与成熟程度，都不会愚蠢到将这个足以让地球爆炸的消息不负责任地传播出去。但最高级别的跟踪与监视工作还是被按部就班地安排了下去——一旦“洞悉者”尝试向包括妻子父母在内的任何人透露一丁点儿信息，都会给自己与倾听者带来无可挽回的灭顶之灾。

不得不说，赵全的警示还是起了一定作用的，从会议室走出来后，郭文目光闪烁，一路上好几次想掉转方向，赶赴此前约定的“滤镜”接头地点，但最终都放弃了。“还是用那个方法好了，虽然慢一点，复杂一点，但是绝对安全。”郭文在心里对自己说。

十七名被跟踪者一切正常，没有任何反常之举。但赵全怎么也不会想到，最大的风险竟来自自己的上级。听赵全汇报完这个听上去像天方夜谭却又逻辑严谨的推断后，时任“滤镜”第四十七号成员的沐青拉开了面前的抽屉，小心翼翼地从一沓文件下面抽出一样东西。这张比正常A4纸略厚一些的“白纸”其实是一件价值四百万美元的间谍工具，它能将画在上面的每一个笔画记忆下来，然后以电波的形式发送到四公里范围之内的配套接收器上。

随着马克笔重重地画下一个句号，携着这世上最重要秘密的无线电波穿过空气，以每秒三十万公里的速度欢快地奔向四面八方。再过八万分之一秒钟，这些无形的涟漪便能抵达这段旅程的终点，并将纸上的内容传到远在大洋彼岸的“滤镜”的电脑上，但它们并没能走完这八万分之一秒钟，事实上连八千万分之一秒钟都没能走完，安在墙内的信号干扰器将这段可能改写人类历史的信息彻底扼杀在摇篮中。

沐青并不知道这些，他拿出打火机，点燃了这张足以让他万劫不复的罪状。火苗升了起来，空气里散发出淡淡的二噁英的味道。扫完地板上的灰烬后，沐青终于放松下来，躺在沙发上开始小憩，迷迷糊糊中，他梦见自己正置身于“滤镜”的会议现场，八个看不清面庞的身影或站或坐，用不同的语言倾吐出心中的震惊与失望。根据面具下方的肤色，他认出了欧阳，这家伙正坐在阴影里纵声狂笑，就好像愚弄全世界的并非古德，而是他一样。

突兀的铃声将沐青从梦境里惊醒，桌上的电话响了起来，是首长。

“你在哪儿？”首长毫不拖泥带水地问。

“办公室。”

“你现在就来我的办公室！”电话那头传来“嘟嘟”的忙音，沐青并不意外，惊世骇俗的“骗局”推论刚被汇报上去，首长紧急召见自己正在情理之中。他放下电话，伸了下懒腰，接着整了整西装的领口才走了出去。当临近目的地的时候，他的脚步慢了下来，添上了一些不太自然的蹒跚，毕竟，这才是一个病入膏肓者应该有的样子。

28　第二重真相

“你怎么看这个结果？”首长脸色和蔼，用轻柔的语气发问。

“尽管这个结果让人无比失望，但这也是目前为止最靠谱的推断了。

我个人认为，有七成以上的可能是真的！如果能有进一步的资料……”

首长打断了沐青的话，“你觉得如果这个猜测是真的，我们应该怎么做？我的意思是，如何向全世界解释这一切？”

“封锁消息，然后循序渐进地透露一部分真相。这绝对不是欺诈，而是保护与怜悯！不然整个国家、整个世界将陷入彻底的瘫痪与暴乱状态！”沐青犹豫了一下，接着说，“不过基地里有些科学家似乎不太愿意配合，他们觉得应该尽快告诉民众真相呢！”

“愚蠢、无知、幼稚！”首长一连说了三个形容词，“作为极少数的精英阶层，他们自己确实有足够的自控力与理智，但他们就不考虑普通民众吗？真是‘何不食肉糜’的思考方式呢！”

沐青连连点头，“请首长进行下一步指示！”

“我会尽快召开紧急会议，在此之前，‘克隆骗局’必须保持在绝密状态！要知道，无论它看上去多么接近真相，也不过是一个并无实据支撑的猜想而已，而且是一个足以让我们的国家的声誉蒙受极大损失的猜想！”首长斩钉截铁地说，“就算这个猜想是事实：克隆骗局从头到尾也都是古德的个人行为，与政府完全无关，但敌对势力会放过这个打击我们的机会吗？如果那些将导向性放在客观性前面的某些外国媒体罔顾事实，大肆渲染、夸张、捏造古德的欺骗行为，我们该如何应对？”

“可是……”沐青的话语被桌上的电话铃声打断了，首长笑了笑，然后拿起话筒，这通电话很长，大约有二三十分钟。随着时间的推移，沐青的心跳越来越快，不安的感觉涌上他的心头。首长没有说一个字，只是在默默地倾听，偶尔还用冷冽的目光扫视面前的下属两眼，当电话挂断的一刻，沐青清楚地看到，首长脸颊的肌肉正在不受控制地跳动。

“可是这与你们‘滤镜’的宗旨不符，是吗？”首长忽然掐灭了香烟，手指轻叩坚硬的桌面，在敲击声响起的瞬间，两位警卫从门外走了进来，一下子拉开了枪栓上的保险。“砰！”这回是手掌拍击桌面的声音，原本站得笔直的沐青如同被子弹射中般瘫软在地，身体好像一只被抽空的皮球。

首长没有说话，而是慢条斯理地又燃起一根香烟，明暗不定的火光透露出他已无法保持均匀的呼吸。抽了三口后，首长深呼一口气，用捉摸不定的目光看着沐青，任由香烟在指缝间慢慢烧完，最后在烟蒂烫到手指之前将其轻轻地摁进了面前的烟灰缸里。此刻的沐青正试着重新站起来，颤抖的双腿让他很难做到这一点，当首长问出下一个问题时，他又一次瘫坐在了地上。

“你和欧阳见面的那两次，都聊了些什么？”

万念俱灰的沐青只考虑了几秒钟便决定说出事情的真相，既然首长已经知道了这事，那继续扯谎的话，面临的结果只怕比说实话要糟糕百倍。

“是他邀请我加入‘滤镜’组织的。他让我协助他们，破坏‘救赎’计划。作为回报，他使用 CAR-T PRO 技术，治好了我身上的癌症。”

没有半句虚言，沐青用略显混乱的语言供出了有关“滤镜”的一切（当然仅限于他目前知道的）。此时的首长已调整好了情绪，他面无表情地听着，不时还插上几句直切要害的提问。

“你的意思是，‘滤镜’会‘过滤’那些不那么安全、对文明产生威胁的技术？”

“不仅仅是科学技术，还有一些科研行为甚至政治决定。对了，前些年的思维读取技术与‘慧眼计划’都在其列，这两次事件，我相信您一定有印象！”

“嗯，我见过林泉，他用一台笔记本大小的仪器，准确地读出了我内心的真实想法，那一回可真的把我吓到了。说实话，即便没有‘滤镜’，我也一定会在这种极其危险的前沿科技上市前叫停它。读心术，这玩意儿压根儿就不该完全公开！”

说到这里的时候，首长的眼中闪过一丝不易察觉的赞许，这样的神情被沐青准确地捕捉在眼里，在近乎绝望的心中重燃起一丝希望。

“首长，我在诱惑面前失去了警惕，加入了一个并不知情的组织！我愿意接受一切处分！但您一定要相信我，我是出自……”

沐青的话还没说完便被打断了，首长不以为意地摆摆手，用一种略带嘲弄的语气对沐青说道：“诱惑不仅让你丧失了原则，还让你失去了智慧。要知道，科学前进的脚步是绝对不可能因几次阻挠或抹杀行为而停滞不前的，即使你们再强大也不行。换句话说，当爱因斯坦的质能方程被写入相对论后，核裂变技术乃至原子弹的诞生便成了历史发展的必然，你们能阻止第一次，你们能阻止第二、第三次吗？”

沐青怔住了，他显然不知道该如何回答这个问题，冷汗顺着脑门儿直往下淌。首长轻叹着摇摇头，拨通了欧阳的电话。

和惊慌失措的沐青形成鲜明对比的是：几经沉浮、数次徘徊在生死边缘的欧阳从进门的第一秒钟开始，便保持了十足的冷静与镇定，即便看到两名荷枪实弹的警卫外加瘫坐在一旁的沐青，他依然面不改色。

“我可以回答你这个问题，首长，我们有多个备选方案，最简单的方法自然是在爱因斯坦还是一名副教授的时候就干掉他，不过这种方案过于粗暴而缺乏美感，更会让整个人类科技往后倒退数十年。我认为组织会选用方案B，在当时最先进的核武器实验室里制造几场意外，让那些战争狂与科学家误认为聚变元素的临界质量是不可控且充满变数的。简而言之，当进行核试验所要付出的代价高于核弹带来的诱惑时，多数大国自然就会对原子弹失去兴趣了。只要做到这一点，足以重启地球文明的核武器的出现就会推迟上数年甚至数十年！”

“你也说了是推迟，它早晚会出现！”首长穷追不舍。

“推迟便够了，当人类的精神文明与意识形态上升到一定高度后，当恐怖组织与极端宗教在地球上彻底消失后，当人类的航天科技足以征服光年以外的星辰大海后，即便是足以毁灭太阳系的武器都是相对安全的！试想一下，如果人类的第一枚原子弹并非出现在1945年，而是出现在黑暗、专制、宗教信徒们相互屠杀的中世纪，那么还会有今天的《不扩散核武器条约》吗？”

趁首长低头沉思，欧阳又开口了：“除了时间之外，某种技术出现的地点、拥有的阵营也是决定性因素。您试想一下，1945年，如果第一颗原子弹不是出现在洛斯阿拉莫斯国家实验室，而是已被俄军推到柏林城下的联邦德国，您觉得，第二次世界大战要多死多少人？又或者，同盟国与轴心国同时研制出了第一批核武器，世界将变成什么样子？”

首长沉默了，从二战的历史来看，这种可能性并不算太小，一旦真的发生，结果难以想象，但可以肯定的是，这绝对是一场浩劫。

欧阳趁热打铁，继续解释道：“科学细分为许多领域，除了最下面的地基——数学与理论物理外，其他领域的发展并不均衡，其中存在许多变数与巧合。举个最简单的例子，孟德尔，这个出身于农民家庭的奥地利神父成了遗传学的奠基人，他是在机缘巧合下发现显性遗传和隐性遗传的规律的，换言之，他是一个知其然而不知其所以然的幸运儿！古德也一样！因为一些超级幸运儿和超级天才的存在，科学永远是偏科的。多数偏科无关紧要，但有一些则带来了巨大隐患，最明显的例子便是‘上帝分子’！它本该在五十年或一百年之后出现，那时人类已发明出全新能源和超高产作物，并开始了火星移民计划，但它来早了一些，那便不再是上帝的恩赐，而是末日的审判！”

首长饶有兴趣地听着，时不时略微颔首，然后提出了第二个问题，“我知道大过滤器理论，但是它原本便是一个充满争议的悖论。这么说吧，人类早就拥有了无线电波发射技术，却无法收到来自宇宙中的其他信号，这不正说明了人类已经跨过了最重要的一步，成为宇宙中独一无二的存在了吗？”

“这只是一个片面的说法。”欧阳一语中的地指出首长推论中的毛病，“人类目前的电波发射接收技术，其通信半径最多只有两万光年，超过这个距离后，信号便会衰减到难以辨认的地步，这范围对整个宇宙来说不过是沧海一粟罢了！”

首长思索了片刻，大约明白了欧阳话语中的含义：地球文明或许是两万光年之内的唯一文明，这样的概率是符合真核生物乃至智能生物的演化规律的。但这份幸运放到整个宇宙范围内则显得不值一提。极可能每个星系中都存在一两颗可以孕育出文明的行星，但数百万光年的距离让这些孤岛文明无法探测到彼此的存在——除非它们能发展出超越光速的星际航行技术。人类距离这个目标，起码还有上百年要走，谁知道那堵墙会出现在哪个阶段。

首长微微后仰，目光望向斜前方雪白的墙壁，轻叹一声，对欧阳提出了下一个问题，“在你们的软件上，π 药剂的威胁系数是多少？”

“16！”作为组织的第八号成员，欧阳守一不假思索地报出了这个无比熟悉的数字。从进来的第一分钟起，他的表情始终保持坦然，语气平和而轻缓。在他看来，自己虽然泄露了国家机密，却从未背叛过人类文明，这种奇妙的伟大感无时无刻不在鼓舞着他，使他能坦然面对任何结局。首长轻叹一口气，望向靠在椅背上瑟瑟发抖的沐青，和一旁腰杆笔直的欧阳，轻声说道：“崇高的目标、伟大的组织，如果这一切都是真的。但是，你们从来就没有怀疑过吗？”

这话刚一出口，沐青猛然抬头，望向身边的欧阳，欧阳身躯不动，眉宇间却多出一丝犹疑。

“您想说什么？”

首长从椅子上站起身来，注视着眼前的两个人，说话掷地有声。

“难道你们就没有想过自己被骗了吗？这一切都是敌对势力的阴谋，隐藏在看似崇高的普世价值观后面的可怕阴谋！你们仔细想想，我国的尖端科技并未走在世界的最前端。但为什么这十年里的六次行动有一半是针对我们的！‘慧眼’暂且不提，思维读取、‘上帝分子’，如果真的拥有了这两样东西，我们的综合国力将得到一个怎样的提升？中华民族很可能因此迎来伟大复兴！但‘滤镜’却打着‘保护人类文明安全’的幌子，将其一一扼杀！没错，我赞同思维读取技术不该公之于众，但这绝对不意味着我们不能加以利用！这能让我们在情报战、间谍战领域攻无不克，在战场上料敌先机！FBI、FSB完全可以就地解散了！至于‘上帝分子’，它对人类的意义不必再做说明！如果说钱学森可以顶五个装甲师的话，古德的价值甚至要超过五个航母编队！但你们竟杀死了他，然后告诉我这是为了地球，为了人类？”

“我们起初也犹豫过，希望能说服他……”欧阳试图辩解。

“呵呵，说服他将技术封存，然后留给你们来巧取豪夺是吗？二位，请认真回忆一下，当这项技术被握在古德一个人手中时，‘滤镜’尚且在抹杀与保留间摇摆不定，但当这项技术可能被我国政府得到时，你们又是什么态度？

“我们再回头看，针对世界第一科技强国的那两次制裁，火星移民完全无关痛痒，即便成功了，短期内也不可能产生任何实际利益；至于CAR-T PRO，目前绝大多数的抗癌新药都产自北美与欧洲，他们只不过不想损害自己的利益而已！

“‘滤镜’打出一个崇高而伟大的幌子，利用人类可笑的救世主梦想，将无数不同国籍、不同信仰的人拉入其中，让你们这些人为了虚假的理想而贡献力量，甚至出卖国家！说白了，这和西方国家利用资产阶级自由化的思想来煽动中产阶级、无知民众的做法并无差别，只不过手段更高明、影响更深远、危害更严重罢了！

“你们拉开的是一张庞大却疏密有致的‘过滤’之网，这张网要过滤的东西是威胁他们世界霸主地位的技术，这才是真相！”

首长停了下来，用威严的目光扫视全场，沐青面色苍白，几分钟前还镇定自若的欧阳则神情紧张、嘴唇抽动，想要反驳却根本无能为力，半天才挤出了一句苍白的话，“难道纳什博士也在演戏吗？”

首长轻叹一声，言语中充满了恨铁不成钢的味道：“我并不是说‘滤镜’的全体成员都是敌人的高级间谍，我相信在其中也有不少像你们这样，怀揣拯救世界的伟大梦想而受邀加入的热血者。正因如此，你在组织内部目睹的一切争论、激辩乃至斗争都是大体真实的，不然怎么让你们深信不疑呢？那个国家只要控制最关键的几个人，甚至一两个便够了！好好想一想，那个被你们推崇备至的模拟软件究竟是谁开发的，在你们组织的核心成员里，到底有几个黄种人、几个白种人！一旦某项决议需要软件模拟或成员投票决定时，到底由哪个阵营说了算！我不得不怀疑，这个‘滤镜’组织能发展到今天这样的规模，背后的推手正是某个或某几个国家的政府！”

沐青呆坐在一边，空白的大脑失去了全部的思考分辨能力，之前一直以守护者自居、坚信自己代表着人类文明正义的欧阳守一，此刻再也无法保持之前的沉着冷静，首长的话语让他如梦初醒，额头上不断有汗珠冒出，顺着脸颊向下流淌。他顺着首长的点拨，试着回忆了一下“滤镜”内部那些同道者脖颈与手背的肤色：大约超过八成是白人，一成是黑人，黄种人不超过五个，至于核心成员里，更是只有他一个东亚人。

欧阳是在十一年前加入“滤镜”的，原因有二：首先源于一位理科生和天文爱好者对纳什博士的狂热崇拜；其次，欧阳过去主持卫生防疫工作，曾亲眼见识过人造病毒的可怕威力，对科技的威胁有着最为直观的恐惧。

在刚加入的那半年，他也曾有过怀疑，但一次次的洗脑很快便让他陷了进去。

不大的办公室里死一般的寂静，粗重与平稳的呼吸声混杂在一起，沐青与欧阳对视了一眼，冷汗同时从背上冒了出来，他们意识到，自己犯下了一个多么愚蠢、多么幼稚的错误。两个人低下头，开始发自肺腑地进行自我检讨。

听完两个人的检讨后，首长忽然做出一个奇怪的举动，他摆了摆手，示意两个警卫出去。警卫带着难以置信的目光服从了命令，房间里一下子只剩下三个人，欧阳与首长的距离甚至只有不到两米。首长咳嗽了一声，表情严肃地说："你们的错误可以先放在一边，现在，你们必须完成一项任务！"

放在一边？沐青和欧阳几乎不敢相信自己的耳朵。"说吧，我们要做什么？"欧阳率先反应了过来。

"我要你们继续留在'滤镜'，同时反过来掌控这个组织！"首长用刀刃般锐利的目光盯向沐青与欧阳。首长这么做是有原因的，既然"滤镜"很可能是其他势力用来对付我们的刀子，那我们也可以反过来将刀抓在手上。

欧阳与沐青几乎同一时间举手，用整齐的动作表明了自己的态度。劫后余生的狂喜让沐青哽咽得说不出话来，欧阳则镇定许多，他说："我可以问一个问题吗？"

"问吧！"

"我觉得，您在某种程度上是认同'滤镜'的'过滤'理念的，是吗？"欧阳补充道，"我的意思是，如果'滤镜'的背后没有其他国家的暗中操控，只是单纯地为了文明的安全的话。"

这个无比大胆的问题让一旁的沐青几乎晕厥过去，但首长并未动怒，而是缓缓地从椅子上站了起来，急促的呼吸显示出他内心的无比激动。

“是的，我认同你们，甚至尊重你们，但我绝对不会这么做，也不允许你们这么做！在其位，谋其事！我必须把国家与民族的利益时刻放在第一位！我不是牛顿、爱因斯坦、霍金、杨振宁，如果某个被冠以‘人类大义’的举动要以民族与国家的利益为代价的话，我必须在看清其本质后三思而行！”

29 “清　洗”

沐青步履沉重地移到办公室门口，深吸一口气，用力推开厚重的大门，凛冽的寒风从门缝里吹了进来，刺得脸上生疼。他咬了咬牙，忍住回头的冲动，一步迈了出去。刚重焕活力的躯体似乎又一次被抽空了，他在风中打了个踉跄，不得不扶着身边的树干才能勉强站稳身形，几片枯黄的秋叶从树梢飘落下来，在空中打着卷儿，跌到失意者单薄的肩胛骨上，将他失魂落魄的背影勾勒得分外凄凉。

房间里，首长缓缓地躺下来，疲惫的身躯深陷进柔软的沙发。一缕担忧的神色终究在皱纹里显了出来：这与刚刚离去的两个人并无关系，若没有绝对的把握控制这两位下属，首长是绝对不会给他们将功赎罪的机会的。此刻首长心里的担忧来自郭文，这位柔弱却坚强的六十五号拒绝了政府开出的一切条件，亲手结束了自己的生命。

十分钟前，在郭文的临时住处，一颗高速旋转的子弹冷漠地穿透了遗传学家单薄的胸膛。这位组织最忠实的信徒丢下沾满鲜血的手枪，挣扎着从椅子上站了起来，摇晃着走向一米外半掩着的衣柜，然而大量失血造成的眩晕让他重重地摔倒在天鹅绒织成的地毯上，一团团血沫伴着呼吸的节奏，从一张一合的双唇中喷吐出来，在地毯上织出一朵朵妖艳的血色罂粟。弥留之际，郭文用抽搐的右手食指在墙壁上写下了两个大字：无悔！

这份至死不渝的执念源于对科技原力的无尽恐惧，悲剧只是其中之一。

七年前的某个下午，已在某秘密科研机构任职的郭文如往常一样走到实验室的楼下，熊熊燃烧的烈火让他停住了脚步，滚滚的热浪灼烤着围观者的双瞳。郭文木然地站在红线之外，疯狂地拨打某个一直没能接通的号码，每拨打一次，他瞳孔里的血色都会加重几分。

火势尚未散尽，他便跟在消防员身后冲进了冒烟的废墟中，地上两具焦黑蜷曲的人体让他发出了绝望痛苦的呼号。

事故报告是在十一天后下来的：女助手的一次错误操作释放出了某个培养皿中数百个变异炭疽菌，这是一种能够免疫一切抗生素的超级生物杀手，极强的传染能力让它能在一周时间里毁灭一座两千万人口的大都市。但为了研发出可能拯救数千万生命的“超级抗生素”，势均力敌的“敌人”又是必不可少的。郭文曾不止一次地抗议这种刀尖上跳舞的危险做法，但上面总以“我们有足够的安全措施”搪塞了过去。

安全措施确实是足够的，在事故发生的三秒钟内，实验室便自动封闭了全部的出口，特制门窗保证连最微小的病毒都无法通过，四十六吨酒精通过智能消防设备洒遍实验室的每个角落。那么，当耀眼的电火花在一片黑暗中如流星般闪亮的时候，困在实验室里的两个人正在想些什么呢？

濒死带来的安详与陷落感包裹了郭文的灵魂，在意识脱离躯体的那一刹那，郭文终于见到自己的未婚妻，那个用年轻的生命弥补一次失误的女助手。

郭文的自杀并没有给首长带来任何松懈的感觉，沐青烧掉的那张 A4 纸让他意识到，“滤镜”有着匪夷所思的通信技术，天知道在会议之后的四个小时里，郭文都做了些什么。谁也不知道，在地球的某个角落，是否多出了几位知晓“克隆骗局”的外国人，每当想到这一点，潮水般涌来的危机感让他的剑眉不由得又紧了几分。

信息的不对等是最可怕的隐形核弹，在这一刻，七十亿平民依然在翘首以盼三五年后的长生纪元。与此同时，全世界仅有一百多位知情者知道“上帝”早已失联；至于知晓古德这些天的行踪，包括死讯与遗言的 Mr. Know-all（高级知情者），全世界加在一起还不足三十人。如今，很大一部分的高级知情者又升级了，他们听说了一种颠覆性的推论：“上帝”很可能是骗子。

只要有一位“洞悉者”说漏了嘴，世界必将天翻地覆。

如果再加上数以亿计的、对某种谣言深信不疑的被蛊惑者，情况早已到了失控的边缘。知情权犹如一道高耸入云的巨大屏障，将 70 亿人分成了比例极为悬殊的三类。平均每4000 万人里才有一个初级知情者，而“洞悉者”的比例更是高达三亿分之一。一旦有第一个破壁人出现，这道无比坚实厚重的屏障就会如多米诺骨牌一般全部坍塌，将数以亿计的人压得粉身碎骨。

“不能再等了！”首长叫来沐青与欧阳，雷厉风行地下达命令，“‘克隆骗局’很可能被郭文传了出去，必须马上清除外在的一切威胁！”

当天深夜，欧阳动用自己在组织内的权限，发起了一次紧急视频会议。随着一张张屏幕先后亮起，欧阳清了清嗓子，背出了早已组织好的谎言：“一个威胁，一个危险系数可能高达 50 以上的可怕威胁，有谁还记得，十多年前盖伊博士研发的性取向矫正技术吗？由于某位 les 的极端冲动行为，这项技术和它的研究者一道被‘抹杀’了。如今，这种矫正技术就要复活了！据可靠信息，印度遗传学家加拉瓦正在研究某种基因疗法，并成功改造出一种名为 XQ EDIT 的病毒，这种病毒能够入侵 X 染色体长臂顶端区域，进而改写决定性取向的 Xq28 基因。”

“八号先生，如果我没有记错的话，这种治疗，对不起，我不该用‘治疗’这个词。这种该由同性恋者自愿选择的基因改造技术对文明并不具备任何威胁！”一号有些不耐烦地打断了欧阳的发言，“就算世界上所有的极端同性恋者集体暴动，最多也就是让政府头疼上一阵子而已，离毁灭人类还远得很呢！”

“当初是这样的，可是现在它升级了。从一份秘密资料来看，这种基因改造技术除了能将同性恋改造成异性恋之外，同样能将异性恋改造成同性恋！据说 XQ EDIT 会在改写基因的同时，破坏 DNA 的碱基结构，所以它的改造过程是不可逆的！”

这个消息如同一颗当量五千万吨的核弹，把这几位以冷静、睿智著称的家伙震了个七荤八素。但欧阳还嫌不够，决定在“火”上再浇一些“油”，“据可靠消息称，这项技术的开发者加拉瓦博士本人就是一个 gay！”

一张张面具在鼻息的吹动下颤抖起来，所有人都被彻底震慑了。如果这条消息属实，这绝对是一次足以灭绝全人类的可怕危机：只要加拉瓦愿意，他完全可以给这种病毒插上传染性的翅膀，从而将全世界的异性恋者从基因层面彻底变成同性恋！文明依然繁荣，但人类已不会再主动繁衍了！冷汗顺着一张张看不到的脸颊流淌下来，在裸露着的脖子上汇成一条条小溪。当看到这一幕时，欧阳便明白，自己的第一步计划成功了。

“谁去‘清理’？”一号甚至跳过了“盖亚”模拟计算的过程，直接问道。

“抱歉，因为‘救赎’的事情，我近期无法出国。”八号理由充分。

“我去吧！”三号主动请缨。

“我陪你去。”一号站了出来，按照组织纲领，每次“清理”至少有两名核心成员同行。

“纳什博士，你是组织内唯一知晓多数人真实身份的人，请你回忆一下，一号和三号的性取向是否为异性，是否适合执行此次任务？”二号询问。

“没问题！”

“准备行动！”

正如所有高明的谎言一样，欧阳在会议上说的话有95%都是真的，除了最关键的一点，XQ EDIT病毒的唯一作用便是将同性恋改造成异性恋，再无其他。加拉瓦确实是一位同性恋者，但他研发这项技术的目的只有一个：用XQ EDIT病毒将自己从少数派变成多数派，从而更好地融入社会生活。所以，看着培养皿中那捧淡青色的培养液，这位年轻的印度科学家心情复杂，骄傲与自卑交织，踌躇与坚定混杂，忧伤与喜悦同生。

从下个月开始，他便能拥抱全新的、同多数人一样的生活了，享受人们不带歧视的目光，获得本该拥有的社会地位，最终在父母的祝福中找一个心爱的女子结婚生子。但他很快便联想到，这多半意味着自己要同一个丰乳肥臀的异性在床上交媾，不免有些反胃起来。

“管他呢，过一段时间之后，说不定变成了一种美妙的体验呢！”博士不再多想，转身打开了实验室的窗户，让南边的阳光洒落进来。

“叮叮……”手机不合时宜地响了两声，加拉瓦稍微斜了一眼，随后心跳加速，嘴唇发干。是那个人的电话：加拉瓦的前男友维卡斯，这个高大英俊的篮球运动员拥有一身古铜色的漂亮肌肉，让加拉瓦意乱情迷。遗憾的是，尽管两个人情投意合，且都洁身自好，但这段轰轰烈烈的同性爱情还是过早地结束了，原因无他，维卡斯的父母都是最虔诚的教徒，在教义里，这是要被送上火刑柱的滔天大罪。

“喂？”加拉瓦拿起电话，却不知道该说些什么。

“听说你快成功了？”电话中维卡斯的声音有些颤抖，不知是因为兴奋还是其他原因。

“是的，最多还有一个月！你愿意做第一位临床试验者吗？”

“我……”维卡斯说话吞吐，却又不吐不快，“我同我父母断绝关系了！”

“你？”加拉瓦怔住了，手机从掌中无声地滑落，在实验室的地板砖上砸出一点儿不太明显的白痕。但手机听筒里的声音依然清晰，维卡斯一字一顿地说：“我爱你，我希望能和你在一起！”

加拉瓦手忙脚乱地捡起手机，却哽咽着，半个字都说不出来。电话那头的维卡斯明显觉察到了情人的茫然，他语气轻柔，像是一片羽毛飘进加拉瓦的心房。

“我尊重你的选择！祝福你！”

“不，我……”科学家欲言又止，他诚然深爱对方，但这份情愫远远比不上他对“正常”的渴望，“为什么不试试异性恋，也许比现在更美好呢！”

“基因改造技术早就能改变肤色了，但你见过有几个印度留学生为了融入西方社会而把自己改造成白人的？”

“这不一样！”

“有什么不一样？不都是先进歧视落后、多数排斥少数、正统消灭异类吗？我的基因决定了我只会喜欢同性，这才是真实的我，唯一的我，完整的我！难道为了迎合世俗的眼光、宗教的戒律、父母的羁绊，我就必须要杀死原来的自己吗？这就是所谓的科学吗？”

“不，我没这个意思，这都是自愿……”加拉瓦的话还没说完，电话便挂断了。他茫然倒在沙发上，右手抓起一瓶烈酒往口里倒了进去。阳光透过玻璃照在脸上，并不刺眼，却十分可憎，因为它将世上的一切都照出了影子，黑暗的影子。在阳光的照射下，玻璃皿中的培养液也变得丑陋起来，曾经如翡翠般迷人的绿色看上去仿佛一丛腐败的苔藓。博士歇斯底里地拉上窗帘，强忍住将一切砸烂的冲动重新坐到沙发上。

门忽然被踹开了，四位脸戴地球面具的不速之客闯了进来，两把装着消音器的手枪让加拉瓦一下子从混乱中恢复过来，取而代之的是极度的惊恐与疑惑。

他听过十年前鲁迪博士的遭遇，为了避免步前者的后尘，印度人曾无数次在公开场合强调 XQ EDIT 是一种“完全取决于本人意愿”的疗法。他战战兢兢地问：“你们找我有什么事吗？”

“对上帝起誓，我们绝对不歧视你们。但你得明白，只有异性恋才是人类繁衍、文明延续的必要条件！”

“梵天在上，我认同你的观点！”

“那你为什么还要这么做？”

“我做什么了？”加拉瓦莫名其妙，三号扬了扬手上的沙鹰，希望能逼出一些“实话”。就在这个时候，门第二次被撞开了，四名“滤镜”成员还没来得及转身便倒在了地上，十几个矫健的身影蹿了进来。

螳螂捕蝉，黄雀在后。八号设下了一个巧妙的圈套，将一号与三号诱到印度首都新德里，这意味着利剑特种部队只需坐六七个小时的汽车便能完成这次“捕猎”。行动极其顺利，十二个小时后，国安局特工便在一所秘密监狱接待了四位来客。又过了不到一刻钟，通过对一号的紧急审讯，首长心中最重的那块石头终于落了地，“‘滤镜’并不知道‘克隆骗局’这回事儿，郭文没来得及这么做！”

根据一号的供述，之前配发给郭文的谍报工具是一件特制的灰色风衣：使用者只需要通过解系纽扣的顺序，就可以将二进制的电磁信息发送到大洋彼岸的接收器上。由于“救赎”基地内密布着电波侦测仪器，所以郭文只敢在回到住处后这么做。但烦琐的计算、编码过程终究筑成了最后的那道障壁，将“克隆骗局”的终极秘密囚禁在这片九百六十万平方公里的土地上。

还有另一个重要发现：被逮捕的四名“滤镜”成员中，有三位是怀揣着成为救世主的崇高理想加入“滤镜”的，不存在任何官方背景，然而组织的一号成员，那个曾说出“我们扼杀技术，我们谋杀伟人，我们践踏法律。我们是凶手，是屠夫，是自然科学的‘封印’与毁灭者，但我们更是守护者，守护这颗美丽的星球不因人类而毁灭，这就是我们存在的意义！”的最高纲领的男人，竟然是受某大国指使的超级特工。

沐青与欧阳在得知这层真相后，沉默了很久很久。

随后，“接管”计划在最大限度上榨取了四名“滤镜”成员的剩余价值，在提取了两位核心成员的指纹、虹膜与DNA后，两名欧洲血统的中国特工经过两周的培训，便摇身一变成为新的一号和三号了。

毕竟，在视频会议时，没人知道面具后面是一个人还是一条狗。就算当面碰见，这两名训练有素的特工也有九成把握不露出马脚。

30 接 管

“中科院的科研人员在一颗陨石里发现了某种神秘的物质，这种物质能够隔绝万有引力！”一个月后，乔装成一号的中国特工在临时视频会议上郑重其事地说道，这个骇人听闻的消息瞬间引爆了会场的气氛，画面中的每个人都立刻从椅子上站了起来。

“看这段录像！”一号将画面切换成一段1080P的高清视频。录像的开头，一位满脸胡须的东方男子对着摄像机打了声招呼，然后在镜头前做出一系列行动、奔跑、跳跃的动作，以证明自己是个再正常不过的普通人类。做完这一切后，男人小心翼翼地套上了一件闪闪发光的橘色外套，外套和宇航服有些相似，上衣跟裤子连在一起，还连带着密不透风的衣帽与手套，以确保能将人体与外界毫无间隙地隔绝开来。

男人比出“OK”的手势，然后在空旷的草地中央原地起跳。如此稀松平常的一跃却产生了匪夷所思的结果，大约七八十千克的人体如爆竹般腾空而起，之后又像风筝那样渐行渐缓地升到了三十层楼的高度，最终在空气阻力的影响下才缓缓停住了上升的势头。由于失去了地心引力的束缚，半空中的男人如同一只断了线的纸鸢，随着空气的对流来回飘荡。

“中科院将这种物质加工成了衣服的外表涂层，厚度不足1毫米，对引力的隔绝作用达到99.9997%。”

“他该怎么下来？”二号饶有兴趣地问道。

一号按下了遥控器上的快放按钮，将画面向前快进了五分钟。在这段时间里，镜头不断拉近、推远、转换角度，不带死角地记录下男人在失重状态下的一举一动。最后，镜头被推到了男人的脸上，只见他用牙齿小心翼翼地咬下了手套的一角。紧接着，这个不足一平方厘米的窟窿便成了堤坝上的缺口，三维宇宙中无所不在的引力涌了进来，拉扯着男人缓缓朝地面降落。男人仔细地控制着手掌的角度，保证自己像一片羽毛那样缓缓落回地面，最后与秋日的草皮来了一次轻柔的拥抱。

这段视频如铁锤般狠狠地敲在每个观看者的心脏上，一同被敲碎的还有人类搭建了数百年之久的力学大厦。

“这降落过程是怎么回事？”有人问道。

“研究证明，这种物质做成的涂层对引力的隔绝是存在方向性的。就像防弹衣一样，你把它穿在前面，就能挡住前面的子弹，反之亦然！”

“这么说来，要是这件衣服不连帽子的话，那实验者岂不是会在太阳引力的作用下飞到天上去！”

“一点儿都没错，如果是夜晚的话，那你说不定会飞向月球！”

天方夜谭般的神话活生生地出现在每个人的眼前，无从抵御的窒息感随即包裹了他们，以至于让五号犯了个幼稚的错误，他问：“这块陨石有多重？里面大约有多少这种物质？”

“一块含有能隔绝万有引力物质的陨石，你问我有多重？”一号不留任何情面地驳斥道，“据说这块陨石有一间屋子那么大，但表现出的重量还不足半吨，三五个成年人就能抬起来。根据附近山民的传说，这块石头是半个世纪前从天上飘下来的！最后落在了一片无人的山林深处，石头落下时就像是一片深色的巨大雪花，一开始大家都以为这只是神怪传说，直到一个好奇的驴友真的发现了这块石头！”

二号拿出笔记本电脑，打开了“盖亚”的编程入口，输入了几行代码又停了下来，面露难色地说道：“我觉得还是得先弄清楚这种物质到底有多少，无视重力的UFO编队必能改变未来战争的局势，但数量也是至关重要的！”

“算了吧，我现在一点儿都不关心这个。我最期待的，就是亲眼去看看这超乎想象的伟大神迹！”纳什一反常态地插话，“这块石头现在在哪儿？”

一号拿出了一张中国地图，“陨石是上个礼拜发现的，由于交通条件所限，这块石头目前只被切割下了一小块，主体还没有被运回中科院，位置大约在湖南与贵州交界的大山深处，距离最近的村子大约四公里，有谁想去？”

“朝闻道，夕死可矣！”七只右手同时举了起来。

第二天下午，湘西排门村，距“神石”两公里的苗族村寨。

天刚下过一场中雨，崎岖的山道上满是泥泞，吉普车行驶在上面，就如同风浪中的小舟那般上下颠簸。皮实的轮胎将一堆堆泥浆甩到两边，有时在岩壁上，有时在悬崖下，偶尔还会溅到路过的妇女身上的衣服或背篓上，每到这时，身后总会飘来谁也听不懂的当地方言的咒骂声。

八个人全到了，包括伪装成一号和三号的中国特工。作为其中“唯一”的中国人，八号义不容辞地担任了此行的向导。在他的指挥下，两名“野狼”雇佣兵轻易地便打晕了村口的四名武警。七位脸戴面具不见真容的男人推着手舞足蹈的纳什，走进了这处只有不到五十户人家的原始村寨。村庄很安静，唯一的声响便是村头小学里传来的读书声。有人扭头张望，只见山坡下矗立着一间教室，墙壁一米以下的地方都是肮脏的泥，一米到一米五的地方则满是五颜六色的涂鸦，再往上则保留着白漆原本的颜色。红纸糊成的窗户里面，一张张红扑扑的脸蛋儿正聚精会神地盯着手中破烂不堪的书本。

“想不到这个年代还有这样的学校！”二号感叹道，“这便是你们的国家吗？真可惜这些孩子了！”

“不，你错了！”八号毫不退让，“在这种环境下还能坚持认真学习，这才是我们的希望！”

铃声在教室上空响起来，惊起三五只飞鸟，孩子们欢呼雀跃着跑到背面的山坡上，在井边排起了整齐有序的长队。喝完水的孩子抹抹干裂的嘴唇，奔跑向云雾缭绕的远方。二号有些疑惑地看了看手表，问道：“这才下午两点半，他们就放学了吗？”

“没错，不少孩子要走两三个小时的山路才能到家，所以都在这时候放学！”

“那他们每天能上几节课？”

“三四节吧，十点半到两点半，夏天要好一点儿，三点半放学！”

“天哪，他们花在路上的时间比在学校里的时间还多，这可怎么学习啊？”

“不，你错了！”八号毫不客气地说，“正因为要跋涉三五个小时到学校，学习的机会才显得格外珍贵！你想想看，孩子们忍耐冬日的严寒、夏日的酷暑，避开虫豸的叮咬，就为了来到这间四面透风的教室，聆听这个只有初中学历的老头给他们上课！对他们来说，这里就是天堂！说真的，你看到过城里的孩子坐得这么整齐认真地读书吗？”

三号仔细回忆了一下，缓缓摇了摇头。

“时间因短促而弥足珍贵，生命也一样！”四号忽然插话，“如果没有死亡的催促，又哪儿来生命的动力呢？”

“天哪，你们怎么又把话题扯到‘上帝分子’上去了！”二号苦笑着摇头，“我们今天过来，不是要见证更伟大的奇迹吗？”

“也许我们今天会见证神迹，但‘上帝分子’才是人间最伟大的东西！”

包括两名伪装者在内的八名“滤镜”成员走入了无人区，行动不便的纳什博士让队伍步履艰难，但他们很快克服了这一切，过了两个小时，走在最前面的二号忽然举起了手，因为他看到了他们正要寻觅的那样神物。远远望去，这块形似野牛的巨石并无任何异常之处，它的外表是红褐色的，表面坑洼不平，大些的坑洞里已长满了青苔，红绿相间，倒有几分喜庆的味道。但随着一阵猛烈山风的吹过，神迹毫无征兆地降临了！看似稳如泰山的巨石竟随着山风的节奏前后摇摆，像是一团巨大的棉絮。

除了坐在轮椅上的纳什，其余七个人迫不及待地奔向了眼前的神秘天体。他们怀着朝圣般的心态，将一只只颤抖的手放到陨石的表面，指尖传来的坚硬感与厚重感让触摸者更加兴奋。一号从身上掏出一只锤子，用力敲下了网球大小的一块放在手里掂量，它大约有三四百克，沉甸甸的，绝非泡沫儿或者其他物质。

接下来发生的一切更完美地验证了这块陨石的神奇，他们试着搬动陨石，却发现它的重量也随之不断变化，几个人用撬棍将石头的一角抬起，发现“降仙石”明显变轻了许多。接着，随着角度的进一步变化，石块的重量又有了明显的增加！如此诡异的奇观完美地印证了之前的推论。显然，陨石中的反重力物质并不均匀，当石头以不同角度倾斜时，这种物质所隔绝的地心引力也随之不断变化，进而改变石头表现出的重力。

“是真的，我看到了神迹！”五号抚摩着陨石粗糙的表面，热泪盈眶。

“太神奇了！我无法用人类的任何词汇形容双眼看到的一切！”八号一边高喊，一边走到了陨石的背面，当确定自己离开了所有人的视线范围后，他从包里掏出一根撬棍。

八号的小动作并没有引起其他人的注意，这一刻，纳什正在十米外的土坡上感叹造物主的神奇，而伪装为“一号”的特工刚走到他身后，推起轮椅，好让伟大的宇宙学家更近地瞻仰眼前的奇迹。至于另外五位，此刻他们正站在陨石的另一面，用手上的工具在石头上敲凿，尝试弄一些更有价值的样本带回去。

“看，这黑色的是什么？好像一种常温下的超流体！”六号指着一团不知名的黑色液体失声尖叫。黑液就像鬼火一样，沿着被凿开的石缝四处奔流，这奔流是毫无规则的，看不出丝毫重力的牵引或摩擦力的羁绊，甚至连惯性都失去了无所不在的魔力。

“这一定就是那种反重力物质！”几个人无所畏惧地向前一步，四号甚至伸出了自己的右手。

“危险，快跑！”不远处，纳什拼命地打着手势，然而没人注意到他。在纳什惊恐的目光中，石块忽然朝人多的一侧倾覆下来，短短半秒钟之后，这块曾轻如鸿毛的巨石陡然呈现出前所未有的重力加速度。以泰山压顶之势碾向了几位“求道者”的额头。几人惊恐地尖叫着，想要躲开这突如其来的灭顶之灾，但一切都来不及了，除了年轻的二号和早有准备的“三号”（伪装者）外，另外三人全被压在了下面。惨剧发生在电光火石之间，“一号”木然地望着被压在陨石底部的三位同伴，把目光投向了一旁声嘶力竭的纳什。

“怎么会这样？这块石头明明很轻！”

“那是之前的角度！”纳什老泪纵横，“看它刚才倾覆的加速度，它现在起码有两吨重！”

“快找工具救人！”“一号”装模作样地指挥。然而在他们找到工具前，不远处的山坡上出现了几个穿着警服的男人，于是一号的指令从“救人”变成了“紧急撤离”。

“朝闻道，夕死可矣！”在回去的路上，纳什喃喃自语道。八号推着轮椅，天边的夕阳将五个人的影子拉得很长很长。

“任务相当完美，感谢中科院的磁悬浮技术专家！”在归途上，八号悄悄地拨通了首长的电话，“除了我们的人之外，‘滤镜’的核心成员只剩二号和纳什了，下一步由您定夺，但我建议，让纳什博士跟我们一起回去！”

从中国传回的消息在“滤镜”内部引发了一场不大不小的地震。从组织成立的第一天起，大家对类似的牺牲早已司空见惯，真正的矛盾焦点在于“为什么不带一些神秘物质回来”。

“我一直在试着救人，三个活生生的同伴在你眼前被压得血肉模糊，没人能保持冷静！再后来巡逻的警察到了，要是不赶快离开，说不定就走不掉了！”

八号转过头，看了看轮椅上的纳什，“要知道，我们还要带着行动不便的纳什博士！”

纳什轻轻地眨了一下右眼，以示赞同。

“那你们为什么不毁掉那块石头，这很可能会对文明造成威胁！”其他成员问。

“对不起，由于信息量太少，当时无法对此事件的威胁值进行评估！”

“事已至此，我觉得我们需要一次选举！填补上这次意外空出的四名核心成员的位置！”说话的是伪装者“一号”，这次有三名核心成员被留在返程的机场，二号又意外地因为“护照问题”被扣押了。这么算下来，真正逃出生天的便只有纳什一个了。这份侥幸要归功于他的地位与声望，只有这位组织的“招牌”平安回去，选举才能得到绝大多数成员的认同。

在这次成功的选举大会上，刚加入“滤镜”不到一个月的沐青与杨一，顺理成章地成了新晋的七号和六号，选举甫一结束，欧阳便给首长打了个电话：“一箭双雕，我们不但控制了四位不该存在的高级知情者，更用选举手段一举掌握了‘滤镜’的最高话语权，如今的核心成员，有一大半都是我们的人了！我们可以利用‘滤镜’来对付任何敌人！”

欧阳还是高兴得略微早了一些，因为信息屏障已经被打破了！

chapter 04

黑暗时代

31 崩　塌

2034年1月16日，嗜酒如命的F国外长在一次私人聚会中吐露了古德失踪的消息。令人啼笑皆非的是，这次可怕的破壁行为并未如预想中那样立刻搅乱世界。原因很简单，在这之前，早就有数十种不同版本的谣言传了出来，其中包括古德被某国政府秘密囚禁，世界大战一触即发；古德在权力与金钱面前迷失，不惜毁约来提高π药剂的价格；古德是来自外星的施恩使者，擅自违反宇宙公约给人类降下福音，如今又被抓了回去，等等。与这些光怪陆离却又头头是道的传闻相比，“古德在直播后神秘失踪”这个苍白且无趣的真相显然是无法激发听众太多兴趣的——除了某个好奇心分外强烈的独裁者之外。

或许是冥冥之中的某种定数，这位独裁者在无数种流言中捕捉到了唯一的真相，并动用起手中的权势和财富试着验证它。于是，在结束了难忘的“滤镜”之旅后，刚刚重见天日的杨鸣又一次被盯上了。

也许是“滤镜”的手段太仁慈了一些，除掉三五次难忘的水刑体验以外，杨鸣的日子并不算太难熬，不仅衣食无忧，就连日常生活都有专人服侍。风情万种的女审讯者甚至主动勾引过他两次，以期待从他口中套出更有价值的情报。最后，随着“接管”行动的成功，他很快便被放了出来。

这番侥幸让他在重获自由后不知收敛，甚至变本加厉了几分。杨鸣整天混迹于酒吧与夜场间，用寻觅不同女人的肉体来驱散心中的阴影与恐惧。在一个难忘的春宵之后，杨鸣又一次发现自己被绑在了一把椅子上。

这次对方只问了一个问题：“古德是不是早已失踪了？”有了上一次的教训，懦弱的花花公子不假思索地说出了自己知道的一切，然后再一次被打晕了过去。

杨鸣并不是唯一一个证人，为了验证这条传言，在短短半个月的时间里，独裁者先后绑架了包括杨鸣在内的十一位可能知情的“嫌疑人”，其中有六个人的答案都和杨鸣一致：古德在新闻发布会之后就失联了，此后有关他的一切新闻报道，都是联合国为了维稳而杜撰的假消息！

尽管走漏的只是最表层的真相，但后果却比想象中严重。宗教起家、靠阴谋走上权位的独裁者很自然地用自己的惯用思维去理解他人，并产生“古德一定被某个大国政府藏了起来”的执念，这让年近六旬的他陷入了疯狂。当几个大国首脑拒绝他的索药要求后，这个曾有“基地”经历的独裁者导演了一次更甚于“9•11”的恐怖袭击。

在局外人看来，这次屠戮是无比愚蠢且幼稚的。要知道，这种手笔的恐怖活动无一例外地存在着深刻的政治动机，策划者要么为了复仇，要么刻意制造动乱，从而攫取看不见的政治或宗教利益。但这次完全不同，毫无诉求，无人受益。无论从哪个角度来看，这都像是一个行将就木的老者在生命的尽头一次歇斯底里的发泄。

正因如此，M国智库很快就找到了对方的突破口，他们只用超卓的大脑便搞定了本该由航母与核弹完成的任务。这位狂热的独裁者不仅是国家的政治首脑，还是数千万教徒仰望的宗教领袖。三年前，他更是在统辖的国家里全面取缔了西医，“靠化学药剂来阻碍教徒升入天堂”的罪行将受到宗教所的严厉审判。所以，当世界顶级黑客将独裁者的索药录音通过网站昭告天下后，这位万民敬仰的宗教领袖立马变成了一只人人喊打的过街老鼠。只过了不到两天，两位曾经忠心耿耿的贴身警卫将手上的刺刀戳入了老朽不堪的躯体，在被刺者停止呼吸之前，他们将他的心脏挖了出来，然后拿到了人潮汹涌的广场上。

“这便是叛教者的心脏，看，它还装着一个异教徒制造的电子起搏器呢！”

鲜血从刺刀上滴落下来，将枪栓、泥土乃至人们的眼球染成一片血红。场面彻底失控了，不只在这片刚失去统治者的国度，古德神秘失踪的信息如病毒一样蔓延至全球，与以往诸多空穴来风的流言不同的是，这次是有证据的，杨鸣等人的审讯录像被放到了社交媒体上，并在删除前被下载了超过十亿次。

意料之中的事情发生了：M国，数十年来始终屹立于世界之巅的全球霸主，因为一个凭空消失的中国人成了众矢之的。七十亿人，包括那些自小出生在M国国旗下、高唱M国国歌的人民同时将怀疑与不善的目光投向了世界上最强大的政府：是他们把“上帝”给弄丢了，又或者，是他们将上帝藏起来了，从而让活两三百岁成为该国高级领导人与亿万富翁们独占的专利。

秩序已失去，信任已无存。世人本在庆幸，庆幸自己是历史上最幸运的一代人，拥有帝王将相求之不得的长久寿命。当愿景破灭，光明便堕入了黑暗。事到如今，无论政府采取怎样的严厉手段都难以阻止各种版本的谣言了，“人口控制论”“阶级特权论”死灰复燃。欧洲、美洲、大洋洲的人民拿着宪法赋予他们的手枪走上街头，高呼着“推翻满嘴谎言的统治者”“宁愿明明白白地死去，也不要在被蒙蔽中活着”一类的口号，暴徒与恐怖分子混杂在其中，时不时地用零散的枪声与喷溅的鲜血将游行的气氛推向新的高潮。

A市，“救赎”基地。

“基地里的顽固者又开始请愿了，他们提议，将古德的死讯借此机会一并公布出去。长痛不如短痛，相信我们的国家与民族能挺过去！”赵全将征询的目光投向沐青，希冀得到对方的同意。

“幼稚！这将是一声引发全面战争的惊雷，是一记将我国从受害方变成欺诈方的重锤！我再强调一遍，在接到上级命令前，无论是古德的死讯还是‘克隆骗局’，禁止泄密！”

“可是……”

沐青打断了赵全，用挣扎的语气说道：“当说了第一个谎言之后，你就必须编造无数谎言继续欺骗下去！正因如此，善意的隐瞒常常蜕化为恶意的欺骗，这并非出自狡诈，而是怜悯。要知道，相比真相，多数人很多时候更愿意听到谎言！不告诉人民真相并非为了伤害他们，而是为了保护他们，希望你能理解！”

2034年2月19日，除夕夜。

“救赎”已经中止半个月了。为了防止更高级机密的泄露，在家赋闲的“救赎者”们搬进了新家——一处位于秦岭深处的十一层的军事建筑。在这里，二十多位高级囚徒享有最优越的物质条件与精神娱乐，除了一样东西——自由。

除了少数几位高级官员外，所有知道真相的人都被限制了自由。毕竟，仅是表层机密的泄露，便把平静有序的社会搅成一摊浑水了。如果再公布“古德被谋杀了”的噩耗或是“古德很可能是骗子”这个迄今为止最可能的推论，世界又将变成什么样子？没人敢赌这一把。

真相必须被暂时封锁——为了世界和平与人类的安宁！

有中国人的地方就有春节，即便是在牢笼也不例外。屋外的远山黑黢黢的，看不到一丝灯光，更不用说焰火了。没了烟雾的遮掩、华灯的蒙蔽，繁星仿佛一颗颗明珠缀满了黑夜，纯净而令人窒息。

灯火通明的屋内人声鼎沸，熟悉的、陌生的、同道的、异心的“洞悉者”们一同举杯，这些失去自由的人强颜欢笑、觥筹交错。酒精冲不走心中郁积的、不吐不快的心结，桌上的珍馐不足以打消人们心中的忧虑。没人知道这样的日子还会持续多久，甚至没人相信自己还能有重获自由的机会。终于，有人在呕吐的时候哭了出来，又有人在豪饮的时候狂笑起来，大逆不道的牢骚话在耳膜边回荡。在场面彻底失控之前，赵全猛一拍桌子。

“够了！不想被关禁闭的话，立刻给我回房间！”

多数人站了起来，行尸走肉般移向属于自己的笼子，也有一些人不为所动，他们或烂醉如泥，或慷慨激昂，把赵全的呵斥完全当成了空气。几位军人踏着正步跑进宴会厅，用尽可能轻柔的动作控制住了几位叛逆者，将他们送了回去。

乔恩的房间内，秦汉一把抓过面前的红酒，高举起杯子向自己的嗓子眼儿倒去，身旁的乔恩费力地抓住他，想要阻止这个略显愚蠢的举动，但秦汉没有听她的，他从她的右手中抢过来，将杯中酒一饮而尽。

“一群疯子！”秦汉杯底朝上，向着对面的陈哲说道，“也许他们信奉‘朝闻道，夕死可矣！’他们无所谓活八十年还是两百年。但老百姓可没有这么高的觉悟，对多数人来说，如果能一辈子生活在美好的谎言中，那才是最大的幸福呢！”

“没错，这些可怜的、不食人间烟火的怪胎，他们还真以为大家都是孔子那样的求道者呢！”陈哲一饮而尽，然后重新斟满杯中的烈酒，这次，他一共斟了三杯，“我已经有三年没有喝一滴酒了，但今晚例外，你也来一杯吧，乔大美女！”

乔恩刚想拒绝，陈哲已经把酒倒上了。她犹豫了片刻，然后蹙着眉头喝了一口，辛辣的热流顺着食道流进胃里，很快让全身的血液都加速流动了起来。

与多数人不一样的是，乔恩在这里并没有体验到过多孤寂或是绝望的感觉。从她懂事的那年开始，父亲便常年不在身边了，母亲则在她六岁的时候组建了新的家庭。每年除夕，她都只能去小镇另一头的大伯家，大伯对她很客气，每次都会把最好吃的菜夹进她的碗里。但敏感的女孩却总能感受到笑脸后的一丝虚伪。长大后，她终于知道这种感觉从何而来了，大伯的热情并非出于亲情或是宠溺，而是因为乔恩的父亲每年给他汇去的两万美元。

很快，乔恩的脸上就泛起两朵红晕，她说："在这儿也挺好的！"

"不好又能怎么办呢，这辈子都要待在这里了！"秦汉没有反驳她，心里却浮现出两个纤弱的女孩的身影。

"别这么悲观，人都是健忘的。等过个十年、二十年，说不定人们就不关心这件事了，到时候我们就自由了！"陈哲打开了电视，屏幕上出现了所有中国人都无比熟悉的春晚。他皱了皱眉头，歌舞升平的表演让他难受。陈哲按动遥控器，换到了电影频道。

这是一部法国电影，名字叫《Evolution》（《进化论》）。

镜头中出现了一张2040年11月1日的报纸，"π 药剂今日上市"的巨大黑字占据了整个头版。很快，报纸被拿了起来，之后在无数只年岁不同、肤色迥异的手上不断被传递。场景忽转，一个脸上带着雀斑的白人少年服下了刚刚上市的 π 药剂，一家人的眼睛里全都闪烁着希冀的光芒。

少年叫路易斯·威廉，正在读高中。路易斯头脑一般，但十分自律，为了赶上班上的尖子生，他常常读书到很晚，努力挤出每一点儿时间来弥补智商上的差距。按照正常的轨迹，路易斯虽然未必能出人头地，但总归差不到哪里去。但是长生纪元到了，漫长到足够任意挥霍的时间改变了少年的人生。

3.14，生命延长了3.14倍。如果将时间比作一只股票的话，那它连续涨停了十二天，每个人都成了暴发户。从前不甘人后，总是争分夺秒的少年路易斯则属于最不能适应的那批人。在最开始的时候，路易斯把一天的作业分成两天去完成，并坚信“即使这样，自己也能学到从前1.5倍的东西”，但拖延症的恶化速度超乎想象，等到第三个月，他的学习效率便只剩原来的三分之一了，即便如此，他依然认为“自己和从前相比并没有失去什么，只是多了些玩耍和睡觉的时间罢了”，就这样，半年之后，勤奋的上进少年蜕变成一个整天沉迷于网络游戏的蛀虫。

这种糟糕的情况一直延续了下去，直到他从三流大学毕业也未见丝毫好转。在“五十岁只相当于从前的二十七岁，八十岁才相当于三十五岁”的心态驱动下（路易斯服药时年龄约十八岁），路易斯丝毫没有了原本的进取心和紧迫感，整日游手好闲，混吃等死。这样的心态彻底葬送了他的前途。终于，在五十岁那年，他因为无法给企业带来任何效益而丢掉了饭碗。

“再不努力就晚了！”荧幕上，主人公的父亲对儿子怒喝。

“晚什么？在身份证的第二行，我才二十七岁呢！”自从π药剂在世界上普及后，每个人的身份证上都印着两个年龄，第一行是真实年龄，第二行则是生理年龄（按照八十岁的生命周期换算）。

“你这个混账东西！”父亲绝望地摔坏了墙边的花瓶。老人清楚地知道，在这个时代，绝大多数年纪超过四十五岁却依旧碌碌无为的人，都会被社会贴上“懒惰”“不思进取”“毫无天分”的标签，此生都很难再撕下来。要知道，在这个时间充裕到“丧心病狂”的时代，每个人都拥有三十多年的智力、体力巅峰期的时代，如果到这个年纪还不能取得任何成就的话，那他这辈子99%就完了。

被公司扫地出门的路易斯沮丧地走在街头，他试着去找一份新的工作，但HR们在看完简历后就将其扔进了废纸堆，工业的发展无法赶上人口膨胀的速度，劳动力已不再是稀缺品。在长生时代，行业精英可能在一生中先后跳槽几十次，勤勉的劳动者则在一家公司尽忠职守一百多年，之后领取七八十年的退休工资，而路易斯并不属于以上两类。

被淘汰者想从垃圾堆里翻出一些可以果腹的东西，但最终失败了。街头早已坐满了像他这样的流浪汉、懒汉。极为漫长的生命决定了这些社会蛀虫还要像这样生活两百年之久，而在这两个世纪里，几乎是不会有异性会看上他的。

随着寿命的极大延长，超过 99% 的婚姻关系都无法走到生命的尽头，这背后有三个原因：首先，朝夕相处必定会在伴侣之间产生厌倦感，原本这个问题会因为肉体的衰老而不至于失控，毕竟“当夫妻间彻底腻味的时候，他们也多半过了发情期了”，但现在不一样，π 药剂的神奇魔力让结婚三十年的夫妻依然处于荷尔蒙的高水平期；其次，由于“每位女性一生中有且仅有一次生育权”政策的广泛实施，多数夫妻是不存在孩子这根纽带的，即使有了结晶，十七八年的养育子女的过程也不再是离婚路上的羁绊。夫妻俩同床异梦，将孩子抚养成人后再分道扬镳，这也就浪费了生命的二十分之一而已；再次，很多社会学家分析，就算以上两点因素加起来，离婚率也本该在 70% 上下徘徊，但人类的从众心理导致了最后的滑坡，婚姻关系在人们眼中不再是稳定且应当稳定的，而变成了一种合同关系，换伴侣就跟换房子一样，不过是寻找一种全新的生活方式而已。在长生时代，一对相濡以沫、至死不渝的情侣是可以上新闻的。

婚姻成了交易，男人和女人按财富与容貌待价而沽。当发情期的人类寻觅到合适的异性时，婚姻合同便会被签订。这就注定了 99% 的被淘汰者是不可能找到配偶的——正如没人会和乞丐签合同一样，而且，即便是最廉价的妓女他们也消费不起，社保基金早在地球人口突破一百亿的时候就彻底崩溃了！

一并崩溃的还有家族人伦体系，这是一个可能出现十五世同堂的时代，严苛的计划生育政策将每一棵族谱树都修剪得光秃秃的，绝不会生出繁茂的枝叶。在这样的大前提下，好几代人都会将心血全部倾注在某个最有出息的晚辈身上，以希望他（她）能成为整个家族中兴的希望。这个人可能是曾孙或者外孙女，反正不一定是儿女或孙子就对了。所以，像路易斯这样，几乎看不到希望的“年轻人”多半是得不到长辈的任何扶持的，目前家族中的宠儿是他哥哥的孙女，他父母的重孙女，一个叫阿黛尔·威廉的十三岁天才。

路易斯终于饿死了，在简陋的葬礼上，路易斯的哥哥拉过阿黛尔，叫她给这个素未谋面的叔祖父鞠躬，女孩面露厌恶，挣开爷爷的手，敏捷地跳开了，用清脆的童声喊道：

“自然选择是生物进化的动力，适应者生存下来，不能适应者被淘汰，这是进化论中物竞天择的必然结果，没什么好难过的！”

灵堂内有几位老人生气了，认为这孩子不懂规矩，但更多的人发出了笑声。

“这孩子有出息！”阿黛尔的母亲说，“还没上小学一年级呢，都理解进化论了！”

电影镜头缓缓移动，从死者惨白的面庞移至少女不带一丝感情的眸子上，再从一张张窃笑或是厌恶的脸上扫过，最终定格在窗外赤红的夕阳上，红日落下，屏幕渐渐暗了下来。一行字幕从黑色的底部缓缓升起，是一行法文：

“Chérir chaque seconde, peu importe combien d'années。”（珍惜现在的每一秒钟，别管你还有多少年。）

电影结束了。

“法国政府已经开始给民众洗脑了，电影告诉我们，能活太久也未必是一件幸福的事情！”秦汉又一次举起杯子，“干杯！”

“干杯。”陈哲想起了自己的身体状况，心中生出一丝微妙的幸灾乐祸感，“这片子是法国人拍的，他们应该不知道已经彻底没指望了！”

秦汉抢过遥控器，不顾陈哲的反对调到了中央电视台。他觉得在这一刻，他和女儿们是在一起的，起码同时在看同样的节目。

32 春 晚

春节来临，一年一度的春晚在播出。和往年不一样的是，主持人热情洋溢的开场白后，沐青出现在了春晚的舞台中央。

“同志们好！”沐青看上去比往常苍老了不少，双目无神，乌发变成了银丝，皱纹里满是岁月的风霜。要知道，他还不到五十五岁，这让电视机前的三人都心生疑惑，就在半个月前，他们见到的沐青还不是这样的。

“今年是历史上最特别的一年，是人民最欢欣鼓舞的一年，也是最艰难、最绝望的一年！我们看到了希望，之后又感受了绝望！我知道你们很焦急、很失望，事实上，我也和你们一样！我是个将老之人，过完年我就五十五岁了！我是多么渴望现在就有一瓶 π 药剂放在我的面前，我好一口喝下它，这样我就可以再活七八十年了！

“但是我没有！全世界都没有！事实已经发生了！无论是焦急还是冲动都于事无补。请大家相信，我们正发动一切力量寻找和 π 药剂有关的一切线索。不仅仅是为了你们，也为了我自己！

“有记者问我，怕不怕老，怕不怕死？我也是人，我当然害怕！但这绝对不该是我们绝望、迷茫的理由！鲜花会凋谢，白雪会融化，即使是恒星都有寂灭的一天！生命短暂，所以我们才应该格外珍惜时间、生命！”

“我觉得他不该在除夕夜说这个的，太影响心情了！”秦汉一边念叨，一边转过头去，身边的心理学家乔恩正在用一种打量弱智的目光看着他。

“不患寡而患不均，用心理学的术语来说，就是社会比较理论。当有人感觉自己受到不平等对待的时候，最快的平息怒气的方法就是让他知道，其他人都和他一样倒霉，或者比他还糟！沐青想用这种方法告诉我们，国家干部和我们平民老百姓老得一样快！这是最能安抚民心的办法！我相信，他一定是故意没有染发的！”

“完全正确！就效果而言，法国人的电影跟我们的春晚一比，简直就是幼稚园的水准！”陈哲出言附和，“这一次我支持沐青，在这种情况下，想要安抚大家的情绪，让社会重新走上正轨，没有比这个更好的法子了！”

秦汉似懂非懂地点点头。思绪早已飞到了千里之外。

“妈妈，这位爷爷也在找古德叔叔呢！”一千七百公里外的A市市区，秦雪用小手指着屏幕，对厨房里的妇人说道。

何雪并没有听到女儿的声音，嘈杂的油烟机轰鸣声盖过了一切。她在厨房里用并不熟练的双手操作着面前的锅铲，自打家里少了唯一的男人之后，这位母亲便不得不努力学习很多东西，包括厨艺。客厅里，一对活泼可爱的小天使正似懂非懂地看着电视上的春节联欢晚会。

“古德叔叔最喜欢我，我这个芭比娃娃就是他给我买的！”

“才不是，叔叔每次都叫你爱哭鬼，叫我小公主！”

“瞎说，我是小公主，你才是爱哭鬼呢！”

“明明就是你！每次叔叔跟你开玩笑的时候，你都会哭鼻子！”

“我不管，你就是爱哭鬼！”

“我不是，我不是！”

秦雪和秦雨扭打到一起，然后在妈妈走近前又嘻嘻哈哈地分开。何雪端着两盘热气腾腾的菜走进客厅，并招呼沙发上的女儿走到饭桌前。因为是除夕夜，秦雨和秦雪都听话地照做了。当姐姐准备吃饭的时候，妹妹忽然伸出粉嫩的小手，按住了姐姐的筷子。

“爸爸呢？他不回来陪我们吃年夜饭吗？”

秦雨的筷子停在了半空，又缓缓地放回了碗边，四只清澈的眼睛同时投向了饭桌前的妈妈。何雪的眼泪一下子就掉了下来，她连忙转过身去，不让女儿看到自己的脸庞，她强忍着哽咽说："爸爸不回来过年了，我们先吃吧！"

何雪是在一个月前得到通知的，当时一位手持国安局证件的中年男子找到了她，并用极度严肃的语气说："你的丈夫秦汉被国家安全局选中，执行一项秘密任务。他在未来的一段时间里都不会回家了，你放心，他很安全！国家会每月给您发放四万元特殊津贴。"

何雪还想多问两句，但对方不再开口，只是将一个地址和一个号码递到她的面前，例行公事地说："你可以去探望，这是地址，记得提前预约！"

何雪早已猜到，这些天来丈夫身上发生的事情一定与那位朋友有关。但她从未多问，既然根本不可能得到答案，又何必去胡乱思考提问呢？这些日子，她像多数单亲妈妈那样，独自拉扯着一对正在上幼儿园的女儿，像往常一样安静地生活着。每当女儿问起爸爸的去向时，她也总是用最温和平静的语气告诉她们，爸爸去外地工作了，可能要很久才能回来。但这一次，女儿放下筷子的动作深深地刺痛了她。

她放下了伪装的坚强，流着泪跑进客厅，翻出那张压在抽屉最底下的纸条，然后拨通了上面的电话，"我是秦汉的爱人，我要和女儿去探亲！"何雪说道。让她多少有些意外的是，电话那头的陌生男人很快便同意了她的要求，并将日期定在了十二天后的情人节。何雪抹了一把脸颊上的泪花，幸福地转过身去，将这个消息告诉两个女儿，女儿们立刻雀跃了起来。

2 月 23 日，一辆黑色的红旗轿车停在了何雪家门口，身穿军装的司机开了门，然后一言不发地等三人上车。十二个小时后，母女三人第一次看到了巍峨的秦岭。

秦汉快步向门口的探视间走去，远远就看见里面两个翘首以盼的纤弱身影，他用力推开门，张开双臂，用力地给她们一个熊抱。

“爸爸，我们想你！”秦雪将粉嫩的腮帮贴到父亲的脸上，丝毫不介意扎人的胡须。

“我也想你们！”

“爸爸，你在这里忙什么呢？什么时候可以回去啊？”

“爸爸在这里很好，你们长到这么高的时候，爸爸就可以回去看你们了！”秦汉先是比了比自己胸口的高度，然后犹豫了一下，将手掌稍微上抬了一点儿。

“爸爸，叔叔阿姨们都说，你在找古德叔叔，是这样吗？”

女儿奶声奶气的话语让秦汉全身一下子紧绷起来，在这个地方，古德是最为禁忌的话题，残酷的真相已让数十人失去了自由。他手心冒汗，不知是该搪塞还是该沉默，就在这时，耳朵内的微型耳机传来了赵全的指示。

“就说‘是的’！”

“是啊，全世界都在找他呢！”秦汉竭力装出自然的表情，并努力地将话题岔到别的地方，但女儿们并不买账。

“爸爸，自从电视上说，古德叔叔失踪了之后，妈妈就再也不准我们出去玩了呢！”秦雪气鼓鼓地看着爸爸，眼神中还带着一丝责备，“你就快点儿找到古德叔叔吧，不然我们连春游都要取消了呢！”

两名一直站在门口的警卫走了进来，屋内的话题过于敏感，他们不得不打断这次会面，以确保这两个可爱的小姑娘不会成为永远无法呼吸自由空气的囚徒。警卫的动作很粗暴，但心却很温柔。当两双粗糙的大手拉住女孩时，秦雨立刻大哭起来，将求助的眼光投向了父亲，秦汉痛苦地闭上双眼，什么都没有说。

女儿们所说的情况他早已在电视上知道了：“上帝”失踪了，不知道身处何方，甚至不知道是死是活。扑朔迷离的真相搅乱了信息所至的每一个角落：无论是繁华的国际都市还是茹毛饮血的原始部落。全世界犯罪率在短短一个月内上升了80%。从大喜到大悲，从希望到绝望，中间还经历了无比忐忑的等待，这些因素激发起人类原始欲望中的犯罪因子，将道德、法律统统践踏在脚下。

这一切已经够糟了，然而还有火上浇油的。某个天才的诈骗团伙杜撰出一条“古德被欧洲黑手党控制，只需汇款二十万美元便能买到十年剂量的π药剂”的流言，并借助专业的PS和视频剪辑手段营造出以假乱真的效果。人类又一次疯狂了，据不完全统计，全世界大约有十六万人支付了这二十万美元，然后买回家一瓶无毒无害、气味古怪的不知名溶液。其中销量最好的一种出自两个印度大学生之手，他们用天才的大脑想到，可以将兴奋剂与伟哥加入到这种“伪造π药剂”里去。数万人在服用了这种赝品后欣喜若狂，接着奔走相告。当这两个骗子被送上绞刑架时，他们的银行账户里已经多出四十亿美元了。

时间就是生命，时间就是金钱，当这两个等式被合并简化成“生命就是金钱”时，犯罪便不可遏止地发生了。讽刺的是，最终遏制住犯罪势头的并非法律或是警察，而是战争。

33 长生之战

在这次席卷全球的政治动荡中，多数文明的、先进的、在世界格局中拥有一席之地的政权尚能保持相对的克制与冷静，但那些独裁、落后国度的野心家则彻底失去了理智，他们手握财富、大权独揽，他们唯一的梦想便是“向天再借五百年”，要殚精竭虑地带领民族与国家走向新的辉煌！

但那些大国竟然拒绝了他们对 π 药剂的索求，即使他们将价码开到一千亿也不行！这是多么令人深恶痛绝的行径啊！

伴随着沉闷的爆炸声在 M 国某航天基地响起，内忧外患的 M 国终于忍无可忍，决定用称霸全球的舰队来教训某些井底之蛙，顺便将国民的一部分关注点从“上帝分子”上移出去。但另外一些超级大国并不这么想，于是质变发生了。

2034 年 3 月，前往亚丁湾打击恐怖犯罪的“里根”号航母被一颗不知来自何处的巡航导弹击中，永久地沉入了四百六十米深的大西洋底。一同遭遇厄运的，还有航母战斗群中六艘战列舰与十一艘巡洋舰。一万两千名乘坐救生艇逃生的官兵被十万名极端武装分子包围，就像一群失去庇护的绵羊被扔进了狼群。

事实上，如果 M 国不是那么迷信头顶的电子侦察卫星的话，他们是有可能找到这数十枚导弹的源头的。但对尖端科技的盲目信任遮蔽了他们原本明亮的双眼，从 2024 到 2028 年，M 国先后发射了六颗“天眼”级军事卫星。与以往的侦察卫星不同的是，“天眼”位于 3.6 万公里高度的同步卫星轨道。站得高，看得远，M 国人独有的超高清成像及红外透视技术让他们只靠这六颗“眼睛”就能看清整个地球的一举一动，就连云层雾霾都难以对其构成干扰。信赖引发懈怠，就在“里根”号被击沉的一小时前，二十个只有篮球大小的微型高爆炸弹准确无误地找到了四颗印有 M 国国旗的天眼卫星，并在短短六十秒钟时间里弄瞎了这四颗价值数千亿美元的“眼睛”。

然而人们没有想到的是，即便是瞎了一只眼的世界霸主依然具有向全世界挑战的勇气与能力。在“里根”号被击沉的第二天，手上并没有确凿证据的 M 国人义无反顾地对嫌疑对象直接宣战。在之后的一年里，包括五大常任理事国在内的二十三个国家都被卷入了无休止的残酷战争中。

反物质炸弹、电磁光电武器，这些此前只出现在概念与想象中的武器在这次大战中先后揭开了神秘的面纱，随着空袭警报一次次被拉响，人民开始谈论战争，但动乱之源 π 药剂依然是最热的话题。这种情形一直持续了八九个月，一种突破想象极限的武器将“上帝分子”彻底打入冷宫，人类开始更关心自己能不能活到明天而非两百年之后。

这是一场灾难，更是一场神话。

2035 年 1 月 22 日，伴着辞旧迎新的鞭炮声，夜空里绽放的烟花将 A 市的夜晚照得如同白昼。市中心广场上聚集了十二万祈祷战争早日结束的平民，当新年的钟声敲响第十二下时，一颗被戴在某位美丽女士手上的钻戒忽然绽放出超新星般的夺目光芒，将一张张虔诚庄重的面孔映得发亮，人们尚不及闭眼，冲击波已不约而至，接着是焚毁一切的灼热能量。死亡之花在这座美丽的内陆城市无情绽放。

神说，要有光，于是有了光。这是不少人在意识消散前的最终感受。在距离发光点最近的区域，一种极为怪异的感觉曾在遇难者心头短暂浮现，那是一种类似于时间扭曲停滞的奇异观感，就像是心脏全无征兆地漏跳了一拍，又或是大脑在强烈刺激下瞬间空白那样。更确切地说，人类现有的任何词汇都无法准确地形容这种感觉。不过这都不重要了，因为他们是绝对没有机会将这种感觉说出来的。

短短十二个小时里，相似的灾劫先后降临在七个国家的二十六个地区。被化作尘埃的除了两个超级大国的首都中心广场，还有十一个秘密军事基地和十三颗军用卫星。

毫无征兆、无从防备、无从抵御，这是所有地球人面对神秘打击的第一感受。这种发自灵魂深处的敬畏与战栗在调查结果出来之后不降反升：一个直径不足 0.9 毫米、无比坚硬的物质（没错，就是那颗原本只有两克拉的钻石）忽然被宇宙中某种看不见的神力赐予了亚光速：约介于 99.2% ～ 99.8% 光速之间，无数碳原子在肉眼看不到的空间中撕扯分解，将本该在大型强子对撞机中出现的宇宙速度转化为毁灭一切的能量。

令所有人没有想到的是，这种突破想象的神秘武器并非出自北美洲的世界霸主，而是刚刚崛起的Y国。事实上，要不是Y国科学院院长的及时发声，有些人甚至怀疑这是来自其他文明物种的惩戒与审判了。

“也许你们尚处于迷茫中，又或者你们已经拨开了迷雾，看到了表象。这是一次超高速物体撞击带来的动能攻击，是人类战争史上最原始、最简单的攻击方式，就和公元前的罗马士兵肩扛撞木冲向迦太基人厚重的城门一样，充满了复古的美感与神韵！”

某个剑桥大学毕业的记者在台下插话：“你们是如何把一颗含有10的20次方个碳原子的钻石加速到这个不可思议的速度的？”

“不，我们并没有赋予它速度，如果我们真要这么做的话，那我国一年的发电量都不够我们挥霍的，那是它们原本就有的速度！”望着演讲台下无数双充满疑惑的眼睛，院长用力一扬右手，数十盏灯一下子全灭了，大厅内一片黑暗。在场面失控之前，一束强烈的乳白色光从院长的头顶直直地打了下来，在地板上投出一个比黑白相片还要清晰的人影。

大厅内瞬间鸦雀无声，人们屏息静气，就连眼睛都不敢眨上一下，生怕错过了某个至关重要的画面或是环节。院长从上衣口袋里掏出一枚硬币，右臂向前微伸，以确保硬币的位置处于追光灯的正下方。紧接着，他在数百道目光中松开手指，硬币在地心引力的牵引下垂直落在一尘不染的地板上，发出一声清晰可闻的脆响。

“当我松开手指之后，硬币是运动的，是吗？”

出于对院长的尊重，在座的数十位记者和两位物理学家茫然地点点头，算是回答了这个无比幼稚而愚蠢的问题。

“不，它是静止的！我说的‘它’，是硬币在地毯上的投影！”

记者们面面相觑，接着开始交头接耳，显然大多数人并没有弄明白院长想要表达的意思。与此同时，在座的两位物理学家忽然安静了下来，如同两尊沉默的雕像。

“三维空间内以重力加速度自由落体的硬币，在二维空间内的投影却是静止的。以此类推，那些在三维空间里看似静止的物体，在更高维度的空间里同样具备人类无法观测到的速度！”院长的嘴角露出一丝恶魔般的微笑，“很多人都听过，我们都存在于一个从奇点射出的光锥里，光锥之内便是命运。换言之，如果有一个光锥之外、保持着时空绝对静止状态的观测者，那么在他眼中，我们和身边的一切都是以光速运动的！相对论告诉我们，随着速度增加至光速，时间也会变得静止。但这一次反了过来，我们用某种手段将一颗钻石抛出了时间之河，将其推离了我们所在的光锥。于是它在四维时空内的时间流速就转化成了三维空间里的光速！我相信，那些位于撞击位置附近的遇难者，临终前多半能感到一种无法用言语描述的时空扭曲感！如果将光锥看作一列以光速前行、永不停息的动车的话，那‘穿越’就是一只从车窗外伸进来的镊子，它用某种超乎想象的魔力，将某位乘客手上的戒指攫了出去，并使其静止了下来。于是，当戒指重新被扔进列车的时候，它的相对速度就已经达到了光速。”

在发布会结束之前，院长用简短的语言为今天的主题进行了最好的诠释。

“光锥之内就是命运，这一次，我们的武器挣脱了时间的枷锁，打破了命运的桎梏，甚至超越了因果律的存在，我们称之为‘穿越’！”

34 陨　星

来自命运之外的“穿越弹”用冰冷的目光威慑着光锥内的地球。面对这种早已突破了人类理解范畴的天顶星科技，任何防范措施都显得无比笨拙可笑。此刻，脸色阴沉的首长正在用怀疑的目光打量着地牢里的几位囚徒，“如果我没有记错，你们成立的组织叫‘滤镜’吧？”

没有人回答。

“你们的口号不是‘过滤’一切威胁到地球文明的技术吗？为了这个崇高的目标，你们用卑劣的手段窃取了 CAR-TPRO 技术，不惜以鲜血阻止 R 国的流星计划，甚至不顾后果地毁灭了人类长生的希望。但这一次，Y 国人请来了超越时空的‘撒旦’，用足以毁灭地球的力量来制裁世界，那个时候，你们又在哪里？”

依旧没有人回答。

首长愤怒地抓住了一号的衣领，喉咙里发出沉闷的低吼，“别想用不知情这样的理由来搪塞我。我早就调查清楚了，你和 Y 国科学院院长、‘穿越’的始作俑者邓肯博士是同窗密友。你甚至参与了‘穿越’武器的后期监督工作，告诉我，为什么你们没有‘过滤’它？”

一号笑了笑，开口道：“难道你忘了吗？我不过是 M 国的傀儡而已，而 Y 国是我们的秘密盟友，我为什么要参与这件事？”

“那你们呢？”首长意识到自己在震怒之下忘记了这一点，他松开手，转头对其他“滤镜”成员说，“二号，我们的黑客在你的电脑里找到了一段神秘的程序代码，它的唯一用途就是用于模拟‘穿越’武器对地球产生的威胁值。四十七，呵呵，这意味着人类文明有将近一半的可能会毁在这玩意儿的手上，可事实是，你们这些以保卫文明为己任的家伙直接无视了它。”

在首长身侧，欧阳与沐青木然站立，连大气都不敢喘一下。由于加入“滤镜”的时间太晚，他们并不知晓“穿越”的存在。终于，几个沙哑的音节打破了令人窒息的沉默，这是纳什借助特殊仪器发出的声音，“没错，我们知道这玩意儿！但我们没法阻止！即便‘滤镜’里汇聚了全人类十分之一的精英，即使我们全都抱着为梦想牺牲一切的崇高觉悟，但依然无能为力！我们尝试过阻止，尝试过‘抹杀’，我们付出了二十三条鲜活的人命与四十亿美元的经费，要知道，Y 国政府对‘穿越’的重视程度，让他们不惜发动整个国家的力量来保护它！这是我们难以抗衡的！”

纳什顿了一顿，仔细回忆了一下自己曾看过的几本中文典籍，总结陈词道：“用你们中国人的话来说，匹夫无罪，怀璧其罪。但如果你拥有足够的实力，怀璧也是无罪的！只要强者愿意，甚至可以将天下无双的玉璧雕成你想要的传国玉玺！”

“可恶，如果我们当初对林泉的‘思维读取’能重视一些，说不定如今也有了划时代的信息武器呢！”首长握紧了拳头，却发现这双手并不如想象中那样充满力量。

在穿越弹的威慑下，Y 国军队在战争中几乎所向披靡。耀武扬威的航母编队穿越过浩瀚广阔的海洋，最后停在了台湾海峡。舰队如一个嫁入夫家的骄横新娘，不但颐指气使，而且来去自如。黄种人一边用与生俱来的耐性忍受着这样的屈辱，一边用无数次牺牲试探出了穿越武器的局限。

鲜血换来了真理：“穿越”是一种成本极高昂、制造过程极复杂，但体积极小巧、投放极方便的非常规战略武器。如果仅考虑造价与当量比，一枚价值二十亿美元的“穿越弹”当量只有不足一万吨，性价比甚至赶不上原子弹的千分之一。但简易到丧心病狂的投放手段让它成了战争中最耀眼的明星。一只体重不足十克的天牛都有足够的力量携带一枚当量为十万吨的穿越弹飞上两万米的高空——更不要说各种各样的鸟类了。换言之，只要Y国愿意，他们可以在地球的任何一个角落引爆“穿越”，毫无悬念地杀死任何出现在阳光之下的敌军领导人，摧毁一切暴露了坐标的核武基地，它的价值在于之前提到的那十二个字：毫无征兆、无从防备、无从抵御。

但它也是有缺点的，高达数十亿美元的造价与不到二十枚的年产量让它只能成为针对敌军领袖或军事枢纽的战略威慑，而非常规武器——“穿越”武器的核心材料是一种名为“四夸克X”的粒子，这种由两个正夸克和两个反夸克构成的奇特强子是将物质推出光锥的“克洛诺斯之手”，而它是无法量产的，即便是Y国人将工业生产与民用生活的全部用电都用上也做不到！

当好几个国家在痛苦中权衡是否要打破《不扩散核武器条约》来对抗这种全新武器的时候，北方的战斗民族R国已经开始这么做了，数十架载有“帝皇”氢弹的全新轰炸机趁着夜色飞过数千公里，试图以此逼迫Y国签下停战协议。但Y国的坚实盟友——M国2029年全新打造的星战防御系统打破了R国人最后的希望，这些新型隐形轰炸机携着足以毁灭地球的核弹坠入海底，“一只海鸥都飞不进M国及其盟友国的领空”，这句天方夜谭成了现实。

看着印有Y国国旗的轰炸机带着巨大的轰鸣声掠过R国首都的上空，危如累卵的R国政府再次启动了“流星”计划。与十年前不同的是，这次不会再有来自“滤镜”的阻挠与破坏了，这个早已被沐青等人接管操纵的神秘组织在这次大战中变成了一只怯懦的缩头乌龟，“人畜无害”的自嘲常挂在每个成员的嘴边。更关键的是，这回R国军方是带着破釜沉舟的决心来执行这项计划的，不成功，毋宁死，即使因此遭遇了六次穿越弹的无情打击，赴死者依然前仆后继。等到2036年4月，R国宇航局已经给包括爱神星在内的七颗近地小行星装上了总价值六百亿美元的核能推进器，只要一按按钮，这些小行星的轨迹就将被人为改变，从而坠向太阳系第三号行星所在的方向。

随着R国的首都军事基地在穿越的打击下化作废墟，威慑终究升级为行动。直径超过三百九十米的“赫尔墨斯”在核动力的推动下，巧妙地绕过火星轨道，其后被地球的引力成功捕获，它的目标是有着一千四百万人口的洛圣都。得益于“赫尔墨斯”坚固的铁镍内核以及超过十三亿吨的自重，地球上的核弹在它面前如同孩童的玩具一般可笑，它的碎片形成的陨石雨甚至要比一整块落下来还要糟糕。

M国人尝试了各种手段来改变它的航向，最终都失败了——这颗陨石并非在万有引力下遵循自由落体运动，而是有遥控器的。2037年12月22日，M国海军总司令在两国停战协议上签了字，紧接着，信守承诺的R国人按下某个按钮，将这架星际投石车的准星从洛圣都移到了一千多公里外荒无人烟的冰原上。到这个时候，这已是这颗陨星最为“安全”的着陆地点了。

“背井离乡的人们，你们在为贵国政府的优柔寡断埋单，如果他们愿意早点儿签字的话，我们完全可以把目标转到月球上！”R国人通过电台向迁徙中的M国民众高喊。

意外发生在距离地球三千一百公里的散逸层边缘，当时，R国人已经关闭了“赫尔墨斯”上的全部推进器，数十位参与“流星”计划的科学精英全部挤在宇航局顶端的天台上，怀着幸灾乐祸的心态仰望星空，准备欣赏二十分钟后炫目的狮子座流星雨。就在他们举杯欢庆之前，一颗发射于七个月前的M国新式卫星飞蛾扑火般“撞”上了即将着陆的陨石，氢元素聚变产生的巨大动能如同球王梅西的右脚一样，精准地将这个十三亿吨的“足球”一脚踢过了白令海峡，最终坠落在距预定地点数百公里之外的R国某自治区。由于事发突然，自治区的六万多名居民避无可避，只能在祈祷声中迎来了上天的庄严审判，一百九十位普通民众在里氏6.7级的地震中丧生。

“你们这是背信弃义！”气急败坏的R国总统在电话里咒骂！

“我们已经留了很大的余地，要知道，我们完全可以把‘赫尔墨斯’撞到人口更稠密的地方去！”

“该死的M国佬，你们会为此付出代价的！” R国总统在暴怒中按下了另外三个红色按钮，然而计算机屏幕上的“错误”字样让他如坠冰窖。在“穿越”现世的两年之后，M国亮出了第二道“撒手锏”：“铁幕”。和战区导弹防御系统一样，“铁幕”是上个世纪冷战时期“星战”计划的衍生工程。这种超功率、全频段信息干扰技术在五百公里的高空筑起一道密不透风的绝望之墙，这意味着人类现有的全部同步卫星与航天飞船都成了聋子的耳朵——摆设，更不用说那些距离地面数千万公里的核能推进器了。

此时的地球，已经成了一个半径六千九百公里的电波黑洞。里面听不到外面的声音，外面听不到里面的声音。然而这还不是最让人震惊的，真正的奇迹在于，M国人在“铁幕”密不透风的封锁下，依然与太空中的那些卫星和宇航设备保持了简单却稳定的联系。每秒钟不到20KB的通信速度虽然不及之前的万分之一，但形成的战略优势比之前还要大上一万倍。毕竟，十万相较于五万的数量优势，是远远比不上1与0之间的本质碾轧的！

引力波通信？量子通信？没人能够猜到这背后隐藏了怎样的通信科技。唯一可以确定的是，全世界都被弄瞎了双眼，唯独M国不过戴上了一副模糊的老花镜而已。

“流星”计划的秘密战报传到了中国。

“不能让军人的鲜血白流。”首长叹了口气，对面前的欧阳说道，“我们对Y国的新概念武器无能为力，同时，我们的盟友也在正面战场上陷入了被动，我们已不太可能获得这场战争的胜利了，做好最坏的打算吧！”

“不，我方还有机会！”

“什么机会？”

“R国的‘流星’计划，以我们的航天技术也能做到！而且可能做得更好！”

“做得更好也没用！我们的航天科技目前跟R国相比并不存在代差。别忘了，M国与Y国是盟友，他们的‘铁幕’早就在我们头顶张开。亚欧大陆上空的巨型干扰器让地球成了一个电波黑洞，知道吗？这给人的感觉就像是在坟墓里一样。黑暗、阴冷，令人窒息得想要自杀。这一次，对手没有给我们留任何机会！”

“没错，我们无法再远程操控那些悬在头顶的巨大陨石了。”欧阳冷冽的目光不带一丝波动，“但是，我们可以派人上去！”

35 位面之子

“你看过这本书吗？”

陈哲缓缓地合上手上的《后汉书》，微笑着望向旁边床上的秦汉，这是二十多位“洞悉者”在秘密基地度过的第三年，如果说前两年还能感到“囚笼”带来的拘束与窒息的话，如今他们已经习惯了。

陈哲和秦汉是室友，其实在基地里有住不完的房间，在刚开始的几个月，每个人都选择了单间。但很快大家就发现，失去了自由之后，孤独比一切都可怕。

“你看这个干什么？”秦汉有些不解地问陈哲，在他的印象里，这位年轻的警官绝非对历史感兴趣的那类人。

“你应该听说过‘光武计划’了吧？”

“当然，现在基地里都在讨论这个呢！”秦汉还是习惯把这个地方叫作“基地”，毕竟，虽说这地方的名称变了，但里面的人却没变，现在它更流行的叫法是“囚笼”，90%的人都是这么叫的。

所谓“光武计划”，是“人类手动操控推进器，推动小行星撞向地球”的别称。在计划中，一枚中国制造的火箭将携带着全新的载人推进器升入太空，当火箭与推进器分离时，后者已经获得了足以摆脱地心引力的第二宇宙速度。此后，推进器内的“驾驶员”将借助独立导航系统（由于“铁幕”的存在，此时已无法接收到任何来自地面的信号了），手动驾驶这辆秒速超过11.2公里的豪华“跑车”，前往小行星带的茫茫石海选择一块属于自己的巨大墓碑，最后视Y国人的态度，将这颗足以毁天灭地的陨星降落在Y国的核心军事基地、冰冷荒芜的南极冰原或是坑坑洼洼的月球表面。

“光武”，这个让人费解的代号正出自陈哲手上的《后汉书》：“夜有流星坠营中，昼有云如坏山，当营而陨，不及地尺而散，吏士皆厌伏。”寥寥数笔勾勒出中国正史上最匪夷所思的一幕：汉光武帝刘秀在一场以八千敌十万的必死战役中，如西方神话传说中的魔导师般，召唤出熊熊燃烧的巨大陨石落于对方营中，被陨石摧毁了心智的敌人如丧家之犬般四散奔逃，光武帝从此迎来了声望与权力的巅峰。

历史总是惊人的巧合，那次汉光武帝的对手，披着谦恭外衣的篡逆者王莽，在中国的民间传说中正是以“穿越者”的形象出现的。这一次，“光武”计划的选中者将传承位面之子留下的神奇力量，再次与穿越时空的可怕对手延续两千年前的伟大战争。这是如《荷马史诗》般的伟大对抗，胜者将以地球终极主宰的身份被载入史册，并在吟游诗人的口中一代代传诵下去，直至文明的毁灭、时间的尽头。

秦汉是三天前听说“光武计划”的，陈哲也是。那天，这座巨大的钢筋水泥建筑迎来了一位熟悉的身影——赵全带着两位军方代表，以及R国人提供的小行星推进器设计图，向这里的两位物理学家请教有关“光武计划”技术上的问题。按理说这件事是不会和秦汉这些非专业人士扯上关系的，但其中的一位物理学家多了一句嘴：“既然关在这里的人都不可能和外界发生什么联系，为什么不喊上大家一起开个会呢？”

赵全与军方代表耳语了两句，点头表示同意，这里有全国近十分之一的顶尖人才，虽然不少人的专业并不对口，但听听智者的意见总是没有坏处的。

于是，二十多位顶尖科学家坐在一起，就“光武计划”的可行性与技术细节展开了一场枯燥晦涩的学术辩论。正当这些顶尖科学家为几个参数吵得面红耳赤时，会议桌的一角忽然传来女人轻蔑的嗤笑。几位感到受了侮辱的科学家同时转过头，望向正拿着一本书的乔恩。

“你们准备派什么人上去？”乔恩嘴角轻扬，看似漫不经心地问。

这是一次飞蛾扑火的旅程，能够胜任数千万公里宇宙航行的核能飞船是不可能安装跳伞装置的，这意味着勇敢的驾驶者在走入舱门的那一瞬间便进入了人生的倒计时。归期即死期，当巨大的小行星在万有引力的作用下从天而降时，人体数十千克的质量也将加入到冰冷的 $E=1/2mv^2$ 公式中，成为毁灭之力中微不足道却真实存在的一部分。

磅礴的自然之力、宏伟的科技之力、悲壮的生命之力，这三种力相加，凝聚成“光武计划”的无坚不摧之力。

听到乔恩的问题，所有人都愣了一下，军方代表有些不太确定地说：“说实话，我们刚拿到R国发来的设计图，目前还处于技术探讨阶段，没考虑到人选问题，我想应该是出色的飞行员吧！”

“既然R国军方能成功地执行‘流星计划’，那技术难关想必早就被攻克了！”乔恩对航天技术并不十分了解，但早已翻译好的图纸与技术参数她还是能看懂一些的，“在总重量77吨的推进器里加入一个微型生态舱，我不认为这会构成太大的阻碍，相比技术，我们真正需要关心的是这个！”

乔恩扬了扬手上的书，是一本卡耐基的《人性的弱点》，面对一众科学家不解的目光，她轻声将其中的两段读了出来：

人类本性中最深刻的愿望就是变得更重要的愿望，记住，变得更重要的愿望。这意义十分重大。通常，绝大多数这些想要的东西都可以被满足——除了一点。

这里有一种难以满足又十分坚定的欲望存在于人类灵魂深处。只有极少数的人寻求到了这种内心的渴望。他们总是能轻易地把别人玩弄于股掌之上。这种变得重要的渴望是人类和动物最显而易见的区别之一。

乔恩读得很慢，每个字都读得分外清晰。读完之后，她缓缓合上书本，用心理学家特有的深邃眼神扫视面前的一帮男人。

“我认为，比起你们刚才讨论的那些技术细节，派谁上去，才是最重要的议题！”

所有人都愣住了，乔恩并没有过多点明，但这些充满智慧的大脑已经想到了问题的关键。为了对抗电波干扰技术，“光武计划”的执行者将用自己的双手操控小行星前进的轨迹，并在生命的最后几十个小时里为自己选定比秦始皇陵还要大上十万倍的“墓地”。这意味着，一种几乎能毁灭地球的武器被握在一个与世隔绝的人的手上。

“控星者”绝非1945年东太平洋上那些驾驶血色樱花与敌舰共同消失的日本飞行员，樱花花期极短，充满热血的疯狂的年轻士兵往往还来不及后悔，就飞到了人生的终点。而樱花凋谢时的凄美灿烂比起巨大的陨星从天而降的恢宏磅礴，又显得无比小家子气。“控星者”是史诗中的英雄或恶魔，他们将空中的星辰化作手上的巨剑，审判眼中的一切罪与罚，这是他们的权力与职责。更让人不安的是，由于电波屏障的存在，“控星者”直到落地前的几个小时才可能和地面恢复联系，请注意这里的“可能”二字，只要敌人愿意，他们完全可以连最后的这几个小时都不留给我们。到时候没人知道，在这段数千万公里的旅程中，他都想了些什么。

乔恩轻启朱唇：“你们不要忘了，很可能我们会在最后的几十个小时内签订停战协议，到时候，这个人不一定会认同国家给他选定的‘墓地’，例如冰雪覆盖的南极洲或是满是陨石坑的月球表面。万一他拒绝了你们的安排，依然将目的地选在了原定的Y国军事基地甚至首都，那会发生什么样的后果？又或者，他想来个叶落归根呢？”

“叶落归根”，这四个字如锥子般刺入了在座者的心脏。“流星”在太空中的旅程最少要两年，就算放在地球上，这也是一段漫长的时光，更不要说茫茫太空了。这七百多个日夜，不对，在那个地方是没有日夜的，这七百多个地球日足以让任何细微的负面情绪滋生蔓延，最终占据任何意志坚定者的大脑。孤独、后悔、仇恨，每一种都可能成为决心与命令的敌人，并将整个中国甚至整个人类世界推向万劫不复之地。

“我们会慎重考虑的！”赵全面色凝重地说。

从这天开始，“光武”便很自然地取代了“救赎”，升级为“囚笼”里最受热议的话题。随着时间的推移，担忧与恐慌逐渐取代了最初的兴奋，这些来自各行各业的科学翘楚并非象牙塔内的空想者，其中有相当一部分都曾体验过权力带来的快感，膨胀的权力必将带来膨胀的欲望，如果再加上所剩无几的生命，天知道那时候的“控星者”会做出怎样的事情来。

当然，也有少部分人并不想这些，例如那个手捧《后汉书》的年轻男人。

“我要报名！”陈哲将一张表格递到赵全的面前，纸上字体工整，一笔一画中散发出写字者的平静与坚定。

赵全抬起头，诧异地凝望着眼前的男人。陈哲的腰挺得笔直，双手在递完表格后便紧紧地背在身后，年轻的面庞上古井无波，仿佛是在汇报一件无关紧要的任务一样。不等面前的领导开口，陈哲抢先说：“我是最合适的人选。第一，我从小便有极强的英雄情结，拯救水深火热中的国家与民族是我三十多年来的梦想；第二，我曾经在任务中无比接近死亡，死亡影响不了我的心志；第三，我的爷爷与父亲都是烈士，我有妻子和一个刚满三岁的儿子，我不会做蠢事！”

陈哲连珠炮般说出了三条理由，句句直奔主题，不带一句废话。这份果敢与淡定打动了赵全，并在之后的三天里打动了该计划的最高决策者。在确定体内的隐疾对这次太空航行不会造成影响后，陈哲成了第一位被选中者。

36 新 年

2037 年 12 月 31 日，深夜。

再过八个小时陈哲就要离开基地，去一个更大的笼子里了，那是位于酒泉郊外的国家宇航员培训中心。在新的地方，被选中者将在失重状态下生活一段时日，从而及早适应太空旅行的环境。想到这一点后，陈哲从房间的衣柜里抱出了所有被子，然后一股脑儿地盖到了身上。

“你在干什么呢？”秦汉疑惑地问，房间里开着空调，温度并不低。

“这也许是我这辈子最后一次盖被子了，听说在太空，人都是飘在空中睡觉的！”陈哲忽然有些忧伤，脸上露出了从未有过的留恋神色。

“那你更该去洗个澡！听说到外太空之后，你就不会再有洗澡的机会了！”秦汉努力挤出一丝笑容，想用拙劣的笑话打破这沉闷的气氛。但陈哲并没有笑，气氛一时间更加尴尬起来，良久之后，秦汉重新开口：“对了，前几天你不是说有一个秘密要告诉我吗？再不说就真的没机会了！”

“就算你不提，我也要对你说的！”陈哲环顾四周，以确定房间内没有隐藏的监视或窃听装置，然后轻声说，“还记得你的妻子和女儿上次过来看你吗？”

秦汉点了点头，那是四个月前中秋节前后的事情。何雪带着两个宝贝女儿，第二次前来探视正投身于“国家机密工作”的秦汉，一家三口在完全透明的探亲室里度过了短暂而美妙的三十分钟。直到今天，秦汉都能清晰地记起女儿头上那只粉色的蝴蝶，以及她发梢传来的淡淡香气。每次合上眼，女儿不舍的眼神总会在他脑海中浮现，无论怎样驱赶都挥之不去。

当秦汉与妻女依依惜别时，之前坐在走廊上抽烟的陈哲忽然走了过来，用力抱了抱一脸茫然的秦雪，问道：“小姑娘真可爱，今年几岁了？”

“再有半个月就要过十岁生日了呢！”秦雪落落大方地回答。

那一刻秦汉并没有多想，但时隔四个月之后，陈哲忽然问出了一个石破天惊的问题：“你仔细想想，上次见面，秦雨和秦雪像是十岁的样子吗？”

四个月前的一幕如胶片般在秦汉的脑海中回放，这是四年里父女的第二次相见。重逢的欣喜让秦汉忽略了很多东西。此刻回想起来，与上一次见面时相比，女儿略微长高了一点儿，脸上的稚嫩也消失了不少，就连笑容中都多出了一丝显而易见的忧伤。她们确实成熟了一些，但这不过是与四年前的六岁女童相比而已，秦汉仔细想了想女儿四个月前的模样，然后将那两个纤弱的身影与记忆中其他的十岁孩童做了下对比。一种难以言状的情绪从他心里浮现，希望的太阳缓缓升起，之后又很快被恐惧迷雾遮掩，最终电闪雷鸣。

“你的意思是？”

“我见过你女儿两次，她们这四年的成长速度绝不正常！”陈哲语气坚定，大学里学过的法医课程让他无比确信，那对出生于十年前的双胞胎的生理年龄只有七八岁左右。“古德不是骗子，他真的做到了！真正错的是我们！是‘克隆骗局’！”

秦汉不由自主地颤抖了起来，骤然听到这样的消息，让他原本还算敏捷的思维一下子彻底乱了套。他问：“我的妻子怎么没有告诉我？”

“理由有很多，最大的可能是不想让你担心。很可能她已经猜到了其中的关键点，也看到了背后的危机！还有一点你可能没想到，你告诉我，你妻子没有让女儿去读小学，你或许觉得这是为了她们的健康着想，事实上她很可能是为了她们的安全着想！”

秦汉感到一阵天旋地转，“你为什么现在才提醒我！”

“你还是太不成熟，太不让人放心了！”陈哲用怜悯的目光打量蜷曲在床上、身子止不住发抖的秦汉，“要不是跟你在一间宿舍里生活了两年，我甚至想一直瞒着你的！说实话，我现在真有点儿后悔，如果你不能装作什么都不知道的话，你的女儿或许很快就要进研究所了！”

这句带着威胁的话语如魔咒般击中了秦汉，他死死咬住嘴边的被子，努力让自己不喊出声来。父爱的伟大力量支撑起这个脆弱的男人，他勉强做到了，他用颤抖的语气说：“我知道了！”

陈哲满意地点了点头：“你必须做到，起码要坚持到我飞向太空的那一天！到那个时候，你就是‘控星者’生前最好的朋友，他们不会做得太过分！”

秦汉茫然地点了点头，稍微清醒了一点儿的大脑让他问出了在心底埋藏了数天的问题，“你为什么要报名？”

“如果我说因为自己与生俱来的英雄情结，你会相信吗？”陈哲忽然笑了，“说实话，我之所以做这个决定，你也是原因之一！”

“我？”秦汉不可思议地问。

“没错。我觉得，他们早晚会从你女儿身上发现端倪，然后想明白前后发生的一切！”陈哲露出一丝苦笑，“到那时候，他们很可能会将当年古德被谋杀的细节，更加深入地调查一遍！这一来，我当年做的那些小动作很可能会被发现，一旦发生那样的事，我都不知道自己会面临什么下场！”

四年前，在那个绝望的长夜，身患隐疾的陈哲在“凭什么别人能活三百年，而我只能活四五十岁”的心态驱使下，亲手毁掉了古德留在世上的重要线索。然而今天，这个人又将成为操纵头顶星辰的持剑者，凭自己的一己善恶决定国家、文明乃至整个地球的生死存亡。想到这一点的时候，秦汉忍不住望了一眼窗外的夜空，头顶闪烁的繁星让他无法抑制地战栗起来。

陈哲，这个有着光鲜政治履历的完美男人，又有谁相信，在如此光辉照人的外表下，曾经掩藏了一个多么冷漠可怕的灵魂。从某种程度上来说，他已经毁灭过一次世界了，又有谁知道他是否介意再来一次？巨大的恐惧之手攥住秦汉的心脏，让他每一次心房的跳动都带着滞涩的钝痛，正当他忍不住生出“要不要将这一切说出去”的念头时，陈哲只用十个字便扼住了他的喉咙。

“想想你女儿！还有你自己！”

这十个字如同十根尖锐的银针，深深刺入秦汉的心脏，将他血液中流淌的懦弱全部激发了出来。他慌乱地将右手放上脸颊，尝试从眼角的皱纹中摸出自己的真实年龄——秦汉陪古德走完了生命最后一段旅程，但他并不确定，那位心思缜密的好友有没有在他的咖啡或是饮料里“好心”地添上些什么东西。

“别摸了，就算是最高明的法医，也不可能断定一个成年男人到底是四十五岁还是四十三岁！”陈哲的微笑在秦汉看来是那么阴森可怖，“但他们很可能会怀疑你，将你绑上实验台，让你成为遗传学家的研究对象。只有至高的权力才可能保住你的性命！你必须为我保守秘密，为了你自己！”

窗外忽然响起了鞭炮声，新的一年来临了。五颜六色的烟花升腾到半空，将窗外漆黑的天空映照成可憎的暗青色，原本明亮的繁星一下子昏暗了许多，犹如秦汉此刻的心情般忽明忽暗。紧接着，一枚璀璨的金色烟花在蜿蜒的远山上方爆裂开来，数十道火光拖曳着长长的尾巴落下，好像少女微卷的长发。

“等到流星坠地的那一天，会不会也是这样呢？”秦汉在心里问自己。漆黑的夜空重归暗淡，繁星重新亮了起来，刺鼻的硝烟味穿过窗户缝儿飘入房间，将屋内凝重窒息的气氛略微冲淡了几分。

“放心，我并不是仇视社会的疯子，我不过想成为真正的英雄而已！”陈哲忽然站起身来，将粗糙的右手搭在秦汉瘦削的右肩膀上，“如果我的儿子知道自己的父亲是一个盖世英雄的话，他一定会以我为荣的！就如我以我的父辈为荣一样！”

言止于此，陈哲重重地躺倒在床上，很快，屋内响起了均匀的鼾声。但屋内的另一个人显然没有这么坚强的心脏，这个夜晚听到的每一个字眼，都如同烙印般深深地印在了秦汉的心底，还时不时用难忍的痛楚提醒他，自己正面对怎样的危机与困境。此时，秦汉反倒有些憎恨起古德来，这个男人让自己的女儿在茫然无知中服下世上仅存的 π 药剂。那不仅仅是简单的恩赐，还附带了可怕的劫难。

陈哲是在早晨七点走出宿舍的，冬日的朝阳照在他略显沧桑的脸上，仿佛在眉眼间撒上了一层薄薄的金粉，秦汉枯坐在床边的阴影里一言不发，脸上的皱纹似乎又加深了几分。气氛沉默得有些诡异，当跨出铁门的那一刻，陈哲将脖子转过一半，鼻腔里发出一声轻叹，像是要对室友说上两句诀别的话语，但终究还是没有开口。

37 抉 择

再次听到陈哲的消息，已经是两个多月后的事情了。当时，秦汉正和乔恩在一起，望向窗外微绿的远山。忽然，门口传来了嘈杂的说话声。

“你知道吗？陈哲真的上去了！还是唯一的一个！”

秦汉拉着乔恩冲出门外，十几个人站在门外的走廊上，谈论着刚从千里之外传来的绝密信息，一张张脸上充满着兴奋与激动的神色，赵全站在人群的最中间，将无数溢美之词加到那个勇敢的主动请缨者身上，看到一脸紧张的秦汉，赵全微笑着点了点头。

“知道吗？在火箭发射前，陈哲留下的最后一句话，便是让我们好好照顾你！”

秦汉的眼眶顿时湿润了，哽咽的喉咙甚至吐不出一个完整的音节。他是这世上唯一能听出此言深意的人，即便是身旁的乔恩也做不到。

2038 年 3 月 16 日，这一天，酒泉发射场一共发射了十三枚火箭：其中只有三枚真正携带了载人推进器，另外十枚则是作为疑兵存在的空包弹——只有让敌人相信，第一次星辰打击只是一个警告性的开端而非终极惩戒，“光武计划”才能真正发挥战略上的威慑作用。由于没有卫星导航系统的指引，十三枚火箭中的六枚都在大气层内坠毁了，其中便包括了“光武号”与“刘秀号”——三枚真家伙中的两个。

唯一的幸运者是陈哲，他驾驶着总重量超过八十吨的“中兴”号先后穿越了平流层、对流层、散逸层乃至三万六千公里的同步卫星轨道。当秦汉听到消息的时候，他已经走出去六万公里了，然而如此遥远的路途只不过是全程的千分之一而已。

“中兴”号与地面的联系早已被“铁幕”彻底斩断。一切通信方式都不复存在，但秦汉还是问赵全。

“现在他在哪个方向呢？”

赵全怔了一下，一时间不知道该如何回答这个没头没脑的问题。略加思索后，他指了指空中的某个地方，“应该是那边吧。”秦汉眯起双眼，努力朝着赵全手指的方向望去，就像是真能看到六万公里外的那粒尘埃一样。

他很快便结束了这个毫无意义的举动，缓缓转过身去，留给赵全一个无比冷漠的背影。

“我还以为你要多问几句的！”赵全在身后说。

秦汉没有回头，“对这些我没有兴趣，对了，等他回来的时候，麻烦你告诉我一声！”

“这次要让你失望了，预定的返航日期是军方绝密。不要说你了，就连我也无权知道！”赵全燃起一根香烟，深抽了一口，吐出一道烟圈，烟圈缓缓地飘至秦汉的眼前，让他下意识地想起了土星的美丽光环——就是陈哲不久后看腻的玩意儿。

初入太空的那些日子，陈哲对舷窗外的一切都充满了兴趣与好奇。他先后用天文望远镜观察了八大行星中的六颗，其中给他带来最大震撼的便是土星周围壮观恢宏的光环了。但时间总会让男人移情别恋，火星在接近，望远镜中，一个暗红的圆球慢慢长大成如火的圆盘，进而在窗外张开一块巨大的斑驳红布，当飞船掠过近火点时，陈哲几乎用肉眼就能看见它表面那道触目惊心的伤痕。终于，推进器掠过了火星，飞向了那片距地球 0.6 个天文单位的岩石海洋。

在初见石海的瞬间，陈哲忽然想起了儿时在游乐场玩过的抓娃娃游戏。懵懂的孩童用双手操控冰冷的机械臂，在一堆大小不一的玩具娃娃中寻到心仪的那个，欢笑着按下身前的按钮，等待惊喜的来临或是希望的落空。越大的娃娃越值钱，也越难抓。这是一项同时考验手艺与手气的游戏——正如他现在做的一样。

只是，这一回不是游戏，而是豪赌，筹码是生命，赌注是国运。若是赌徒急红了眼，国运也可以升级为全人类的命运。

为了应付可能出现的突发状况，“中兴号”上装载了两枚当量为四兆吨的氢弹，只要选准引爆的位置，氢元素聚变产生的可怕能量足以将直径为一公里的小行星推离原本的椭圆轨道，随后在阿波罗的召唤下坠向恒星所在的方向。紧接着，“中兴号”将“登陆”已脱离轨道的小行星，启动自带的核能推进器将其“导航”至人类繁衍生长的母星地球。当然，“一公里”的尺寸只是动力的极限，而非最佳的选择。如果陈哲真的选了一个这么大的陨星，并为之豪赌一把的话，那几乎意味着一半地球生物的灭顶之灾。

最理想的“流星”直径在三百到六百米之间，既有足够的动能带来的巨大威慑力，同时操控自如，能够在最后几周内决定它的坠落地点是 Y 国还是南极洲，以及至关重要的一点：不至于毁灭地球上的大多数生命。由于电波屏障的存在，“中兴号”的归期早在发射前便已定好：2040 年的 9 月 11 日。到时候，中国军方将视战场或谈判桌上取得的结果，向太空中携带“重礼”的陈哲发出信号，以决定这场天劫是落在月球、南极洲还是Y国城市或军事基地。无论结果如何，恐怖的动能都将造成里氏九级以上的地震，并对数十万乃至数百万平方公里内的生态系统造成毁灭性的打击。

陈哲第一个看中的是2010TK7，从舷窗上看去，这颗冰冷的“特洛伊”小行星形似一根饱满的香蕉，这勾起了已经吃了整整一年压缩饼干的陈哲的食欲，他想将“香蕉”带回去。但扫描结果打消了这个念头，2010TK7的长度不足一百四十米，重量不到一亿吨，用来毁灭一个城市倒是绰绰有余，但离战略武器的层次还差点儿意思。

接着，陈哲先后摒弃了过于巨大的“周杰伦星”——说实话，作为歌迷的他很想用这种方式向心中的偶像致敬，过于丑陋的“伊斯卡鲁星”——大小与密度都恰到好处，但形似排泄物的外观让陈哲有些反胃，以及以自己家乡命名的“杭州星”——它的公转速度太快了，快到无法完美避开火星的阻拦，当看到这个结果时，陈哲忍不住发出了一声叹息。

在长达半年的筛选过程中，陈哲胸中的权力欲不可避免地膨胀起来，“将在外，君命有所不受”，这种至高无上的特权早在一个多世纪前便随着通信技术的突飞猛进而不复存在，而陈哲成了近百年来的第一个。在某个北京时间的夜晚，被选中者做了一个梦，梦中的自己身披重甲、手持长戈，笔直地站在尸山血海之中。身后，数万名随时为自己赴汤蹈火的重甲战士高举刀剑。身前，数十万手无寸铁的战俘与平民跪伏在地，告饶的哀号在他的耳畔此起彼伏。

他下意识地举起右手，用力下压。数千道雪亮的刀光在空中一闪而过，无数道殷红的血箭射向天空，将这张碧蓝的幕布染成一片血红，身后，响起了士卒声嘶力竭的呼号：“武安，必胜！武安，必胜！”

陈哲从噩梦中惊醒，他第一次意识到，自己现在扮演的角色，绝非《后汉书》中那个谈笑破敌、光复汉室的刘秀，而是一念之间便可决定亿万人生死的武安君白起。在这个刹那，他几乎是下意识地把目光重新投向了巨大的“周杰伦星”，某种难以抑制的冲动情绪驱使他想要将这颗巨型炸弹拨向地球，为灿烂的人类文明奏响一曲动听的挽歌。

他终究忍住了这股冲动，并将目标锁定在一颗直径为四百三十米的未命名小行星上，这是一颗并不常见的P-小行星，扫描数据显示：它是一位极具天赋的“地球刺客”，极低的反射率让它行走于阴影之中，坚固的硅质内核、超过三千摄氏度的熔点决定了它极难被损坏或熔毁。更美妙的是，它的公转周期是六百九十五天，当时正位于火星的远日点，这让原本最难解决的“绕过火星”问题一下子迎刃而解。陈哲只考虑了不到两个小时便做出了决定，核爆与登陆的结果很快印证了这是一次完美的选择，按照计算机给出的答案，“中兴号”只需要耗费三分之一的燃料便足以驱动这颗流星在约定的时间落在指定的地点。

“就把它命名为‘荆轲’吧！”按照国际惯例，第一位发现小行星的人类将取得它的命名权。陈哲也明白，由于通信隔断，无论自己给小行星起个什么样的名字，距离自己0.8个天文单位之遥的人们都是无从得知的。

“不知道地球现在怎么样了？”陈哲从舰载望远镜里向远方的光点望去，镜头里，这颗-7.7视星等的天蓝色玻璃球晶莹剔透，就像是一粒悬于茫茫宇宙中的孤独水滴，纯黑的幕布将水滴的美丽衬托得淋漓尽致，风华绝代却格格不入。

38 平　等

陈哲望向地球的方向，而秦汉正望向他的方向，目光中充满了忧虑与不安。

2039 年 8 月 1 日，秘密暴露了。

秦雨和秦雪终究引起了监视人员的注意，这对再过两个月便年满十二周岁的双胞胎身高不足一百四十厘米，粉雕玉琢的脸蛋上几乎看不见少女的青春洋溢，取而代之的是与年龄并不相符的稚气与童真。早在两年前她们的母亲便看出了一点儿端倪，并猜到了其中的缘由。但何雪聪明地选择了沉默，这让别离晚来了两年，但终究还是来了。

薄薄的检查报告如重锤般将“克隆骗局”推测击得粉碎：这对双胞胎的衰老速度仅为正常水准的三分之一，而且是完全不同于呆小症、生长迟缓的健康发育。她们的生命被拉长了，这是传说中“上帝分子”的功效！看着这张薄如蝉翼的检验单，沐青觉得它几乎比泰山还要沉重。

进一步的调查结果显示，相似的奇迹并没有出现在秦汉或是其他人身上，这意味着这对出生于十二年前，但生理年龄不足八周岁的女童成了世界上仅有的 π 药剂受益者。

当审讯者来临时，秦汉一下子跪倒在地上，乞求对方能用温和一些的科研行为来对待自己的女儿。或许是父亲的哀求起了作用，在抽了两次血之后，两个女孩便被安排住进了一间特制的卡通小屋。再往后则是长达半年的相安无事，秦汉无法确定，究竟是那次抽血让他们得到了想要的结果，还是出于什么其他的原因，但起码他暂时可以放心了。

“为什么？在我的印象里，您不该这么优柔寡断才对呢！”欧阳用咄咄逼人的目光看着首长，“这是三位医学泰斗的申请报告，他们说了，只要您批准对那对双胞胎的血样进行化验，并对她们进行全方位的医学研究，他们起码有五成把握能分析出‘上帝分子’的分子结构，然后想办法合成它。但是你居然下令将那两份血样给封存了！甚至不允许任何人接近她们！请给我一个理由！医学家还说了，研究又不是解剖，并不会危及她们的生命！”

首长用一种难以捉摸的眼光看着欧阳，这让他不免有些发毛，但他并不放弃，而是将一张签着几十个名字的文件递到了首长跟前，“要知道，由于新陈代谢的缘故。时间拖得越久，我们的希望就越小！还有，既然‘克隆骗局’被证伪了，那‘救赎’是不是该重启了？”

首长轻轻接过文件，连看都没有看一眼便扔进了面前的废纸堆，这样的反应让欧阳有些不知所措，首长说：“不急！”

“不急？”欧阳难以置信，“怎么能不急？”

“你不是‘滤镜’的领袖吗？怎么还会问我如此幼稚的问题？”

欧阳愣住了，这个回答显然大大出乎他的预料。他问：“您不是说在其位谋其事吗？什么时候接受我们滤镜的世界观了？”

“我这么做可不是为了地球，而是为了国家与民族！”首长语气坚决，不带一丝通融的余地，“没错，古德的‘上帝分子’能让中国走上世界之巅！但那是未来，过去也可能如此，唯独不可能是现在！”

“怎么可能，人类对长生的渴望并不会因为战争而减弱！”欧阳据理力争。

“没错，即便在战争年代，上帝分子也是全人类翘首以盼的伟大奇迹！但就在一个月前，专家给了我一个最新的结果。研究资料表明，‘上帝分子’的最大秘密在于它的分子式到底是什么，而非如何去合成它！这意味着一旦成品药剂上市，任何一个世界级的医学实验室都能够轻易去复制它！”

“这算什么理由？人类的每项科技都是发现而非创造！无论有没有爱因斯坦，聚变与裂变都在宇宙的每一个角落发生。只不过‘上帝分子’更特殊一些罢了！”欧阳据理力争，“要知道，它的专利可是属于一个中国人的！如果……”

话还没说完，欧阳便主动闭了口，因为他已意识到自己是多么幼稚与天真。

专利是为利益服务的，当利益超过了某个临界点之后，世上现有的一切规则与法律便都成了一纸空文。一个简单的例子，从某种角度说，爱因斯坦是享有原子弹和氢弹的部分专利的，但当俄罗斯人、德国人、印度人或是朝鲜人在研发属于自己的核弹时，又有谁考虑过“专利”这种狗屁不如的玩意儿？

“你应该明白我的意思了，我们也许可以靠第一批上市的 π 药剂赚取几百亿甚至几千亿美元的外汇，但这只是短暂的幸福罢了。其他国家将会在第一时间逆推出 π 药剂的分子式和生产方法，然后大家就回到同一起跑线了！这也不能怪他们，在这个战争年代，谁愿意让自己的命运之喉被别人扼在手里呢？我甚至用‘盖亚’软件模拟了这一过程，你们的软件告诉我，这种情况的发生概率是99.98%！”

欧阳说不出话来，首长继续说道：“是的，我们在刚开始的一两年里赚到了惊人的外汇，这足以将我国的GDP拉高了10%或者更多，但是接下来呢？你再看看我国的年龄结构数据，到去年十二月，超过六十岁、基本丧失劳动能力的老人占据了总人口的33%，如果 π 药剂上市，平均寿命拉长三倍的话，我们将面临怎样的老龄化问题，我们将如何保持核心竞争力？！

“如果只是老龄化问题倒还好，可以试着想办法克服！但另外一点更关键！寿命延长必将带来人口爆炸。到时候，国家竞争中的最重要的因素将不再是武器、科技或是文化意识形态，而是耕地！人类首先要考虑的事情便是不饿肚子！在和平年代，我们或许能寄希望于农业技术的突破，外加粮食进口来勉强解决这个问题，但是如今是战争年代！谁也不知道这场战争何日会结束！我们的储备粮数字你应该知道，我们该如何面对随之而来的饥荒？在找到这些问题的解决方案之前，我们什么都不能做！”

欧阳有些茫然地看着首长，与此同时，之前一直站在一旁，一言不发的沐青瞬间明白了问题的关键。现在是2039年，中国的人口是十七亿，数量与二十一亿亩耕地理论能养活的人口基本持平，但纷飞的战火让四亿人不得不依靠进口与储备粮食填饱肚子。而M国在拥有三亿七千万人口的同时坐拥足以养活四十亿人口的耕地。如果π药剂在这时出现，战火又不能在短期内熄灭的话，后果很可能不堪设想！

“不知道你们有没有明白我的意思，或许再过几年，或者几十年，等到亩产两千公斤的水稻大规模种植后，等到可控核聚变能提供足够的能源时，等到宇航科技突破至人类可移民火星时，‘上帝分子’将成为人类的福音！但绝对不是现在，现在它是恶魔，会把我们国家的前途与地球的命运全部毁了的！”首长的语气低落，窗外，几架新式战斗机正在例行公事地巡逻，白色的尾烟在空中织成一张巨网。他继续说道：“仅仅是一次表层信息泄露，便已经引发了一次席卷全球的战争！如果π药剂真正问世的话，天知道会带来怎样的灾难！”

“错过了这一次，也许我们就永远错过神奇的‘上帝分子’了！”欧阳眼中仿佛有火焰在燃烧。

“没错，所以我让人抽取了两个女孩的血样，等到合适的时候，我或我的继任者会解除禁令，让科学家从中寻找上帝分子的秘密的！”首长针锋相对。

“答案未必就在血样里！”欧阳心有不甘，“再说了，我们可以秘密地生产、服用 π 药剂，而非向几十亿人廉价提供它！”

“说到底，你还是站在特权阶级的位置上考虑问题呢！”首长没有给欧阳留丝毫的情面，“没错，如果科学家从这对双胞胎身上找到答案，从而研制出一批 π 药剂，以你的身份和地位，自然会是受益人之一，但如果你是一介平民，你希望在自己只能活八十岁的同时，特权者能活三百岁吗？”

“我们自然能保守秘密！”

首长的眼神中流露出一丝不易察觉的鄙夷，“保密？你觉得这该如何保密？这不是新型反物质武器，不是引力波通信技术，那些玩意儿就算你把图纸拿到老百姓跟前，他们都会毫无兴趣！这是‘上帝分子’！是长生不老药！是傻子都能发现的东西！

“难道你觉得我们可以颁布一条法律，规定 ×× 级以上官员或是身价过亿的富翁可以独享 π 药剂带来的长生特权吗？如果我们真的这么做了，那会发生什么？”

首长忽然做出了一个奇怪的举动，他打开了办公桌的抽屉，将一个并不厚重的档案袋丢到沐青与欧阳的面前，“这是我的体检报告！我今年六十八岁，没有任何慢性疾病，心肺功能良好，医生给出的预期寿命是八十九岁，如果有了 π 药剂，理论上我就能再活六十多年！但是我放弃了！因为只有这样，我才有资格代表国家与人民做这个决定！我才有资格坐在这里对你们说这番话！起码，这个国家的领导人与任何一个平民，在生命面前都是平等的！”

首长站了起来，他并不高大的躯体此刻好似一座丰碑，让眼前的两个人不由得生出一种自惭形秽的感觉，首长在屋子里绕了半圈，斩钉截铁地说：“这个话题到此为止，我们该考虑迫在眉睫的事情了！”

此刻，距“光武计划”中的陨星审判地球之日，只剩整整四十二天。

39 审判之日

在“荆轲”的巨大威胁下，长达五年的世界大战渐渐接近了尾声。2040 年 8 月 27 日，Y 国陆军总司令在厚达 116 页的停战协定上签下了自己的名字。两国约定，中国立刻对太空中的陈哲发出信号，令其将陨星的预定降落点移至荒芜的南极大陆，而 Y 国则主动将“穿越”与核武器、生化武器一并列入《战争法》中明令禁止的战争手段。燃烧了三年半、蔓延至世界各地的战火开始逐渐熄灭。

直接或间接死于战争的人数约有四千万，其中有一半是无辜的平民。这数字看似惊人，实则不到“二战”的 50%。对这个结果，几个大国的智库得出了同样的结果：这要归功于全人类日渐升高的、对生命的敬畏与尊重，当然还要加上对科技力量的恐惧。二十多个参战国里有三分之二是有核国家，却无一例外地谨守十年前共同签订的《不扩散核武器条约》，这绝不是因为简单的道德或是舆论压力，更多是为了自己！在这个时代，至少有七八个国家拥有让整个地球和自己同归于尽的能力。所以结果便是大家都变得无比理智与克制起来。

打一个不太恰当的比方，这就像是几个常常打架抢地盘儿的小混混，当大家都赤手空拳时，那自然是仇人相见，分外眼红，抡圆了拳头就往对方的头上、脸上砸去，谁敢有一丝手下留情的话，那一定会被揍得鼻青脸肿。

从公元元年到热兵器出现之前，人类的战争有一多半都是这样的。想要抢占对手的土地，就必须从精神到肉体彻底消灭敌人，杀降、屠城、行刺领袖，无论是野蛮的游牧民族还是先进的农耕文明都“乐此不疲”。事实上，消灭一切有生力量，这也是冷兵器时代唯一的“正道”。那时候没有《战争法》或是《海牙公约》，战争的唯一准则就是没有准则。

但当小混混升级成了黑社会，带上了刀枪等致命性武器，械斗便开始变得理智且文明起来，双方会想方设法避开对方的心脏、动脉，或是其他致命之处，不到万不得已，谁都不会开枪，因为冲动的结果多半是同归于尽。所以，从1945年到今天，所有的有核国家都没有打破《不扩散核武器条约》。

“如果你手上端着一把刺刀，你大可冲动，但当你的飞机上带着一枚氢弹时，你必须保持冷静！”

尽管联合国一直在标榜，对生命的尊重是“三战”死亡人数得以锐减的主要原因，但某位战争学家还是一针见血地指出了问题的本质。“在这个时代，平民几乎是不可能对全副武装的士兵产生任何威胁的，杀掉一千个平民，带来的战略价值或许还不如摧毁一架最新的战斗机。”战争学家乐观地说，“我相信，如果有下一次世界大战，平民死亡人数还会更少！也许会少于一千万！”

一千万，这个数字同时在三十七万公里之外的陈哲脑中反复出现，此时的他并不知道地球上发生的一切，这不过是计算机模拟出的，陨星落在Y国首都所能带来的伤亡数字而已。

只要陈哲愿意，他可以剥夺一千万人的生命。

他当然不能这么做，按照“光武”计划，即便和谈失败，陨星的落点也会是Y国最大的军事基地而非平民区。而一旦和谈成功，那陨星的落点将会选在荒无人烟的南极洲。他还有二十个小时来做出最后的选择，在这二十个小时里，他只剩下最后一次观测机会，时长不超过二十分钟。

陈哲看了下手表，长长地呼出一口浊气，然后按下一个按钮。耳边传来金属元件的摩擦声，头顶的“谛听”望远镜最后一次对准了那个地方。

那是他的家乡杭州，从“谛听”天文望远镜里看去，这个美丽的江南城市宛如一张邮票大小的印象派油画，青绿是主色调，里面夹杂着斑驳的温暖颜色。陈哲定了定神，将镜头对准了某个特定的坐标，然后用颤抖的右手调高了倍率。伴着一抹刺目的嫣红映入眼帘，狂跳到每分钟一百二十下的心脏终于放缓了下来。

那是一个指甲盖大小的红色斑点，周围套了一圈绿色的花环，从太空里望去，宛若是一片熟了大半的美丽枫叶。陈哲知道，那是生命的颜色。

这个红点是西湖，被三百升超级染料染成一片血红的西湖：由于“铁幕”的存在，飞船与和地面是无法通过电波联系的，中国军方只能通过这种方式将信息传递给太空中的“控星者”，号令他最终将目标设在哪个地方。

按照约定，陈哲和他所操控的数亿吨的陨星，将避开地球上任何有人类居住的区域，转而将目标转向接近一千四百万平方公里的南极冻原。

那些憨态可掬的帝企鹅难道天生就比灵长类低上一等吗？陈哲的心里忽然蹦出这个无比危险的想法。他忆起了自己七岁那年，在A市动物园里喂过的那些企鹅。这种直立行走的鸟类人畜无害，外形犹如一位大腹便便的绅士，当孩子走近时，一只七十厘米高的雄性企鹅摇晃着走来，用它那看似尖锐的喙敲击地面，笃笃的声音似乎是警告的样子。但爸爸告诉陈哲，它是想要人去喂它。陈哲花了十块钱在旁边的窗口买了一小袋磷虾，然后将食物倒在地上，两个肥胖的家伙欢叫着奔过来，歪斜的跑步姿势让男孩和父亲忍不住笑出声来。在吃完地上的食物后，两只企鹅交头接耳，好像在商量什么，最后，较苗条的那只企鹅站了出来，用力摇了摇黑色的小短翅膀，男孩一下子便明白过来了，它在对他招手呢。

陈哲有些恍惚，原本按下一半的手指也顿在了半空，人类——万灵之首、地球的主宰者，似乎很少会考虑到其他物种的感受。现在，我才是主宰者，而地球上的人类则是“其他物种”。当这个念头如闪电般划过脑海时，陈哲打了个寒噤。此刻，他手上的权力已经超过第二次世界大战中的希特勒、斯大林与罗斯福，将公元前的秦始皇甩在身后，直逼十三世纪时的成吉思汗。他是上帝之鞭，是上帝之锤，只需一个念头，便足以决定数百万、数千万甚至数亿人的生死，左右两个大国甚至五个大洲的局势未来。陈哲的大脑一下子混沌起来，之前长达两年的冷静思考，在滔天权势带来的快感面前变得毫无意义。

在心中的撒旦将光明彻底吞噬前，陈哲掏出了儿子的照片。

这张三寸相片是他出发前照的，不到四岁的娃娃剑眉星目，和父亲简直是一个模子里刻出来的，孩子的鼻梁像母亲，挺拔而不失秀气，肉乎乎的嘴巴里不时蹦出一些含混不清的词句。在离别的那天傍晚，陈哲微笑着对儿子说："爸爸要上天摘一颗星星，当作回来时送你的礼物。"

妻子笑得很温暖，她并不知道丈夫即将执行的任务，自然将这句话当成了一句浪漫的情话。又有谁能想到，这不是玩笑，而是真的！

"控星者"很快又踌躇了起来，湖水的颜色意味着中国在战场或是谈判桌上胜利了，但通信电脑上冰冷的"无信号"字样却让他又生疑虑：既然打赢了或是谈妥了，为什么M国人没有撤下"铁幕"，让自己和地面恢复联系呢？

原因很简单，军方不敢！两个月前，一直处于军方严密保护下的陈哲的妻儿忽然失踪了！有足够多的证据表明，这对母子并没有遭人劫持，而是主动去了某个无人知晓的地方。但这个消息是绝对不能让手持末日审判之剑的"控星者"知道的，通信一旦恢复，陈哲极可能提出与妻子通话的合理要求，一旦被拒绝，后果是无法预料的。

幸运的是，陈哲想到了很多种可能，却从未接近残酷的真相。所以，对妻儿的思念与责任感缓缓占据了上风，让他又一次将手指移到按钮上，准备用一次轻按来拯救人类的命运。

西湖是陈哲自记事时起，留下深刻记忆的第一个地方，在一段朦胧模糊的记忆中，父亲拉着他的小手，在堤岸上望向远方湖光烟霭的水面。

“爸爸，为什么其他小朋友都有妈妈，而我没有呢？”

“妈妈不在了！”军人出身的父亲并没有用“妈妈去了很远的地方”之类的谎言来安慰年幼的儿子，而是直接说出了实情，“妈妈在生你的时候死了，她是为了你死的，所以你一定要好好活下去！”

当时刚满三岁的陈哲似懂非懂地点了点头，长大之后他才从亲戚那里知道，母亲患有严重的先天性心脏病，生育对她来说是一道鬼门关。但在那个没有安全措施的年代，她还是怀孕了，包括父亲在内的所有亲友都劝她打掉孩子，但她抚摩着微微隆起的小腹，温和而坚定地对所有人说：

“这可是一条人命啊！”

“在我手上的，可是上千万条人命啊！”秦汉右手用力地按下了导航键，同时口中喃喃自语，“帝企鹅们，对不起了！”

西湖宛如一只血红的眼睛，冰冷地看着蜂拥而至的人群。

40 墨菲定律

9 月 3 日上午，NASA 向全世界发出了一则通告。

华盛顿时间 9 月 11 日 18 时 45 分，南半球居民将有机会目睹人类历史上最壮观的流星。这是一颗直径约为 530 米的小行星，与地球的相对速度达到每秒钟 13 公里，假如它坠入太平洋，引发的巨大海啸将同时毁灭洛圣都和上海。但人类是幸运的，它的着陆点位于南极大陆的中央，并将在那里引发里氏 9.8 级的地震。

这次撞击对地球上 99.99% 的人来说都是安全的，大洋洲南部沿海、南美洲西部沿海地区可能遭遇 M2 ～ M3 级海啸，请各国政府提前做好海啸预警工作。最后郑重警告：请所有国家迅速撤出全部南极科考队员，撤出所有位于南纬 18 度以南海域的船只。最后，将人类诚挚的默哀送给南极大陆上的数千万只企鹅！

声明中只字未提 “光武计划”，地球上也没几个人知道这颗陨星的真实来历——这是谈判桌上商量好的，这样是为了避免将几个参战国同时推到人类公敌的位置上。等到陨星坠地后，整装待发的“利剑”特种部队将第一时间登陆遭受重创的南极大陆，争取在这片土地上找寻到烈士的遗骨并带回祖国。

考虑到陨星撞击地球时的动能，希望是微乎其微的。

当然，地球上发生的这一切都是陈哲无从知晓的。望着扑面而来的蔚蓝星球，陈哲并没有感到死亡来临前的恐惧，反倒是怀了一丝期待与兴奋。

“终于要回家了呢！”久违的重力感让陈哲舒服地呻吟出来，皑皑冰原在视野中飞速迫近，像是葬礼上飞舞的巨大白布，他的意识渐渐模糊起来，在昏迷前，脑海里响起了贝多芬 c 小调第五交响曲——《命运交响曲》。这是一首英雄意志战胜宿命论、光明击败黑暗的壮丽凯歌。在交响曲第一乐章的开头，贝多芬写下了一句发人深思的警句：“命运在敲门。”这句话让陈哲联想到了令全世界陷入恐惧的“穿越”武器，它的核心技术是跳脱于光锥即命运之外的。它可以不需要敲门，甚至不需要推门便闯进你的屋子，如果说命运是一位彬彬有礼的绅士的话，那“穿越”更像是一个破窗而入的强盗。

“命运之外，究竟是什么样子呢？”陈哲终于失去了意识。

在NASA预告的时间，十三亿南半球居民同时目睹了人类史上最璀璨的流星。光点最初出现在半人马座的位置，给雄姿英发的半人马战士添上了一颗睥睨众生的眼睛，短短五分钟之后，就连肉眼都能看到陨星在夜空中缓慢掠过的轨迹，当流星掠过天空第三亮的恒星——老人星身畔的时候，它的视星等已经达到了-3.89（堪培拉观测点），亮度已经超过了金星，成了夜空中除了月球之外最璀璨夺目的存在。

直到此时，所有的观测者都还在屏气观望，NASA早在二十四小时前就公布了陨星的精确落点，南纬85度67分、东经24度45分的南极冰原是它的最终归属地。“荆轲”蕴含的巨大动能大约等于7枚“帝皇”氢弹，或是三万枚广岛的审判者“小男孩”。这对南极洲的企鹅来说无疑是一次残忍的物种灭绝，但尚不至于影响整个地球的生态平衡——如果不出意外的话。

“如果你担心某种情况发生，那么它就更有可能发生。”——墨菲定律。

19时01分，炫目的强光骤然刺痛了数亿地球观众的双眼，这颗在天文尺度下微不足道的浮尘忽然绽放出不可思议的光芒，视星等在0.01秒钟内从-4.6骤升至-27.7，超过太阳亮度的两倍，光点化作巨大的火球，在死一般的寂静中从天而降，并在触及地平线的瞬间给整个南半球带来了强度不一的清晰震感。

十三亿人在惊恐中低下头颅，以保护短暂失明的双眼。在地面上，一道道绝望且清晰的人影被迅速拉长，很快重归黑暗。

“骤闪”只持续了七秒钟，但多数观众花了三到五分钟才让自己的瞳孔重新适应黑暗，当人们重新将目光投向令人生畏的夜空时，不速之客早已没了踪影。头顶的银河如往常一般浩瀚美丽。大家怀着忐忑的心情回到家中，三五成群地议论“骤闪”发生的原因。有99%的人打开了电视或电脑，希冀找到“骤闪”背后的理论解释或根据，即便一直都没有等到，他们也是相对幸运的那一批。因为另外那1%早已使用高等物理中的公式，计算出了造就-27.7亮度视星等以及跨越数千公里的空气热流所需的能量等级。

无知者的幸福只持续了不到两个小时，电视上紧急插播的M4级（海啸等级分为-1，0，1，2，3，4共6个级别，M4级代表浪高超过30米）海啸预警让大洋洲和南美洲沿海地区陷入了前所未有的混乱。逃难的人群将公路堵得水泄不通，汽车夹在人潮中寸步难行。留在城市里的只剩下亡命之徒和丧失行动能力、举目无亲的空巢老人。在智利西海岸的蒙特港，一位手持撬棒的男子兴奋地砸开一间间空无一人的店铺，狞笑着将柜台里的美钞席卷一空。

“呜呜……”远处传来的奇怪声响让罪犯警觉起来，他跨出店门，向远处的海面望去，海天线上隐约可见的白线提醒他，海啸快要到了。抢劫犯跨上摩托车，风驰电掣地驶往五百米外的一处丘陵，丘陵的海拔高度有四十多米，车上则备好了足够生活两周的食物与净水，但当他不紧不慢地登上丘陵，准备享用一块还带着体温的三明治时，却惊惧地发现，远方四十米高的海景帆船酒店在巨浪面前好像一块脆弱的积木一样被拍得粉碎——说实话这也很正常，除了一个细节：巨浪拍击的角度是自上而下的。

从22点开始，史无前例的巨大海啸先后袭击了大洋洲、南美洲以及非洲的沿海地区，巨浪高达四十七米，几乎达到此前纪录的1.5倍。愤怒的难民纷纷将矛头指向发布错误预测的NASA，要求他们给三百万名无辜的死难者做出一个交代。

NASA的调查结果让世界陷入了更大的震惊：位于南半球的A国为了让陨星的坠落地点“离本国远一些”，从而减小海啸可能造成的财产损失，自作主张在陨星下落到两万三千米高度时，在距离陨星五百米的地方引爆了一颗核弹。（事实上很多国家都认为这是A国对停战协议不满，进行的一次带有挑衅性质的核试验。）

然而所有人没有想到的是，在小行星的核心部分，竟然蕴藏着大约 84 千克的反物质氦。

如果没有这颗核弹的话，这些被岩层厚厚包裹的反物质氦将继续与世隔绝。然而核弹炸碎了这颗名为“审判”的小行星（NASA 命名），随着岩层的崩裂融化，正反物质在距离地面十七公里左右的平流层中第一次握手，湮灭反应产生了约两百亿吨 TNT 爆炸所产生的能量——超过了陨星动能的三十倍，其中的绝大部分转化成了热能，南极冰川在炙烤中迅速融化。整个地球的海平面将在未来几天里上升一到两米，这意味着所有海拔低于这个高度的陆地都将成为一片汪洋。

然而这仅是链式反应中最轻的一环。真正的灾难源于人类自身，瞬间爆发的恐怖热量将大气层变成了烤炉上的蒸笼，原本稳定的对流层与平流层一下子“沸腾”了，大气对流的活跃程度达到了正常水平的近百倍——这件事若是发生在两百年前也没什么，因为那时候的对流层里还没有人类排放的那三千万吨氟利昂（注：人类排放的氟利昂多残留在对流层，而臭氧层位于平流层，如果大量对流层的氟利昂升到平流层的话，那臭氧层将不复存在）。

“我们之前一直说，在南极的上空有一个臭氧层空洞，现在我们已经不能用‘洞’来形容它了，如果把地球比作一个鸡蛋，那么鸡蛋的半个蛋壳已经被剥掉了！”NASA 的新闻发言人满脸悲痛地宣布。天劫发生后，地球上五分之一的陆地彻底失去了臭氧层的庇护，剩下的五分之四受到不同程度的影响。太阳放射出的光芒赐予地球温暖与生命，现在它要把这些恩赐连本带利地收回去，看不见的紫外线炙烤着动物的表皮、植物的细胞壁以及一切暴露于阳光之下能够呼吸的物体。

南半球是首当其冲的重灾区。阳光下的一切都瘫痪了，包括农业、工业以及社会秩序。宽阔的街道上空空荡荡，完全看不到一个活着的人影，数千万难民携家带口，带着不同分量的水和粮食挤进暗无天日的地下空间。为了一个一米见方的铺位而血溅当场的悲剧无时无刻不在发生。在灾难发生的四十八个小时后，联合国秘书长面色凝重地宣布“人类迁徙”行动正式开始。这意味着在之后的一年里，世界上三分之二的客机与客轮将不分昼夜地将大洋洲、南美洲以及非洲南部的居民接至欧亚与北美大陆——其实这些地方也不再安全，但起码能让生物勉强活下去。这是一次规模空前的长途迁徙，涉及人数超过25亿。虽然臭氧层的修复工作会同步全速进行，但绝大多数移民这辈子是不太可能再回到家乡了。

2040年9月16日，国际臭氧层保护日。

这个原本名不见经传的保护日一夜间变得家喻户晓起来，几乎每个人都在议论臭氧层缺失可能给地球带来的灭顶之灾。即使在影响相对较小的北半球，人们依然忧心忡忡。这些日子里，各国政府发言人遇到最多的问题便是：“世界末日到了吗？”

首长脸色铁青，沉重的呼吸声透露出他内心的犹豫与焦虑。由数十位权威学者组成的专家团已经将初步报告送到他的手上：臭氧层厚度减少了25%～35%，翻了一番的紫外线辐射指数尚不足以杀死地面的生命，但对人类健康的影响与生态系统的破坏则是毋庸置疑的。不过在考虑这些问题之前，还有一件更加紧急的事情。

“利剑”部队遇到麻烦了。

撞击发生时，“利剑”部队正在南非德班港整装待发。但比预计中高出一倍的骇浪掀翻了沿途的一切，包括原本伪装成商船的“神盾”巡洋舰。足以致命的紫外线辐射将幸存下来的二十七名官兵困在三米深的地下室里，这些训练有素的中国军人并不缺乏为国捐躯的勇气与决心，但他们毕竟是陆地生物，总不能用蛙泳游到数千公里之外的南极洲去。

赵全看着眼前的二十六名战士，心里泛起说不出的苦涩。作为“光武计划”的知情者之一，他被任命为“利剑”行动的总参谋长，一同前往南极执行“清理”任务。如今指挥官已在海啸中牺牲，二十六双坚定的眼睛齐刷刷地聚焦在他的身上，只待一声令下，这些可爱的子弟兵随时准备赴汤蹈火。总参谋长清楚地知道，在湮灭产生的灭世能量下，找到陈哲遗体的概率几乎可以忽略不计。但即使是亿分之一的可能也必须“执行”，这是出自对革命烈士、对伟大牺牲者的尊重与敬畏。

赵全打开广播，悦耳的女声正用英文播报着居民最关心的东西，“明日阴有小雨，本地紫外线指数最高 77，B 波辐射强度最高 440 毫瓦 / 平方米，C 波强度最高 113 毫瓦 / 平方米，请尽量避免外出！”

阴雨天，77，这个数字放在从前是无法想象的。臭氧层正常的时候，地表的紫外线指数通常在 0 ～ 15 之间徘徊，只有赤道地区在晴天的中午能达到 18 左右，77 强度的紫外线辐射能轻易穿透一切非专业防护服，只需数十个小时便足以对人体造成不可逆的致命伤害。

赵全神色肃穆，冰冷的目光从一张张年轻的面庞上扫过。他高吼道：“利剑连一排，全体出列！”

没有拖泥带水，十四双沾满灰尘的军用皮靴毫不犹豫地前跨一步，车库里回荡起整齐的撞击声。赵全咬着牙发出了下一道指令：“二排原地待命，二排长升任营地指挥，一排全体队员，今晚开始行动！目标为 2000 吨左右级别商船，‘接管’船只后立刻起航！目标地点不变！现在开始全员准备，一个小时后出发！”

“是！”

41 船

南非，德班港港口。

皎洁的月光落在满目疮痍的码头上，把一片断壁残垣照出几分凄凉的美感。断落的缰绳杂乱地缠绕在厚厚的淤泥上，远远望去好似择人而噬的毒蛇。宁静温柔的海面让人们几乎忘记了大海几天前的狂暴，但混杂了死鱼与尸体腥臭的气息无时无刻不在提醒着幸存者，长夜绝不温柔。

港口散乱地停着三条轮船，其中的两条挂着南非与韩国的国旗。挂有南非国旗的客轮早已千疮百孔，韩国的相对好一点。最后一条船则“特立独行”，黑色的旗帜上绣了一个古怪的图案，远远看去像是一个大胡子男人叼着烟斗。当地人一看便知，这是臭名昭著的“阿克伦号”，旗帜上的图案是船长卡恩的自绘像，“阿克伦号”排水量为三千二百吨，标准航速二十二节，长期从事烟草走私生意。海啸来临时，它正停在距海岸两百公里的内河，从而躲过了一劫。如今，卡恩正指挥几十名膀大腰圆的水手，将这艘集装箱货轮大刀阔斧地改造成一个沙丁鱼罐头，从而将六百名难民带到相对安全的北半球。这自然不是满脸横肉的卡恩一心向善的缘故。要知道，从前当地人都叫他“见钱眼开的卡恩”，就在这两天，他的绰号升级了，变成了“黑心佬卡恩”，这位船长向每位登船者收取五万美元的费用，只要现金。

赵全看中了 “阿克伦号”，这倒不仅因为它的船况最好，能最安全快捷地将战士们带到南极，同时还因为卡恩是个劣迹斑斑、满手血腥的走私犯。

尤其是天灾发生后，为了抢夺客源，卡恩甚至“教训”了两名愿意免费将难民接到北半球的好心船长。“接管”这样一个人的这样一条船，想必比其他选择容易许多。

从前的卡恩并没有这么贪婪，起码不会为金钱做这种铤而走险、明摆着跟联合国对着干的事情。要知道，按照三天前刚刚通过的《天灾紧急法令》，他这么做一旦被抓获，不但会被没收全部财产，还将面临长达二十年的监禁。但自从一位毒枭朋友向他推荐了一条“千真万确”的能购买 π 药剂的途径后，卡恩便陷入了疯狂。

别说坐二十年牢了，就算五十年我也不吃亏，到时候我是能活三百岁的人呢！卡恩想不明白，为什么“上帝”声称不超过两百美金的 π 药剂会被炒到一千万美元，但如此离谱的天价却让他更加放心了。

第一批联合国救援船将在两周内到达，按抽签的方式决定每批撤离的人选。没有人知道，等抽中自己的时候，自己已经在紫外线熔炉里烤了多久。所以绝大多数有钱人都在寻求别的出路，例如找卡恩这样的蛇头帮忙。

每次想起那些有钱人点头哈腰地将一沓沓钞票塞到自己手上的样子，再想到自己二十年后还能保持年轻的体魄继续花天酒地，卡恩的感觉都像是喝下了满满的一杯威士忌，微醺而自得。正因如此，这几天他对水手的态度也越发恶劣起来，此刻他站在随波起伏的船头，对一个瘦骨嶙峋的男子高声喝骂：“猴子，你这个白痴！我说了多少遍了，床要紧紧地挨在一起！你竟然还敢留下二十厘米的空隙，你知道这要让我少赚多少钱吗？”

被称作“猴子”的男人惶恐地抬起头来，语气中带着一丝畏缩，“老大，如果不留一条走道的话，他们该怎么上床呢？”

“混球，他们就不能从别人床上爬过去吗？你要是再跟老子的钱过不去，信不信我一枪崩了你！”卡恩扬了扬手上的枪，“你知不知道，当年白种人从非洲运黑奴的时候，别说床了，就连张板凳都没有，所有人都挤在底舱，一路上少说有一半人被扔到海里喂鲨鱼！跟他们相比，我已经很大方了！”

猴子面露惊恐，忙不迭地低头赔罪，他低头将一张张冰冷的床板紧紧推到一起，中间连半厘米的缝隙都不再留下。看到手下顺从的样子，卡恩心里说不出的受用，他倒了满满一杯威士忌，盘算起还要再铤而走险几次，才能给妻子、儿子，以及父母各买上一份 π 药剂。喝醉后的卡恩忘乎所以，他带着几个水手下了船，准备去镇中心的赌场去快活一把，谁知刚走了一大半，眼前忽然闪现出几个幽灵般的红点。伴着几声闷响，几名手下摇晃了两下，同时倒在地上。

“有仇家找我麻烦？”卡恩全身僵硬，一动不动地站在原地。

“你好！”赵全从阴影中走出，他背着双手，直接逼向卡恩，好像把对方手上的 AK 当成了孩童的玩具，“对了，那边那条船是你的吗？”

卡恩做出了一个事后感到羞愧无比的动作，这个臭名昭著的匪徒触电般将手上的山寨 AK 摔在地上，乖乖地举起了双手，连声回答：“是，是，请问有什么指示？”

“没什么，我们需要出一趟海，麻烦你上船跟我们交接一下！”赵全吹了声口哨，十三道笔直的身影同时从树林中闪出，扑面而来的肃杀之气让卡恩的裤裆瞬间湿透。

“好，好！我愿意配合！”看着眼前这些身影，卡恩心中的最后一丝侥幸也彻底消失了。说实话，之前干走私的时候，他也不止一次跟当地的警察打过交道，但和眼前的这些人相比，那些人就显得有些弱了。

赵全点点头，示意身后的人铐住卡恩，一同走向前方的“阿克伦号”。就在这个时候，一个小小的身影忽然从路边的阴影中奔出，这是一个六七岁的白人小女孩，精致的面庞上还挂着晶莹的汗珠，皎洁的月光将她照得宛若一个天使。赵全怔了怔，在他反应过来之前，女孩已经抓住了他军装的裤脚——要不是及时举手阻止，身旁的两名部下已经端起了步枪。

“你干什么？”赵全俯下身去，拉住女孩的双手，这倒不是简单地表示亲昵，同时也防止女孩从口袋里掏出武器。

“求求你们，不要带走这个大胡子伯伯！”

“你认识他？”

“不认识，但我知道他是船长，我们一家都交了钱，等他带我们去俄罗斯呢！”女孩并不躲闪，蓝色的大眼睛毫无畏惧地和赵全对视。与此同时，身侧传来了急促的脚步声，赵全转过脸，一个三十来岁的金发美女光着一只脚，一瘸一拐地朝这边跑来，超越一切的母爱让她无视他们手上的步枪，女人冲上前去，一把将女孩抱在怀里。

“对不起，孩子不懂事！杰西卡，快跟妈妈回去！”

“等等！”赵全大声说道，这个词一下子把这位母亲吓得全身发抖，赵全赶忙说出了下半句，“我可以让这人退钱给你。”

“我们不要退钱！”女孩大声喊道，大滴的泪珠从她湛蓝的眸子里不断跌落，“爷爷眼睛不好，爸爸说，要是再待在这里，爷爷要不了多久就会瞎的！”

“你可以等联合国的救援，最晚下个月，第一批救援就该到了！然后就看运气了！”

“我不要等！也不要看运气！留在这儿的人很多都生病了！还有的死了！我爸爸有很多很多钱！我不要待在这里！我要活下去！”

赵全的脚步僵住了，他不知道该不该怜悯这个阶级观念已根深蒂固的女孩。正当他犹豫不决时，女孩猛地从妈妈怀里挣脱出来，双手紧紧地攥住赵全衣服的下摆，“大胡子伯伯是好人，我们是自愿交钱的，你们不要抓他！”

一旁的卡恩好像抓住了一根救命稻草，他勉强止住颤抖，强作镇定地说："是的，长官。我虽然赚了点儿黑心钱，可是从来没害过人呢！要不我把钱分给你们一半，不，三分之二，求你们饶了我吧！"卡恩眼珠一转，忽然想起了什么，"还有，我最近这么着急赚钱，是因为朋友介绍了一条买不老药的路子，谁不想多活几年呢！如果你们放了我，我就把这条路子介绍给你们，帮你们长命百岁啊！"

"不老药？"赵全愣住了，"你是说中国人发明的 π 药剂？"

"没错！就是那个！"卡恩就像抓住救命稻草的溺水者，"一千万一份，我的钱差不多够一份了！"

赵全几乎笑出声来，作为"救赎"工作的全程参与者，他自然清楚这些开价一千万的"π 药剂"是什么骗人的玩意儿。他鄙夷地看了这个懦弱又惜命的走私犯一眼，用汉语快速对身边的两位部下说："你们带这两个女的去镇北的地下营地，让缪军医去给她的爷爷看眼睛。对了，如果有我国的救援船只抵达，把她们全家送上船！"赵全一边说一边仔细打量卡恩，对方一脸迷茫的神色让他放下心来，"其他人，跟我去接管船只。如有抵抗，全部控制起来再说！"

十五分钟后。

随着大副被牢牢按在地上，原本抖个不停的卡恩反倒平静了下来，他将食指放在下巴浓密的胡须上擦了擦，抬起头来，直视面前的赵全，目光不再畏缩恐惧。

"能给我一支烟吗？"

"中国烟，你抽得惯吗？"赵全递过去一根烟，他忽然有些尊敬起眼前这个臭名昭著的恶徒了，不为别的，就为他在上船之前的那一声怒吼。

"条子来抓人了！不许抵抗，快滚！"

卡恩平日里对手下十分凶恶，拳打脚踢是家常便饭，生气的时候，经常威胁说要把不听话的手下扔进海里喂鲨鱼。但这一回他用一声怒骂解救了船上的大多数水手。此刻，他猜想自己或许活不过今晚了。说来奇怪，当生的希望被抽走后，卡恩反倒镇定下来，就连夹着香烟的手指都不再发抖。黑暗中，他手上烟头的火光一闪一闪，好像夜空中闪烁的繁星，又像是那些转瞬即逝的生命，当生命之火熄灭之后，还会再亮起来吗？

“我看到过你们的船，你们一定在执行机密任务！”卡恩吐出一口烟圈，忽然笑了笑，说，“我本来想多活两百年的，最后却把自己的性命给赔上了，真是亏大了！”

“没什么亏不亏的，我可以告诉你，那些黑市上的药都是假的！”不知为什么，赵全说出了这样一句话。

“假的？”卡恩脸色变了，他唇角扯出一丝笑容，脸色比哭还难看。卡恩抽了一口烟，忽然问出一个奇怪的问题，“对了，你们不会把那个小女孩也杀了吧？”

赵全拿烟的手抖了一下，抬起头问道：“你问这个干什么？”

“没什么，如果可能，我希望你们不要杀她，她才七岁，应该什么都不知道！”

“你认识她？”

“今天刚认识的！”卡恩狠吸了一口所剩无几的香烟，火光最后一次亮起来，满是胡须的粗犷脸孔在烟雾中变得模糊起来，“自打我成年之后，身边人都叫我‘恶棍’‘黑心佬’！她是这个世界上第一个说我是好人的呢！呵呵，虽然我这辈子只活了三十四年，但在我生命的最后一天，居然会有一个那么可爱的小女孩叫我大胡子伯伯，这可比活三百年更有意义呢！所以，我请你们放过她！”

当说到“伯伯”二字时，卡恩的腰忽然挺直了，他竭力做出一副绅士的样子，但这一次依旧有些多余！因为他已经是一个真正的绅士了呢！

“放心，没有人会伤害她，她会在中国生活得很开心！”赵全笑了笑，缓缓说道，“卡恩船长！我们可没打算杀你灭口呢！”

卡恩愣住了，杂乱的胡须随风而动，“你们不杀我？”

“没错，只是需要借你的船用一用。但是法庭会如何审判你，那就不知道了！” 赵全笑了笑，“等你释放的时候，我们会把船还给你的！”

卡恩露出一丝苦涩的笑容，“但愿我能活到被刑满释放的那天吧！”

“祝你好运！”赵全拍了拍卡恩的肩膀，用低沉的嗓音发出命令，“起航！目标南极洲不冻港！”

42 南 极

15 天后，南极大陆。

这是七天里的第一次日出，之前他们都在极夜圈里转悠。东北方的朝阳缓缓升起，给皑皑白雪上前进的“利剑”战士带来一丝直达心底的温暖。但战士们并不愿直视它，每个人都明白，除了温暖之外，它带来的还有死亡。

意志坚定的解放军战士已经完成了赵全分派的任务，他们将四个陨石坑周围仔细检查了一遍，然后用工具将一切疑似飞船残骸的东西聚在一起——仅仅是疑似而已，特种燃料产生出 5500 摄氏度的高温，当熊熊的烈焰熄灭的那一刻，参与这场“火葬”的战士整整齐齐地敬了一个军礼。

任务结束，便是回家的时候了。虽然有防辐射服的保护，但车上的盖革测试仪让每位战士心知肚明，自己的身体很可能已经受到了难以逆转的损害，他们深感悲怆，却无怨无悔。当夜幕降临的时候，这些年轻的战士仰望南极纯净如洗的夜空，灿烂夺目的银河让这些在城市中长大的东方人几乎要为之落泪、窒息，他们第一次知道，原来银河真是一条河，而非仅存于古诗文中的虚无缥缈的遐想，更非城市里暗红夜空中那片模糊的丑陋白斑。

21岁的哨兵罗诺忽然从瞌睡中惊醒，说实话，之前十多个晚上的放哨工作都是走个过场而已，但今晚似乎不太寻常。哨兵敏锐的双耳隐约听到了一些不同寻常的声音，声音微弱而尖细，绝非企鹅求偶的鸣叫或海豹卖萌的呼喊，倒有些像是女人的说话声。罗诺顿时神经紧绷起来，他拉上枪栓，循着声音传来的方向蹑手蹑脚地走去。在绕过一座冰雪覆盖的土包后，一顶天蓝色的帐篷出现在眼前，里面亮着灯光，依稀可以看到一大一小两个人影。

“谁？出来！”紧张之下，罗诺直接喊出了母语。帐篷里的人影顿在了那里，出乎意料的是，一个清脆的童音用普通话答道。

“你们是谁？我和妈妈过来接爸爸！”

匪夷所思的回答让罗诺有些不知所措，他一手握枪，一手从怀里掏出对讲机。两分钟后，赵全带着四位荷枪实弹的战士冲了过来。战士们一一卧倒，四支步枪和一把手枪同时对准了帐篷的出口，赵全清了清嗓子，用特有的低沉嗓音喊道：“我们是利剑分队，前往长城站执行救援任务，请问里面是什么人？”

如果赵全知道帐篷里究竟是什么人的话，他一定不会撒这个全无意义的谎言。

“我不是说了吗？妈妈带我来找爸爸！”帐篷里的孩子显得有些不耐烦。赵全不再啰唆，三步并作两步地走到帐篷跟前，一把拉开了中间的拉链。两张惶恐的脸出现在昏黄的灯光下，一个蓬头垢面的女人抱着六七岁大的男孩，缩在帐篷的一角瑟瑟发抖。

“是你！”赵全惊讶地叫了出来，这个女人竟然是他认识的，她叫谢思，陈哲的爱人，三个月前，她带着六岁的儿子陈思哲从国安局的监视下神秘失踪，之后便始终处于失联状态。

赵全眉头紧锁，现在他总算明白“妈妈带我来找爸爸”这句话是什么意思了。说起来似乎有些可笑，这对母子的目的地竟和他们任务的目的地不谋而合。但任务已经完成了，他自然不可能再带着这两个人返回陨石坑。

“小谢，我能理解你的心情，但你必须跟我们回中国！”赵全并没有过多解释，而是向身后打了一个手势，两位战士放下枪，步履坚定地走来。

“不，我不要跟你们走！”谢思疯狂挣扎，瘦弱的身躯爆发出巨大的力量，两名战士几乎无法制服她。

“爆炸破坏了臭氧层，现在南极的紫外线辐射十分严重，如果你们再不走，一定活不过两个月！就算你如今生无可恋，但孩子是无辜的！”赵全说的每一个字都是实话，但他却隐去了最关键的一点：即便这对母子现在就跟他们离开，他们最多也就是在皮肤癌的痛苦中多苟延残喘几年而已。但这句掐头去尾的真话显然起到了极好的效果，女人的挣扎明显放缓了下来。

“你说的都是真的？”

“当然！”赵全脱下身上的军服，露出衬衣上的防辐射标签，“你得赶快跟我们走，为了他的儿子！”

谢思不再挣扎，她松开孩子的手，叮嘱道：“你先跟解放军叔叔上车。”在儿子被带走后，泪珠大滴大滴地从女人的眼眶里滑落下来，“你见到他了？”

“没有，什么都没有留下来！”赵全从不撒没有必要的谎言，这次也一样。

“你们是来清理痕迹的？”谢思一语中的，“放心，我出来后没有接触任何人，也没有说出过你们的计划！”

“我相信你！”

在接下来的归途里，谢思将这段日子发生的事情告诉了赵全。其实，她的出逃最先是由一位外国间谍策划安排的，这个名叫古德温的白人间谍将“光武计划”透露给谢思，说服她前往M国，让她说服远在太空的陈哲。

“只要你愿意跟我们配合，您的丈夫就有活下来的希望，NASA有这个技术！”

说实话，在刚听说“光武”真相时，这个三年里一直在等待丈夫回家的女人陷入了极度的疯狂，仇恨填满了她的心房，她恨这场战争，恨“光武计划”，更恨制定计划、将丈夫送上绝路的人！她几乎没有犹豫便答应了对方的要求。但当她从古德温手中接过那张可前往世界绝大多数国家的特殊绿卡时，这位妻子做出了一个出人意料的决定：

不去M国，离开中国，去南极洲，去“接”孩子的父亲！

谢思用了一个巧妙的办法甩掉了M国人的跟踪，她用手中的绿卡同时订了20张机票，分别飞往20个不同的城市。当M国军方从墨尔本的机场监控里发现她的身影时，她已经带着孩子坐上一艘偷渡船了。

她带着儿子，登上了一艘前往南极的游轮，之后便待在南极的某个科考站里等待陨星的降临，撤离广播响起时，她做出了一个艰难的抉择：留在南极。

流星陨落那天，谢思带着陈思哲，在南极大陆平静的海边目睹了那颗惊天动地的陨星，当意料之外的湮灭之光亮起时，她没有闭眼，而是抚摩着儿子的脑袋说：“看，这是爸爸给咱们放的焰火呢！”脚底传来的剧烈震动让母子跌倒在地，但她很快便重新站了起来，并且一把抱起了瑟瑟发抖的儿子。

听完这个故事，赵全默默地从篝火边站了起来，对准远处的某个方向，再次敬了一个标准的军礼。

B市城郊的一处秘密基地，一个坐着数百人的报告厅，每个人的面容上都写满了焦虑与凝重，一道道肃穆的目光笔直地投向前方的大屏幕。沐青一行人走入会场后，讲坛上的老者——中科院院长开始了发言。

“经过中国国家航天局与中国科学院的反复观测计算，天灾造成的影响已得到初步评估，现简单报告如下：

“一、湮灭反应与撞击产生的能量总和约 4 乘以 10 的 25 次方焦耳，其中 80% 以上转化为热能，由于南极冰川融化，目前海平面已上升 2.4 米，预计在未来半年中会继续上升 1 米左右，我国将因此失去 5.7 万平方公里的陆地。其中，上海、广州均有较大损失。”

“二、我国领土上空臭氧层受到不同程度破坏，破坏程度从南向北依次递减，在得到有效修复前，各地紫外线辐射指数同比上升 120% ～ 350% 不等，皮肤癌发生概率预计上升 7 ～ 20 倍，白内障患者增加 4 ～ 10 倍。全国人口预期寿命将因此减少六年左右！”

发言进行到这里的时候，台下一张张凝重的面庞反倒变得轻松了许多，诸如“好像并没有想象中严重”“原来并不是世界末日”的声音不断在人群中响起。讲台上的院长注意到了这一点，他苦笑着摇摇头，用冰冷的噩耗打碎了乐观者的一切幻想。

“三、随着紫外线指数的爆发性增加，由动植物、微生物组成的生态系统将受到严重破坏，短时间内我们无法对其全部后果进行准确评估。但其中的一个数字我们已经估算出来了！那便是农作物的减产比例。”

会场瞬间安静了下来，就连一根针掉在地上的声音都清晰可闻。院长停顿了一下，用无比悲切的目光扫视会场，面无表情地读出了一个数字。

“84%，在未来的十年里，我国大部分地区的农作物产量将锐减至现在的六分之一，世界上将有 30 亿人被饿死！”

“荒唐！”一位身穿军装的老者站了起来，“你说的都是纸上谈兵！你们肯定没有将人民对抗天灾的决心与信念考虑进去，在我小时候，老家有一次发洪水，几十万亩耕地全被淹了。但人定胜天，村里人在山上种了土豆和红薯，大家靠着树皮、草根以及这些临时种下的农作物，最后起码有九成的人都活了下来！”

“不，我们已经考虑了这些因素，要不然这个数字就不是30亿，而是60亿了。在模拟计算中，我们已经剔除了所有饲料转化率高于2∶1的禽畜，牧场里的牛羊将在一个月内屠宰完毕。对了，还有那些人类的朋友：宠物，我们马上就要对它们举起屠刀了！”

43 马斯洛需求

自从天劫降临的那一天起，基地里的宁静便被彻底打破了。数十位科技精英们没日没夜地聚在一起，从不同的角度探讨湮灭对地球环境造成的毁灭性后果，学心理学的乔恩也是其中的常客，主要负责分析末世心理对人类行为习惯造成的影响。有那么几次，秦汉也试着加入这样的讨论，但贫瘠的学识让他很快便自惭形秽地退出了。

在这些中科院院士、学术泰斗眼里，本科毕业的秦汉和一个在地里刨土的农民似乎差不了多少，甚至还不如他们。起码农民知道耕作一亩地需要付出多少个小时的劳动，最后能打多少粮食！而他在大学里学到的那些学科，例如《新闻学概论》《采访与写作》，在这种时候又能起到什么狗屁作用呢？

“哈哈，大主编，我跟你打赌，最多再过一个月，报纸上一定会有《专家称辐射对人体并无危害》《超级小麦即将解决粮食危机》这样的文章。”一位物理学家在饭桌上对秦汉说道。

“总比让大家彻底绝望、天下大乱好！”秦汉认真地跟对方解释。

“这话还是对乔恩说吧，她是学心理学的，一定会支持你！”物理学家的语气中带着一丝嘲弄，“对我们来说，无知比死亡更痛苦！”

秦汉并不想和对方继续争辩，他放下筷子，慢慢向宿舍走去。刚走到走廊的楼道口，两声凄厉的狗吠毫无征兆地攥紧了他的心脏。男人听出来了，这是他与乔恩养的小狗贝蒂的叫声。

基地里有一大半人养了宠物，在这个缺少自由、没有家人的舒适“牢笼”里，一只会撒娇卖萌的猫或狗成了多数人的精神寄托。记得有人说过，伟大的科学家多半是没有人性的，他们与公式为友，几乎从不会有知心朋友。这句话在这里并不适用。当你真正把这些科学人才关在一间狭窄而不见天日的房子里时，他们反倒一反常态地遵从起马斯洛需求理论，将社交需求看得比自我实现更为重要起来。

贝蒂是乔恩的宠物，也是她的“儿子”与家人。作为秘密基地内的唯一女性，乔恩到这里的第二个月便领养了这只茶杯泰迪。每位心理医生都是一个树洞，求助者将心底的秘密倒给他们，但他们却绝对不能将这些再倒给别人。如今，贝蒂就是乔恩的树洞。它所听过的女主人的秘密，甚至要比她的亲密情人还要多上几倍。记得有一次，秦汉不小心踩到了躺在地上打盹儿的贝蒂的后腿，然后他见识了乔恩最狂暴的一面。

泰迪的叫声很尖锐，每个音节里都透出极大的恐惧与痛楚。秦汉疯狂地奔到那间熟悉的宿舍门口，一脚踹开木门，乔恩正被两位年轻的战士按在桌边，身高不足一米六五的她如捕兽夹上的小兽般疯狂挣扎。她咬着牙，将被反锁的腕关节扭得咯咯作响，白皙的前臂上多出一道道血痕，但依然无济于事。在距离她不到两米的地方，贝蒂正在一张细密的尼龙网中挣扎扭动，网口的绳子握在一位身高马大的少校手上。看到这一幕，秦汉觉得全身的血液都沸腾了，他随手抄起桌上的酒瓶，朝着乔恩身边的两位战士冲去，但还没冲到跟前，一阵从后脑传来的钝器打击感让他倒在了地上。

“你们要干什么？”秦汉半跪在地，嘴里的血腥味让他慢慢冷静下来。

“没什么，只是不许养狗了。”少校面无表情地说道，“不只是针对你们这个地方，最多一个星期，全世界都不会再看到任何一只宠物了！”

“我们可以用自己的食物喂它们，不会浪费粮食的！”乔恩不甘地说，就在两天前，隔壁的生物学硕士认真地提出了这种可能性，大家早有心理准备，但当这一刻真正来临时，女人还是崩溃了。

“不可能的，明天就要实行新的口粮配给了！还是想好怎么填饱自己的肚子吧！”少校冷笑了一声，笑容里带有一丝残忍的味道，“按照天灾紧急条款，你有权吃掉你的这只泰迪，怎么样，要不要考虑一下？”

“滚！”乔恩怒吼道。对方丝毫没有动气，而是继续平静地说：“没关系，宠物在屠宰后将被腌制，并为原主人保留三个月，在这三个月里，你可以随时拿着这张纸条去领两斤狗肉！”

少校将一张便笺放在桌上，然后用一旁的水杯仔细地将纸压在下面。做完这一切之后，他提起地上的尼龙网，将哀叫不停的贝蒂交到一位战士的手中，头也不回地转身出门。一分钟后，隔壁房间里传出了男子的哭声与萨摩耶的低吼。

秦汉走到桌边，正想要安慰泣不成声的乔恩。但乔恩轻轻推开了秦汉搭上她肩头的右手，她站起身来，声音里已不再带有丝毫哭腔。

“走，去李响教授的房间！”

李响是中科院植物研究所院士，两天前就是他让乔恩做好失去宠物的心理准备的。当两个人推开他的房门时，李响正拿着一把精致的木梳，一丝不苟地给怀里的凯恩梳头。

凯恩是一只两岁的秋田犬，每逢阳光灿烂的日子，李响都会牵着它去基地的天台上散步。凯恩的性格很温驯，常常被只能够到自己膝盖的贝蒂欺负，因为这个，乔恩找李响道歉过好几趟，但以后不会再有这样的情况发生了，永远不会。

“他们来了吗？”李响的声音十分平静，就好像是打听一件无关紧要的小事一样。

“是的，贝蒂已经被带走了！”

“好吧！”李响解下秋田犬脖子上的项圈，宽大的右手在凯恩的脑袋上轻轻地摩挲，凯恩闭上双眼，静静地感受生命中最后的温存。门外的脚步声越来越近，执法队走了进来，并从李响的手中拽过瑟瑟发抖的凯恩，绳结被粗暴地套在狗脖子上，生生扼断了喉咙里刚发出一半的凄厉吠叫。主人闭上双眼，端坐在半米外的床沿，仿佛一尊沉默的雕像。

“你比我想象得还要平静呢，教授！”等执法队走出房门口，乔恩说道。

“马斯洛需求！”李响嘴角扯动，挤出一个言不由衷的微笑，“第一层都没有了，还会有人关心第三层吗？是吧，美丽的心理学博士。”

他一边说着，一边走到桌边，郑重其事地拿起执法队留在桌上的纸条，看了一眼，接着仔细地塞进自己的上衣口袋。他神色肃穆，动作轻柔而谨慎，就像是饿了三天的乞丐收起一张十万美元的支票那样虔诚。“七斤呢！”无比自然的语气让秦汉很难把眼前的男人与十分钟前的他联系起来。但这还没完，院士弯下身子，从木制的狗舍下方拽出一个硕大的硬包装袋，是凯恩吃剩下的狗粮。

接下来，秦汉看见了他四十八年人生中最不可思议的一幕：李响将颗粒状的狗粮慢慢倒出来，一颗颗淡黄色的小球滚落在白纸上，然后被放上了天平。1731 克，李响拿起一支笔，记下了这个数字，最后对照狗粮外包装上的营养成分表，认真地计算了起来。

“270 克蛋白质、80 克脂肪、600 克淀粉……”当他算到一半时，秦汉感觉自己已经快要抓狂了。

“我的天，你不是准备让自己吃这个吧！”

“过不了几天，你就不会问这种愚蠢的问题了！”李响冷笑着拿起窗台上的仙人掌，这盆多肉植物已经不再像半个月前那样翠绿茁壮了，大块的黄点出现在叶片的向阳一面，像老人斑，更像尸斑。植物学家小心翼翼地将这株时日无多的仙人掌从花盆里连根拔起来，让秦汉瞠目结舌的是，他并没有把它扔进垃圾桶，而是和狗粮一齐放入了冰箱。

44 食 物

秦汉回到宿舍，脑海里装满了挥之不去的困惑不解。这个世界仿佛在一夜之间变了样，身边的科学家似乎对一切都漠不关心起来，包括那些曾让他们狂热痴迷的公式与函数，这种困惑一直持续到了第二天，食物配给计划发到了每个人的手上。

说实话，对于基地里的这些高级“囚犯”，国家已经给了足够的优待，他们的食物配给比普通公民多20%，即使与国家领袖相比也不遑多让。三百克大米、两百克蔬菜和一百克肉类，这就是每个人一天的口粮。随着时间的推移，大米降格为难以下咽的杂交水稻。生活在这个时代，挨饿如同呼吸一样无处不在，等到第六天的时候，一直嫌自己不够苗条的乔恩已经不再将每天的晚餐倒给秦汉一半了。等到第十五天，她抹着眼泪，从地板上捡起满是鞋印的前些天执法队留下的纸条，到食物配给中心领了一千克的狗肉。

“这盘子里装的是贝蒂吗？”乔恩拿着筷子，却迟迟不愿动手。

“应该不会，厨房不会分这么仔细的，当然，也许里面有几块肉是它的！”

乔恩咬了咬牙，终于伸出了筷子。她咀嚼得很仔细，想象是将挚爱的宠物埋葬进自己的肠胃。这样的欺骗让女人好受了一些。看着面前的三个小小的餐盘，乔恩觉得这才是生命的真谛，超越了爱情、青春、梦想，是最真实伟大的存在。

“听说明天过后就不会有牛肉了！”秦汉将最后一块牛肉夹到乔恩碗里。牛，这种陪伴了人类在农耕文明走过数千年之久的伟大生物，这种原始时代中人类的信仰与图腾，已被它们所帮助过的高等生物屠杀殆尽。在这个饥荒的时代，10 ∶ 1 的饲料转化比是不可饶恕的原罪。

就在半个月前，960 万平方公里的土地上还只有不到百分之五的人能勉强回忆起饥饿的可怕空白感。在这百分之五中，又有超过一半是行将就木、从思维到身体都变得僵化迟钝的耄耋老人。从这些混浊的眼中看去，时针恍惚间回拨了八十年，又或是八十万年，将尘封在历史深处的书页重新翻开，让早已忘却了食物珍贵的灵长类之首重新记起了一些东西，一些有关于生存本源的东西。人们挣扎着，不安着，绝望着，这是时代的色彩，也是历史的印记。

沉闷的咀嚼声穿透了混凝土墙壁，回荡在秦汉与乔恩的耳膜边。这声音很熟悉，李响又在宿舍中独享秋田犬的遗产了。记忆中，那一粒粒黄褐色的圆球曾是那般又脏又腻，看了都让人反胃，但现在想起来，那是金子的颜色。不，用金子来比喻食物几乎是一种亵渎，那该是生命的光泽才对。

忽然，走廊传来的嘈杂声盖过了嘎吱作响的咀嚼声，一个熟悉的男中音响了起来，“我还要原来的房间！不用！我自己能走！”是赵全，和往日里相比，中将的声音明显苍老沙哑了一些。秦汉和乔恩走到门外，远远便瞧见了那个熟悉的挺拔身影，刚从南极归来的赵全腰杆笔直，正大声地呵斥着两位打算扶他的卫兵。

“我说了，我不要医生，也不要护工！我很好，如果你们不希望我早点儿做烈士的话，请你们离我远点儿！”

赵全粗暴地推开卫兵，同时推开了一切同情与怜悯。他快步向楼梯口走去，当经过秦汉面前时，赵全停了下来，双脚以一个略怪异的姿势站立着，整个人如同狂风中的一棵松树一样，颤颤巍巍，却又巍巍不倒。六道目光在空气中交汇，织出一张无形的诡异大网。

“将军，你回来了！”乔恩打破了可怕的沉默。

“是的，我回来了！”赵全牙关紧咬，下唇上出现一道青白的齿印，“我没有看到他，什么都没有留下来！”

“这至少说明他没有遭受太大的痛楚！”乔恩说。

“是的！”赵全觉得自己快要坚持不住了，冷汗浸湿了后背的衣衫，强烈的呕吐感从胃部一直翻腾到喉咙，他翻滚喉结，用力咽了两口唾液才勉强压了下来。辐射症不可避免地出现了，比想象中来得还要稍微早了一些。赵全擦了擦微湿的前额，却意外捋下了几丝毫无光泽的黄发，“我很累，先回宿舍了！”

秦汉很想追上去，问问赵全的身体状况，一旁的乔恩轻轻地拉住了他。本科时学过的医学常识告诉她，眼前的这个人很可能撑不了多久了，只不过暂时还能呼吸而已。据说，赵全之所以患上如此严重的辐射症，是因为将自己的防辐射服让给了陈哲的遗孀。当人们用尊敬的目光目送英雄远去时，赵全慢慢地扭过头来，他的动作很费力，就像每一个关节都锈住了的木偶。

“恭喜你！”赵全的声音不大，但异常清晰，“你很快就要看到你的女儿了！”

将死之人不会说谎，只过了不到两个小时，秦汉就看到了心中的两位天使，她们从阳光下的伞影中向父亲扑来，宛如两只归林的白兔。

沐青整了整衣领，踏着自己的影子大步走来，最后在秦汉跟前停下了脚步。两个人站在温暖而迷人的晨曦下，对视了整整三分钟。在这个时代，“共沐日光”可是个了不得的举动，它意味着超越一切的尊敬或亲近，就和在战场上把自己的后背交给战友一样，代表同生死，共存亡。

面对沐青的举动，秦汉有些不知所措。他问：“为什么？你们找到结果了？”

“不，我们不需要结果！”沐青侧对朝阳站立，额前头发的影子宛如一堵蜿蜒的黑墙。秦汉现出迷茫的神色，他拍拍女儿柔软的脊背，示意她们到一旁等他，然后将疑问的目光投向沐青。

“在这个饥荒时代，古德的发现已经没有意义了！”沐青面色凝重，一字一顿地说，“如今，地球已是一个植物枯死、生态脆弱、口粮不足以人类果腹的贫瘠星球，而且，在未来的几十年里都不会有太大的改观！专家估计，目前地球能够养活的人口不足三十亿！在这个饥荒的时代，长生不再是梦想，而是罪恶！”

秦汉并未被如此轻易地说服，沐青仿佛看透他的心思一般，主动解释道：“这一次没有阴谋，也没有谎言。死亡是上帝给生命最好的馈赠，它是文明进步的动力、源泉，更是文明发展至今唯一始终保持着相对平等的基本人权。富人拥有比乞丐多上数百万倍的财富，当权者可以运用平民无法想象的资源，至于交配权、生育权，也同样无一例外地倾向于‘上等人’与‘优等人’。但生命不行！即便是站在财富与权力之巅的伟人，也不会比平民多出哪怕三分之一的生命，如果连这最后的平等都在地球上消失的话，那文明将不再是文明！

“你一定在心底怀疑我们，认为我们不可能这么无私，但我想说的是，这并非无私，而是自私！我想告诉你，谋杀古德的是一个以守护地球为最高职责的崇高组织，他们杀死你的朋友，只有一个原因，‘上帝分子’威胁到了整个人类文明，人类将有超过六分之一的概率因此走向灭亡！

“这是六年前的数据，在今天，这个数字已经是60%了！我们都想活得久一点儿，不要说八十岁，就连三百岁都嫌太短！但是我们不能活这么久，起码在现在这个时代不行，地球养不活这么多人。如果放在一百年前，或许我们还能用一次世界大战来解决人口问题，但现在不同，如你所知，人类所掌握的科技已经足以将地球毁掉一千次！在这个一大半人即将被饿死的时候，将人类的寿命延长三倍，你应该能猜到结果！”

沐青说得如此激动，以至于对自己身边已聚拢了一大圈人都浑然未觉，当发现已被激动的人群包围时，他迎着象征了生机与死亡的阳光，呼喊出此生中最著名的话语：

“生命是有维度的，长度、宽度、高度。我们总盼望着延伸生命的长度，希望能活得更久一些，却忽略了宽度与高度的存在！请别忘了，即便生命如此短暂，短暂到在宇宙尺度下好比白驹过隙，但我们依然创造出了不朽的奇迹，创造出了伟大的文明！”

结局和开端

2041年，F国某沿海城市。

看着沐青在电脑荧幕上慷慨激昂的演讲，我用力地咬了一口手上的黑面包，一股苦涩的杂交大麦味道瞬间布满了麻木的口腔。这种产量极高、口感略差的转基因作物原本是用来喂猪的，但此刻已是只有过节才能吃到的珍馐。

沐青这个蠢货，他说的这些道理早在几年前我就知道了。

昨天下午，难得的阴天，紫外线指数还不到阈值的两倍。我一个人去了海边，呆呆地坐在离海水只有二三十米的一块礁石上。退潮的时候，半个被藻类覆盖的屋顶在不远处露了出来，那是我五年前买下的别墅。但我并不生气，反倒有些扬扬自得起来。

我沿着海岸线不紧不慢地朝刚租的房子走去，海浪将一条小小的项链带到我的脚边，我好奇地捡起了它，项链上挂了一根别致的小兽牙，看上面的图案，应该出自非洲或南美的哪个国家，我将项链翻转过来，兽牙的背面用隽秀的笔迹刻着“Jessica”（杰西卡），这也许便是它主人的名字吧。

我慢慢地踱到房子门口，对门的张老汉又来找我唠嗑了。老张是个渔民，和我一样是从中国过来的，这个职业现在可不太好混，浅海的鱼类早就死光了，深海捕捞又不是他那条小破船能搞定的。果然，没聊几句他就开始抱怨了："唉，前几年电视上还说人要能活三百岁了！我还盼着再过二百多年好日子呢，但看看现在这光景，就连六十年我都活不下去了。整天闷在屋子里，半年吃不上一顿饱饭，还不如早点儿死了算了！"

老张这个蠢货，一看就没搞清楚"上帝分子"的药物机理，我也懒得跟他解释这些东西，我说："殊途同归！"

"什么？"老张显然没听过这个成语。

"意思是一件好事跟一件坏事，最后的结果都一样！"我费力地解释道，"你想想，现在为什么日子不好过？不就是因为鱼都死了，庄稼的收成也少了，东西不够吃吗？"

老张如小鸡啄米般点头。

"那你再想想，如果大伙儿都能活三百岁的话，这人就要多出来好几倍了，那东西还够吃吗？"我循循善诱。

"那，那……"老张吞吞吐吐起来，"那也比现在好，原来我起码还能晒太阳呢。现在整天都缩在屋子里，就跟只老王八似的！"

"你吃不饱肚子的时候会想到晒太阳吗？"

"哪里会？肯定先吃饱肚子再想别的啊！"

"那就是了，你说你是乐意过从前的日子呢，还是饿着肚子活三百年呢？"

"这个，这个……"老张抓耳挠腮也想不出个答案，我不等他回答，转身回到屋子，然后"砰"一下关上房门。这个家伙，小学都没毕业还来思考这个问题，要知道，就连我也不知道该如何选择呢！

再说了，这问题是根本没得选的，除了被动地接受上天的安排，难不成你还能自己决定？就拿我来说，我就只能这样忍饥挨饿地活三百岁了！

我是古德，他们都认为我早就死了。真是一群蠢货！父亲的惨剧让我早有防备，我提前找"艾力克"公司克隆了自己，再让他们用生长激素将克隆体催生到和我差不多的年纪，最后买凶杀了那个没有自主思维的替身罢了。现在人真是被DNA科技弄瞎了双眼，竟然都不去想办法对比一下指纹！更气人的是，我明明留下了蕴含真相的密码（克隆，骗子），他们竟然都想到那地方去了！

这也挺好的，“滤镜”说得没错，“上帝分子”是个双刃剑，如果晚上几十年、一百年被发现，说不定真的是人类的福音，但现在就是个害人的东西！要不是它，也不会打仗，地球也不会变成这个样子！

至于下一步该怎么办，急什么，反正我有的是时间！

后 记

技术不分阶级、没有善恶，但一旦某项技术威胁到人类文明的安全，它应该被从潘多拉魔盒里放出来吗?

想象一下，以地球现有的资源，如果人真能活两三百岁乃至永生，我们的未来真会是一片光明吗? 如果真的出现一种能让人长生、永生的药物，世界将会是怎样的?

我思索良久，却无法得出答案。

我不知道，在世界的某个角落是否真的有“滤镜”这样的组织存在，但我相信，就算没有“滤镜”，“滤镜”背后的规则也是一定存在的。有些技术、有些尝试一旦迈出第一步，赌注便是整个文明的生死存亡。

这是本人创作的第一篇长篇科幻小说，也是“时间三部曲”的第一部，曾获 2016 年“光年奖”最佳长篇奖。此外，本人后续作品还有“时间三部曲”的第二部——《造神》（备用名《未来的船票》《上帝之眼》），“基因三部曲”之《转基因人类》也即将上市。本书得以与诸位读者见面，离不开各位科幻同道、编辑前辈的指点和鼓励。特在此鸣谢：黎靖先生、泰德龙君、蝌蚪五线谱张海龙先生、扬州广电集团徐丽玲女士、陈韵强先生、肖卫东先生、王永先生、张红军先生、张路先生、孙鹏先生、田凯先生、谢湘茜女士，对本人文学创作道路产生重要影响的王涛女士、刘卓女士、甘恬女士以及诸多给作品提出宝贵意见的读者同道。

图书在版编目（CIP）数据

长生 / 吴楚著．— 石家庄 ：花山文艺出版社，2017.5

ISBN 978-7-5511-3362-3

Ⅰ．①长… Ⅱ．①吴… Ⅲ．①科学幻想小说—中国—当代 Ⅳ．①I247.5

中国版本图书馆 CIP 数据核字（2017）第 103597 号

书　　名：**长生**
著　　者：吴　楚

责任编辑：梁　瑛
责任校对：李　伟
出版发行：花山文艺出版社 （邮政编码：050061）
（河北省石家庄市友谊北大街号）033
销售热线：0311-88643221/29/31/32/26
传　　真：0311-88643225
印　　刷：北京慧美印刷有限公司
经　　销：新华书店
开　　本：787×1092　1/16
印　　张：18
字　　数：230 千字
版　　次：2017 年 9 月第 1 版
2017 年 9 月第 1 次印刷
书　　号：ISBN 978-7-5511-3362-3
定　　价：39.80 元